Carsten Henn

Sonnenaufgang Nr. 5

Carsten Henn

SONNEN AUFGANG NR. 5

Roman

PIPER

Mehr über unsere Autorinnen, Autoren und Bücher:
www.piper.de

Wenn Ihnen dieser Roman gefallen hat, schreiben Sie uns unter Nennung des Titels »Sonnenaufgang Nr. 5« an empfehlungen@piper.de, und wir empfehlen Ihnen gerne vergleichbare Bücher.

Von Carsten Henn liegen im Piper Verlag vor:
Der Buchspazierer
Der Geschichtenbäcker
Das Apfelblütenfest
Die Butterbrotbriefe
Sonnenaufgang Nr. 5

Das Zitat von Søren Kierkegaard stammt aus: Die Tagebücher. Deutsch v. Theodor Haecker, Innsbruck, 1923

ISBN 978-3-492-07183-3

Georgenstraße 4, 80799 München, *www.piper.de*
Für einen direkten Kontakt und Fragen zum Produkt wenden Sie sich bitte an: *info@piper.de*
Redaktion: Isabelle Toppe
Satz: Satz für Satz, Wangen im Allgäu
Gesetzt aus der FreightText Pro
Druck und Bindung: GGP Media GmbH, Pößneck
Printed in Germany

Für alle, deren Erinnerungen manchmal schmerzen

»Es ist ganz wahr, was die Philosophie sagt,
daß das Leben rückwärts verstanden werden muß.
Aber darüber vergißt man den andern Satz,
daß vorwärts gelebt werden muß.«

Søren Kierkegaard

PROLOG

Die meisten Erinnerungen sind Souvenirs, die wir mit Freude aufpolieren – aber jeder besitzt auch solche, die in eine dunkle Abstellkammer verbannt wurden.

Stella Dor hatte ihre Erinnerungen sämtlich in Zettel verwandelt.

Beim Nippen an ihrem morgendlichen Cocktail, heute einem French 75, den sie mit Lavendelsirup veredelt hatte, erinnerte sich Stella plötzlich an etwas, das sie dazu brachte, alles stehen und liegen zu lassen.

Sie dachte zurück an einen heißen Sonntag im August.

Einen langen Spaziergang mit ihren Eltern.

Eine Wiese, über und über voll mit Lavendel.

Sie pflückte einen Strauß, so groß, dass sie ihn kaum halten konnte. Immerzu senkte sie ihre Nase in die unzähligen lilafarbenen Blüten und sog den köstlichen Duft tief ein. Zurück in ihrem Zimmer, füllte sie schnell ein Glas mit Leitungswasser und stellte die Zweige hinein. Doch schon am nächsten Morgen ließen die ersten ihre Köpfe hängen.

Von diesem Moment an presste Stella Blumen zwischen Buchdeckel. Dadurch konnte sie zwar einen Teil ihrer Schönheit konservieren, aber so gut wie nichts von ihrem Duft.

Ein Feld voller Lavendelblüten ließ sich einfach nicht verewigen. Man musste das Glück haben, es zu erleben.

Dieser Spaziergang war einer der schönsten Augenblicke ihrer Jugend gewesen. Stella schwelgte noch in dieser Erinnerung, während sie nach etwas zu schreiben Ausschau hielt. Überall in ihrem Haus hatte sie Stifte deponiert, falls überraschend eine Erinnerung anklopfte. Sie fand einen Kuli mit dem Logo eines Dachdeckers, griff schnell nach einem Kaffeefilter und schrieb raumgreifend und arabesk ein paar Worte darauf. Dass ihre Finger dabei schmerzten, gestand Stella sich nicht ein. Ihre Finger hatten nie geschmerzt, sie hatten nicht zu schmerzen, sie würden nie schmerzen.

Sommer. Wiese. Lavendel. Köpfchen hängen.

Erinnerungen brauchten nicht viele Worte, um wieder zum Auftauchen gebracht zu werden. Es mussten nur die richtigen sein. Wohin würde diese Erinnerung am besten passen? Stella entschied sich dafür, den Kaffeefilter zwischen zwei Packungen Grieß zu schieben, aber so, dass er herausschaute. Wie all die anderen Zettel, vor allem jene in Stellas Büchern.

Obwohl kein Innenarchitekt es je zugeben würde: Der schönste Einrichtungsgegenstand war ein Buch. Besser noch: viele Bücher. Aber das harte, kühle Wort *Einrichtungsgegenstand* wurde ihnen nicht wirklich gerecht. Die Franzosen sprachen von *Ameublement*. Es bedeutete zwar dasselbe, klang jedoch so viel eleganter. Wie alles auf Französisch, fand Stella und erinnerte sich nun an Paris. Viele Zettel handelten von Paris.

Das Haus, in dem diese Geschichte spielt, war voller Bücher. Da man die Wände vor lauter Büchern nicht sehen konnte, wirkte es, als hielten sie das Dach.

Nur eine Stelle blieb seit Jahren leer. Egal wie wenig Platz in den Regalen war, kein neues Buch durfte dorthin.

Dies ist die Geschichte des Buches, das schließlich diese Lücke füllen sollte.

Und der Geschichte, die es erzählt.

1

Eine Stimme im Bus

Auch ein gutes Boot schwankt, wenn man es betritt.

Das hatte sein Vater ihm mit auf die Reise gegeben.

Jonas murmelte den Satz, als er aus dem Bus stieg und den rot gepflasterten Bürgersteig betrat, auf dem Sand lag wie Zucker auf einem Kuchen. Er hatte den Satz schon gemurmelt, als er in seiner Heimatstadt in den ICE gestiegen war, dann wieder, als er im Fernbus Platz nahm, und schließlich beim Einsteigen in den nahezu leeren Kleinbus, der ihn durchs flache Land hierhin geschaukelt hatte. In diesen winzigen Ort am Meer, dessen Namen kaum jemand kannte. Und von den wenigen, die ihn kannten, sprachen die meisten ihn falsch aus. Jonas hatte die korrekte Sprechweise erstmals gehört, als beim Öffnen der Türen der Name auf Platt angesagt wurde.

Die Luft hier war voller Jod und Möwenschreien und schlug über Jonas zusammen wie eine große Welle. Sie einzuatmen, fühlte sich ein wenig an, als würde er Salzwasser trinken.

Nervös zog Jonas an seiner Kleidung. Nie schien sie ihm richtig zu passen, egal, wie sehr er daran herumnestelte und sie auf seinen hageren einen Meter achtundachtzig Körpergröße platzierte. Jetzt, mit neunzehn Jahren, kam es ihm vor, als wäre das für jeden so ersichtlich wie eine blinkende Neonreklame.

Allerdings war hier niemand außer einer alten Frau, die

in ihrem edlen dunkelgrünen Kostüm samt Hut aussah, als wäre sie auf dem Weg zu einer Hochzeit. Sie saß auf dem linken der drei überdachten Hartplastiksitze neben dem Haltestellenschild und lächelte.

Jonas ließ seinen Blick über den Küstenort gleiten, der für die nächsten zwei Wochen sein Zuhause sein sollte. Dies musste der zentrale Platz sein, gesäumt von einem beflaggten Rathaus, einer leicht schiefen Kirche samt goldener Wetterkogge auf der Turmspitze, einer Bäckerei, die auch Strandspielzeug verkaufte, und einem griechischen Restaurant namens *Dionysos* (obwohl *Poseidon* doch passender gewesen wäre). Ein weißer hölzerner Pier ragte ins Meer, an dessen Anfang eine Imbissbude stand und an dessen Ende ein achteckiger weißer Pavillon thronte, die einzige Sehenswürdigkeit hier.

Der Ort wirkte auf Jonas wie eine Modellbaustadt, und es hätte ihn nicht gewundert, wenn jetzt eine Märklin-Lok hindurchgefahren wäre.

Jonas wusste in diesem Moment nicht, dass die Frau, deren zweiundsiebzig Lebensjahre er in ein Buch verwandeln sollte, nur einen Kilometer entfernt in westlicher Richtung lebte. Er wusste auch nicht, dass in der Bude *Grootmoders Kööк* an der Promenade eine junge Frau in seinem Alter namens Nessa hinter der Theke stand, mit der er Freundschaft schließen würde. Und erst recht wusste er in diesem Moment nicht, dass Sonnenuntergänge Nummern haben konnten. Aber in zwei Wochen konnte sich sehr viel ändern. Wenn es die richtigen zwei Wochen waren.

Um in Ruhe auf Google Maps nach seinem Weg zu suchen, setzte Jonas sich neben die alte Frau. Sie lächelte selig vor sich hin. Einfach ins Nirgendwo.

Ob mit ihr alles in Ordnung war? Jonas sprach nur äußerst ungern Fremde an, weil stets die Gefahr bestand, dass sie etwas Befremdliches sagten.

Aber etwas schien mit dieser Frau nicht zu stimmen. Vielleicht etwas Gutes, vielleicht aber auch etwas Unangenehmes.

Jonas fasste sich ein Herz. »Alles gut bei Ihnen?«

Die Frau blickte zu ihm, als erwache sie aus einem Tagtraum. »Alles bestens.«

»Warten Sie auf jemanden?«

Förmlich reichte die alte Dame ihm die Hand. »Hallo, ich bin Bentje, und ich warte auf meinen Mann.«

»Jonas«, antwortete er ein wenig überrumpelt. »Kommt Ihr Mann mit dem nächsten Bus?«

Ihr Lächeln wurde noch strahlender. »Robert kommt mit jedem Bus. Jeden Tag.«

Jonas öffnete die Vordertasche seines Rucksacks und holte die Zellophantüte mit den Walnüssen heraus. Er hatte vor Kurzem gelesen, dass ihr Genuss glücklich machte. Viele waren nicht mehr übrig, aber die verwirrte Frau neben ihm schien sie dringender zu brauchen.

»Hier, die sind gut.«

Als Bentje die offene Tüte mit Nüssen sah, leuchteten ihre Augen.

»Das ist aber nett von Ihnen. Sehe ich denn so hungrig aus?«

»Nein, aber Sie ... also ...«

Bentje legte eine Hand auf die seine. »Sie fragen sich, warum ich hier sitze, in meinem besten Sonntagsstaat, aber nicht in den Bus eingestiegen bin? Und vielleicht denken Sie sogar, dass etwas mit mir nicht stimmt, oder?«

»Das würde ich nie ...«

Sie drückte Jonas' Hand. »Vielleicht stimmt auch etwas

nicht mit mir. Ganz bestimmt stimmt etwas nicht mit mir. Ich habe meinen Mann verloren, mit dem ich dreiundvierzig Jahre verheiratet war. Wobei ... *Verloren* ist das falsche Wort, oder? Etwas Verlorenes kann man wiederfinden. Aber er ist fort, er ist ...«, sie atmete tief durch, »... gestorben. Warum ist es nur so schwer, das auszusprechen?«

»Das tut mir sehr leid.« Obwohl Jonas wusste, dass Nüsse bei so etwas überhaupt nicht halfen, hielt er der alten Dame nochmals die Tüte hin.

Lächelnd schüttelte Bentje den Kopf.

Jonas schwieg. Manchmal brauchte es Stille, um sie mit Worten füllen zu können. Je schwerer die Worte, desto mehr Stille benötigten sie.

»Ich erzähle Ihnen, warum ich gesagt habe, dass mein Mann mit jedem Bus kommt. Eigentlich ist es ganz einfach: weil ich dann seine Stimme höre. Ich schließe die Augen, und für einen kurzen glücklichen Moment fühlt es sich an, als würde er noch leben und sich gleich neben mich setzen.«

Jonas blickte dorthin, wo eben noch der Bus gestanden hatte. »Die Ansage vom Band?«

»Ja, mein Robert hat sie eingesprochen. Er hat alle Haltestellen dieser Linie eingesprochen, aber die anderen Aufnahmen wurden mittlerweile ersetzt. Nur die hier im Ort nicht, da spricht immer noch er. Jeden Tag halten hier zwei Busse, und wenn mein Robert ankommt, warte ich schon auf ihn. Bei Wind und Wetter. Ich bin für ihn da. Und er für mich.«

Jonas packte die unangerührte Tüte Walnüsse wieder ein und strich der alten Dame sanft über den Arm. »Das finde ich wunderschön.«

Bentje wischte sich eine kleine Träne aus dem Augenwinkel. »Und ich finde es schön, dass Sie sich zu mir gesetzt haben. Was führt Sie denn außerhalb der Saison in unser Örtchen?«

»Ich bin auf dem Weg zu einer Frau namens Stella Dor, sie ...«

»Ich weiß, wer Stella ist. Jeder hier weiß das. Sie ist schließlich unsere Bardot. Eine berühmte Schauspielerin wie sie lässt uns alle gleich ein bisschen mondäner wirken. Obwohl man sie leider nicht oft sieht.« Mit nonchalanter Eleganz richtete Bentje ihren Hut.

»Wie ist sie so?«

»Ich mag sie sehr. Eine starke Frau, selbstbewusst, lässt sich nichts sagen.«

»Klingt, als gäbe es da ein Aber?«

»Sie haben gute Ohren!« Bentje schmunzelte. Ihr Finger zeigte auf das größte Gebäude am Platz. »Das ist unser Rathaus. Da wurde zu Stellas siebzigstem Geburtstag ein Empfang gegeben. Mit allerhand herausgeputzten Ehrengästen, dem Shantychor aus dem Nachbarort, sogar der Schützenverein war da, um Salven abzufeuern. Sie sollte zur Ehrenbürgerin ernannt werden und sich ins Goldene Buch eintragen.«

»Aber?«

»Was denken Sie?«

»Sie tauchte nicht auf?«

»O doch. Stella rauschte heran, nahm die Ehrung entgegen und hielt dann ihre Dankesrede. Sie bestand aus fünf Wörtern: *Das hat ganz schön gedauert.*« Bentje kicherte. »Ist hier zum geflügelten Wort geworden.«

»Sie ist also schwierig? Arrogant? Egozentrisch?«

»Sie ist eine Diva durch und durch. Einen Fuchs kritisiert man ja auch nicht dafür, dass er Hühner stiehlt. Allerdings ist sie ein ganz besonderes Exemplar von Fuchs. Aber das wissen Sie sicher.«

»Was meinen Sie?«

»Na, dass sie vor einem Vierteljahrhundert von einem Tag auf den anderen aufhörte, Filme zu drehen. Dabei war sie damals gerade für eine große Produktion der Bavaria verpflichtet worden. Einen Grund dafür hat sie nie genannt, obwohl die Presse kein anderes Thema kannte.« Bentje sah wieder auf ihre Armbanduhr. »Es dauert leider noch etwas, bis er wieder kommt. Aber Robert ist immer sehr pünktlich.«

Jonas stand auf, schulterte den Rucksack und strich sich die Haare beiseite, die ihm die Meeresbrise ins Gesicht geweht hatte.

»Dann mache ich mich mal auf den Weg.«

»Gehen Sie dahinten beim Kinderspielplatz am rotweißen Kletterleuchtturm rechts. Dann einfach dem Pfad in den Dünen folgen, und irgendwann kommen Sie bei Stella an. Sie werden ihr Haus erkennen, glauben Sie mir.«

»Danke. Und grüßen Sie Ihren Mann!«

»Das werde ich tun. Und Sie lassen sich von Stella nicht einschüchtern.«

Jonas schüttelte den Kopf. »Ganz bestimmt nicht.«

Doch in Wahrheit war er bereits jetzt eingeschüchtert. Das Boot, das er betreten hatte, schaukelte bedrohlich.

Links von ihm rauschte das Meer in großen Wellen an den Strand, rechts wiegte sich das Dünengras sanft im Wind. Es war einer dieser grauen Herbsttage ohne Horizont, an denen Ozean und Himmel ineinander übergingen. Als ein Tanker über die unsichtbare Linie nach Westen fuhr, sah es aus, als schwebe das tonnenschwere Ungetüm.

Bis auf wenige Spaziergänger, einige davon mit vergnügten Hunden, war der Strand leer und nirgends ein Haus zu sehen.

Sand lag in solcher Menge auf dem Dünenweg, dass man den Beton darunter weder sah noch spürte. Die lange Anreise steckte Jonas in den Knochen, und sein Rucksack schien mit jedem Schritt schwerer zu werden. Da die Landschaft sich kaum veränderte, fühlte es sich zudem an, als käme er nicht von der Stelle.

Er blieb stehen.

Setzte sich dann in den kalten Sand und zog seine Visitenkarte aus der Hosentasche. An den Rändern war das dicke Papier zerknickt, aber der hellblau geprägte Slogan stand in einer verlässlichen Serifenschrift unversehrt in der Mitte.

Jedes Leben ist es wert, erzählt zu werden.
Legen Sie Ihres vertrauensvoll in unsere Hände.
Wir lassen es zu einem Buch werden.

Jonas Engelbaum & sein Team

Natürlich gab es kein Team. Höchstens seinen Vater, der manchmal etwas zur Post brachte, weil diese auf dem Weg zu seinem kleinen Restaurant lag. Aber mit *Team* klang es nicht nur besser, es fühlte sich auch besser an. Als wäre er nicht allein bei diesem Versuch, mit Schreiben seinen Lebensunterhalt zu bestreiten. Jonas strich so vorsichtig über die Visitenkarte, als wäre sie ein zerbrechliches Schutzamulett.

Eigentlich stand noch mehr auf der Karte, unsichtbar zwischen den Zeilen. Ein Leben, das es wert war, erzählt zu werden, war eines, das es wert war, gelebt worden zu sein.

Jonas hatte über viele Leben gelesen, nicht zuletzt in seinem Germanistikstudium, auf das er sich so gefreut hatte. Ein neues Kapitel, ein noch unbeschriebenes Blatt im Buch seines Lebens. Und der wichtigste Schritt auf dem Weg zum Schriftsteller. Aber dann lernte er nur, wie man Texte auseinandernahm, als seien sie Motoren. Das war faszinierend und klug, aber er wollte mehr über den Funken wissen, der die Geschichten überhaupt erst zum Laufen brachte, und vor allem darüber, wie er ihn in sich entzünden konnte. Während seine Freunde ihr BWL-Studium durchzogen, eine Ausbildung zum Mechatroniker (was immer das auch sein mochte) oder ein Freiwilliges Soziales Jahr beim Kinderschutzbund absolvierten, war er deshalb nun im Nirgendwo auf dem sandigen Weg zu einer exzentrischen Diva.

Stella Dor war die Erste, die auf die Anzeige in der Tageszeitung geantwortet hatte, für die Jonas extra ein Porträtfoto von sich hatte schießen lassen, auf dem er freundlich lächelte (was ihm auf Zuruf immer schwerfiel, selbst wenn er *Cheese* oder *Prinzessin* sagte). Dabei lebte Stella gar nicht in der Stadt. Aber früher einmal, weshalb sie ihr Abonnement behalten hatte. Jonas hatte nicht damit gerechnet, für einen Auftrag so weit fortzumüssen, aber sein Vater hatte ihn zu diesem verflixten Versprechen gedrängt: Der erste Kunde wird auf jeden Fall angenommen! Falls Jonas scheiterte, würde er seinem Vater in dessen Restaurant für südfranzösische Küche aushelfen, denn es mangelte sehr an Mitarbeitern. Zwar würde sein Cousin dort die Ausbildung beginnen, aber erst nach dem Abitur in einem Jahr.

Jonas steckte die Visitenkarte in den Sand, bis sie aussah wie ein kleines Segel, und malte mit der Fingerspitze den Rumpf eines Schiffes darum.

Die *Jonas 1*.

Oder besser die *Jonas 9¾*, weil er als Kind so gerne *Harry Potter* gelesen hatte. Bei der Erinnerung musste er lächeln. Es erschien ihm, als wäre vieles von dem Jungen, der er einst gewesen war, verschwunden, aber der Traum vom Schreiben hatte die Jahre und Hormonstürme überstanden.

Eine Stimme vom Strand riss ihn aus seinen Gedanken.

»Mona, nicht zu nah ans Wasser!«

»Aber Mama!«, antwortete eine hohe Kinderstimme. »Das ist total unfair!«

»Jetzt mach, was ich gesagt hab.«

»*Warum?*«

»Ich hab keine Wechselkleidung für dich dabei.«

Jonas verstand Mona so gut – aber auch ihre Mutter.

Der Wind griff ihm mit kalten Fingern in den Kragen und packte seine Ohren. Er konnte hier nicht sitzen bleiben und sich vom Sand zudecken lassen, er musste weiter.

Als er wieder stand und die Körner von der Kleidung gewischt hatte, spürte Jonas das Vibrieren seines Handys in der Jackentasche. Er konnte sich denken, wer es war, blickte aber trotzdem auf das Display.

Sein Vater.

Das siebte Mal heute schon.

Wie alle Male zuvor nahm Jonas das Gespräch nicht an.

Es ging seinem Vater um etwas Wichtiges.

Etwas sehr Schweres.

Jonas war schon einige Schritte gegangen, als er noch mal zurückging, um die Visitenkarte aus dem Sand zu ziehen.

Das kleine Segel musste ihn noch an gefährliche Gestade bringen.

2

Die Bibliothek der Zettel

Der kleine Ort besaß drei Strandpavillons auf Holzpfählen, alle nach Köstlichkeiten des Meeres benannt. *Der Goldene Hering, Die Auster* und *Die Krabbe.*

Die Krabbe war zuletzt gebaut worden, als viele Feriengäste schon einen der beiden anderen Pavillons zu ihrem Lieblingsplatz auserkoren hatten. Zudem lag sie am weitesten vom Ortskern entfernt. Und aufgrund eines Dünenausläufers begannen die Schatten beim Sonnenuntergang hier zuerst zu fallen.

Von Anfang an war sie nicht rentabel, weshalb die Gemeindeverwaltung irgendwann beschloss, sie zu veräußern. Man hoffte auf eine private Surfschule, ein Tauchzentrum, vielleicht einen hippen Strandclub, aber es fand sich kein Käufer. Bis Stella Dor plötzlich mit der Idee einer Künstlerkolonie auftauchte. Die Verwaltung erwartete Freilichttheater, Kunstausstellungen und Musikfeste.

Für den symbolischen Kaufpreis von einem Euro erhielt Stella Dor die *Krabbe.*

Dann stellte sich heraus, was sie unter Künstlerkolonie verstand.

Eine Kolonie von genau einer Person. Es gab keine einzige Theateraufführung, keine Malerei, kein Fest. Nur ein konstantes Thema für die Lokalpresse.

Stella Dor errichtete einen Holzzaun um ihr Grundstück und stellte gelbe Warnschilder auf. *Vorsicht! Bissiger Hund! Betreten auf eigene Gefahr!*

Es war eines dieser Schilder, das Jonas als Erstes ins Auge fiel, als er sich der *Krabbe* näherte. Ein zähnefletschender Hund sprang einem Mann an die Kehle.

Einladend.

Am Zaun gab es keine Glocke oder Klingel, nur ein Gatter. »Hallo? Frau Dor?«

Keine Antwort. Stattdessen setzte lautes Hundegebell ein.

»Wir haben einen Termin.« Jonas hatte sich noch nie so geschäftsmäßig gefühlt. »Bitte lassen Sie den Hund nicht auf mich los!«

Jonas mochte Hunde. Aber er mochte es nicht, wenn Hunde ihn nicht mochten.

Das Bellen wurde aggressiver.

Was sollte er tun? Noch lauter rufen? Das Gatter öffnen?

Er entschied sich für beides. »Ich komme jetzt rein, okay?«

Er ließ das Gatter offen stehen, falls er schnell zurückrennen musste.

Eine knarzende Holztreppe führte empor zum Eingang, über dem noch immer der Neonschriftzug *Die Krabbe* montiert war, allerdings unbeleuchtet. Der Hund wütete direkt hinter der Tür, knurrte immer heftiger.

Jonas klopfte. Klopfte lauter. Schlug mit der flachen Hand dagegen.

Das Kläffen wurde nicht leiser, nein, es stoppte von einem Moment auf den anderen. Mitten im Gebell. Schritte auf den Holzbohlen waren zu hören. Ein Räuspern. Ein tiefes Einatmen. Noch eines. Dann wurde die Tür weit geöffnet.

Stella Dor strahlte ihn an.

Sie war eine echte Erscheinung. Gekleidet in ein perfekt sitzendes Chanel-Kostüm mit Bolerojacke. Auf ihren perlgrauen Haaren ein lackschwarzer Fascinator mit Federn.

So hätte sie einen Oscar entgegennehmen können.

»Herr Engelbaum, wie schön, Sie zu sehen! Ich freue mich so, Sie endlich persönlich kennenzulernen! Treten Sie doch ein.«

Jonas blickte sich vergeblich nach dem Hund um. Dann fand sein Gehirn die Lösung für den fehlenden Vierbeiner: alles fake. Ein Hund vom Band.

Er reichte Stella Dor die Hand. »Die Freude ist ganz auf meiner Seite. Es ist wirklich eine Riesenehre, dass ich Sie beim Verfassen Ihrer Autobiografie unterstützen darf.«

Okay, das war schleimig, aber es war auch die Wahrheit.

Stella winkte elegant ab. »Jungchen, Sie sind ganz reizend. Aber Sie müssen mir keinen Honig ums Maul schmieren, das klebt doch nur. Die Zeit, in der es eine Ehre war, mich bei irgendetwas zu unterstützen, ist Jahrzehnte her. Und jetzt rein mit Ihnen, sonst kommt zu viel Sand zu Besuch.«

Man merkte den beiden ineinander übergehenden großen Zimmern an, dass sie ursprünglich als Gasträume gedacht gewesen waren. Im hinteren stand noch ein großer Tresen, der zu einer Kücheninsel umgebaut worden war. Daneben befand sich eine Tür mit einem Schild, das eine männliche und eine weibliche Figur zeigte, die ihrer Handhaltung zufolge ein dringendes Bedürfnis hatten.

Hier also wohnte Stella Dor. Bekannt aus Filmen wie *Der erste Walzer*, *Der Würger von Schloss Dartmoor* und vor allem *Ein Frühling, den man nie vergisst*. Filmplakate oder Auszeichnungen suchte Jonas jedoch vergeblich.

So hell der Pavillon von außen erschien, so dunkel war er im Inneren. Was an all den Büchern lag. Sämtliche Wände waren mit Regalen verkleidet, sogar die tragenden Säulen waren komplett von Büchern umgeben, zwischen deren Seiten Zettel in verschiedenen Farben hervorlugten.

Stella Dor bemerkte Jonas' Blick. »Meine Bibliothek der Zettel«, sagte sie mit einem Schmunzeln. »Wird sehr nützlich sein für unser Vorhaben!«

Jonas stellte seinen Rucksack auf einem Stuhl am Esstisch ab und zog vorsichtig ein in Packpapier eingeschlagenes Buch hervor, um das ordentlich eine Kordel gebunden war. »Ich habe Ihnen etwas mitgebracht. Ein Buchhändler, der mich während eines Praktikums betreut hat, sagte immer, dass es für jeden das richtige Werk gibt. Vielleicht ist das hier ja was für Sie. Wir kennen uns noch nicht, deshalb ist es ein Schuss ins Blaue, aber ...« Jonas überreichte es mit einem zaghaften Lächeln.

»Vielen Dank! Wie überaus reizend von Ihnen.« Zuerst sah es aus, als würde Stella Dor das Geschenk achtlos auf eine Kommode legen, doch dann lächelte auch sie und riss es auf.

»*Der alte Mann und das Meer*. Das ist ja äußerst charmant.«

»Haben Sie es schon?«

»Nein. Warum sollte ich?«

»Da bin ich froh. Ich hab's selbst nicht gelesen, aber es soll ein Meisterwerk sein. Und weil Sie am Meer leben und schon äl...«

»Ihre Motivation ist mir vollkommen klar. Nochmals vielen Dank.«

Mit einem Knall warf sie es auf die Kommode.

Der alte Mann und sein Meer würden hier wohl einen schweren Stand haben.

Stella Dor ging zum Tresen. Das heißt, sie ging nicht, sie stolzierte über die Bohlen des Pavillons wie über einen roten Teppich.

»Ich habe extra eine Schwarzwälder Kirsch für Sie gebacken.«

»Das ist total nett von Ihnen.«

Mit gesenkter Stimme, damit Jonas sie nicht verstehen konnte, murmelte Stella: »Warum muss heutzutage immer alles *total* oder *voll* oder *irre* sein? Wo ist das gute alte *sehr* bloß hin?« Als sie mitsamt Torte den großen hölzernen Esstisch erreichte, den ein Schreiner aus vier ehemaligen Schiffsplanken (von Piraten- oder Wikingerbooten, wie Stella hoffte) geschreinert hatte, schaltete sie ihr Lächeln wieder ein. Der Tisch war erstmals seit Jahrzehnten festlich mit Porzellan und Silberbesteck eingedeckt, die weiße Tischdecke gestärkt und gebügelt. »Setzen Sie sich doch bitte.«

Sie stellte die Schwarzwälder Kirsch mit so großer Geste ab, als handelte es sich um ein Fabergé-Ei.

Ein wenig eingeschüchtert zog Jonas den Stuhl zurück und nahm Platz. Dank der Lebensweisheiten des alten Buchhändlers wusste er, wie viel man durch ihre Büchersammlung über Menschen erfuhr. Sie war ein äußerst intimes Geständnis, ohne dass sich die Besitzer dessen bewusst waren.

»Wie haben Sie Ihre Bücher sortiert?«, fragte Jonas ganz beiläufig. »Alphabetisch?«

»Wie bourgeois wäre das denn?«

»Aber nach der Farbe der Buchrücken auch nicht ...«

»Nein. Selbstverständlich nach Glück und Unglück.

Vom glücklichsten Leben bis zum unglücklichsten. Es gibt allerdings ein paar Autobiografien, bei denen sich die Verfasser unsicher sind, wie ihr Leben zu bewerten ist. Die stehen zwischen den Fenstern.«

»Sind das etwa *alles* Autobiografien?«

»Nur wahres Leben lohnt sich zu lesen.«

Das war dann wohl der Dolchstoß für *Der alte Mann und das Meer*.

Stella Dor schnitt die Torte an. »Das erste Stück ist natürlich für meinen Gast.«

Jetzt erkannte Jonas die Schwarzwälder Kirsch wieder. Es hatte sie immer bei seinen Großeltern gegeben. Sie war aus dem Kühlregal.

»Die sieht ja ... großartig aus.«

»Nicht wahr? Ich kann seit jeher famos backen. Aber für mich allein mache ich mir nur noch selten die Mühe. Ach, was rede ich, nie. Bei einer Autobiografie soll man ja immer offen und ehrlich sein, nicht wahr? Dann können wir damit direkt beim Kapitel ›Kochen und Backen‹ beginnen.« Sie lachte.

Jonas kam sich vor, als säße er in einem Theatersaal und bewunderte die Hauptdarstellerin einer leichten Komödie. Er fühlte den Drang zu applaudieren, widerstand ihm aber.

Stella Dor servierte ihm formvollendet ein großes Stück der Torte und tat sich selbst ein deutlich schmaleres auf. Als sie Jonas' überraschten Blick bemerkte, erklärte sie: »Ich achte immer noch auf meine Linie, obwohl ich nicht mehr für meine Filmkarriere in Form bleiben muss. Aber alte Gewohnheiten wird man schwer wieder los.«

Der vertraute Geschmack der Schwarzwälder Kirsch gab Jonas das Gefühl von Zuhause – obwohl sie noch nicht richtig aufgetaut war, was Stella Dor nicht zu bemerken schien.

»Schmeckt köstlich!«

»Vielen Dank! Ach, ich habe ganz vergessen, Kaffee auf den Tisch zu stellen. Sie trinken doch schon welchen? Mit viel Milch und Zucker?«

»Hätten Sie vielleicht auch einen Tee?«

Stella Dors Lächeln schien für einen kurzen Moment in sich zusammenzufallen, aber sie bekam sich gleich wieder unter Kontrolle.

So jung, dachte Stella, er ist so unglaublich jung. Die Bewegungen noch tapsig wie bei einem Hundewelpen, seine Worte noch so gestelzt. Sie musste sich zurückhalten, ihm die Haare glatt zu streichen oder, besser, gleich ordentlich zu schneiden. Derart unordentlich sprossen sie auf seinem Kopf und bedeckten sogar die Ohren.

Stella hatte vergessen, wie jung man sein konnte.

Ein unfertiges Wesen aus einer ihr fremd gewordenen Welt.

Was konnte dieser Jonas schon vom Leben wissen? Es hatte ihn vielleicht schon gezwickt, wie es jeden in der Kindheit testweise malträtierte, ihm ein Bein gestellt, aber hatte ihn sicher noch nicht so zu Fall gebracht, dass er sich etwas brach, was nie wieder ganz verheilte.

Es kostete Stella Kraft, ihr Lächeln aufrechtzuerhalten.

Sie hatte so lange nicht mehr gelächelt, dass es fast ein wenig schmerzte. Das Leben hatte ihr in den letzten Jahrzehnten leider wenig Grund zum Lächeln gegeben. Sie hatte aber auch nicht nach einem Grund gesucht.

Als sie es eben vor dem Spiegel geübt hatte, spannte es zuerst ein wenig, doch dann hatten sich ihre Muskeln daran erinnert, wie angenehm es war, das Leben trotz allem anzulächeln.

Auf dieses Treffen hatte Stella sich lange vorbereitet.

Schließlich ging es um ihr Leben.

Sie war seit Ewigkeiten erstmals wieder beim Friseur gewesen, allerdings nicht im Ort, denn dann wurde sofort getuschelt, sondern in der nächstgelegenen Stadt. Dort hatte sie auch ihr Kostüm in die Reinigung gegeben. Das einzige, das noch so perfekt aussah, wie es sich für einen Star gehörte.

In ihrem Drehbuch für diesen Tag hatte Jonas Engelbaum allerdings Kaffee getrunken und war auch nicht so schrecklich jung gewesen.

Nun also Tee. Sie setzte Wasser auf und bereitete Pfefferminztee zu, denn einen anderen besaß sie nicht, und selbst dieser war abgelaufen. Aber konnte Tee überhaupt schlecht werden?

Mit genug Zucker würde er sicher schmecken. Das war wie mit Butter beim Kochen.

»Hier, Jungchen.« Sie stellte die Tasse vor ihm auf den Tisch, nahm elegant auf ihrem Stuhl Platz und schlug die Beine übereinander. Dabei zwickte das eng sitzende Kostüm an etlichen Stellen.

»Wie werden wir für meine Autobiografie vorgehen?«

»Selbstverständlich chronologisch. Morgen starten wir mit Geburt und Kindheit.«

Stella winkte ab. »Nein, wie furchtbar langweilig! Das passt nicht zu meinem Leben. Wir beginnen mit meinem größten Triumph! Der Moment, mit dem niemand rechnete. Nicht einmal ich selbst.«

3

Altweibersommer

Die Schwestern Britta und Imke Roose waren im Ort allseits bekannt. Ihre Ebbe & Flut getaufte Pension hatten sie von den Eltern übernommen, die mittlerweile auf Ibiza lebten, weil die Sonne dort häufiger vorbeischaute. Beide waren Mitte dreißig, verhielten sich aber, als wären sie vierzig Jahre älter.

Statt abends in die Disco zu gehen, häkelten sie, statt Barbecue bevorzugten sie Labskaus, statt durch Insta und TikTok zu scrollen, lösten sie Kreuzworträtsel oder beobachteten die Möwen am Strand. Jede Woche kauften sie am Montag die gleichen Waren im Supermarkt, und jeden Abend nickten sie vor dem Fernseher um kurz nach neun ein – egal, was lief. Manchmal mitten im Schusswechsel. Um dann um zwei, vier und sechs Uhr wach zu werden.

Sie kleideten sich auch entsprechend ihres gefühlten Alters. Knöchellang in Mintgrün, Flieder oder Apricot und ausnehmend gern in allen Schattierungen von Beige.

Am allerliebsten aber redeten sie. Mit jedem, der ihnen über den Weg lief. Eine Zeitung hatten sie nicht abonniert, sie *waren* die Zeitung.

Imke war groß und hager, sie trug seit frühester Jugend eine praktische blonde Kurzhaarfrisur, die einem dichten Weizenfeld glich. Britta dagegen war klein und füllig, mit aufmüpfigen braunen Locken und so roten Bäckchen, dass sie als Kind für Multi-Sanostol hätte werben können.

Die beiden sahen nicht aus wie Schwestern, aber sobald sie den Mund aufmachten, hörte man sofort, dass sie welche waren.

Als der Anruf von Stella Dor kam, sie sollten ihren Gast Jonas Engelbaum abholen, gerieten sie in helle Aufregung. Die geheimnisvolle und von ihnen über alles verehrte Stella Dor hatte tatsächlich mit ihnen gesprochen! Und sie würden die Diva sogar endlich persönlich kennenlernen!

Aber als sie mit ihrem alten mattsilbernen Benz am gesperrten Parkplatz eintrafen, der einst für die *Krabbe* gebaut worden war, stand Jonas Engelbaum schon dort und winkte ihnen freundlich zu.

Ohne eine Stella Dor im wallenden Gewand, mit einer Zigarettenspitze in der einen und einem prickelnden Glas Champagner in der anderen Hand.

Britta kurbelte das Fenster herunter. »Wir hätten Sie auch drinnen abgeholt.«

Imke beugte sich vom Fahrersitz aus zu Jonas herüber. »Für unsere Gäste machen wir alles.«

»Frau Dor hätte sich sicher gefreut, zwei Nachbarinnen kennenzulernen. Also Nachbarinnen im weitesten Sinne.« Britta und Imke gerieten in Fahrt. »Aber emotional sehr nahe, das muss man ja sagen.«

»Und Sie hätten sich auf dem Weg zum Parkplatz verlaufen können.«

»Sind Sie sicher, dass Sie nichts bei Frau Dor vergessen haben?«

»Sollen wir vielleicht noch mal zurückgehen?«

»Wir machen uns gern die Mühe für Sie!«

»Überhaupt kein Problem!«

Jonas schwirrte der Kopf. »Ähm, alles gut, hab nichts vergessen. Aber danke, Sie sind echt megalieb.«

»Ja«, sagte Britta. »Das sind wir wohl tatsächlich.«

»Wären wir auch zu Frau Dor gewesen.«

Er wies auf seinen Rucksack. »Soll ich mein Gepäck in den Kofferraum legen?«

»Nur zu, der ist offen«, sagte Britta. »Ist immer offen, weil Imke ihn noch nicht repariert hat.«

»Seit wann bin ich denn für Autoreparaturen zuständig?«

»Du hast dich um sämtliche Reparaturen im Haus zu kümmern, und dazu gehört auch der Wagen.«

Jonas klappte den Kofferraum wieder zu. »Alles verstaut!« Er setzte sich auf die Rückbank. »Vielen Dank noch mal.«

Imke drehte sich zu ihm um. »Werden Sie Frau Dor denn noch mal besuchen, während Sie bei uns sind?«

»Vermutlich jeden Tag.«

»Na, das ist doch schön!« Sie versuchte erfolglos, sich ihre überbordende Freude nicht anmerken zu lassen.

»Wir holen Sie selbstverständlich gerne wieder ab.«

»Sie sind echt großartig, aber ich wollte mir morgen ein Fahrrad leihen. Ich will Sie ja nicht zu sehr in Anspruch nehmen.«

Stille.

»Aber manchmal regnet es!«, meinte Britta dann aufgeregt.

»Genau«, ergänzte Imke, »eigentlich sehr oft sogar. Dann fahren wir Sie.«

»Ich weiß gar nicht, was ich sagen soll.«

»Gar nichts. So sind wir halt.«

»Selbstlosigkeit ist unser oberstes Gebot! Und jetzt erzählen Sie uns doch mal, wie es bei Frau Dor so war.«

»Sie war genauso freundlich wie Sie. Muss an der guten Luft hier liegen.« Jonas hatte das Gefühl, damit genug berichtet zu haben, Imke und Britta hatten dieses Gefühl so gar nicht.

»Und sonst? Was genau hat sie erzählt?«

»Über ihr Leben? Ihre Filme? Unseren Ort?«

»Darüber haben wir nicht gesprochen. Nur Torte gegessen.«

»Mhm.« Britta schnaufte.

Danach wurde es still im Benz.

Imke hielt das Lenkrad fest umklammert, fuhr konsequent dreißig und ging selbst vor grünen Ampeln vom Gas. Ständig blickte sie kontrollierend in den Rückspiegel.

Auf der Fahrt kamen sie an der Bushaltestelle vorbei, die jetzt verlassen dalag, beschienen nur vom fahlen Licht einer Straßenlaterne.

Jonas konnte seinen Blick nicht davon lösen und verspürte Traurigkeit, weil Bentje nicht dort saß. Und Robert nicht vorbeikam.

Erst jetzt realisierte er, wie viel Erschöpfung sich in seinem Körper angesammelt hatte. Der Tag war lang gewesen, aber die Nacht würde es nicht sein. Morgen um acht Uhr begann sein erster Arbeitstag als Ghostwriter.

Das Handy gab einen leisen Piepton von sich. Auf dem Display erschien die Zahl 11. Alles verpasste Anrufe seines Vaters. Jeder einzelne versetzte Jonas einen Stich.

Die Ferienpension der Rooses befand sich am Strandboulevard. Ein hellblaues Puppenhaus mit zitronengelben Fensterläden. Das Innere war vollgepackt mit maritimen Bildern und Dekoartikeln, mit Ankern, Leuchttürmen, Schiffen, Muscheln, Seepferdchen und Walen. Mit all dem Nippes hätte es auch ein Andenkenladen sein können.

Auf dem dicken Teppich, der im schmalen Flur zu den Gästezimmern des ersten Stocks ausgelegt war, befanden sich so viele Wellen, dass Jonas fast ein wenig schwindlig wurde.

In seinem Zimmer hatte er sich gerade die Schuhe ausgezogen und auf dem Bett ausgestreckt, als es klopfte. Schnell setzte er sich auf.

»Herein.«

Britta und Imke erschienen im rosafarbenen Türrahmen.

»Wir müssen Ihnen noch etwas sagen.« Britta riss dramatisch die Augen auf.

»Zu Ihrem eigenen Schutz.«

»Wir haben nämlich ein wenig Sorge.«

»Aber natürlich wollen wir nicht die Pferde scheu machen. Sie wissen schon.«

»Trotzdem: Sicher ist sicher.«

Jonas rutschte auf den Rand seines Bettes und sah die beiden fragend an.

»Es geht um Frau Dor.«

»Also eigentlich nicht um Frau Dor selbst, sondern um ihr ... Haus.«

»Was ist damit?« Jonas blickte von der einen zur anderen Schwester.

»Tja, also, ich weiß nicht, wie ich es Ihnen schonend beibringen soll ...«

Imke wusste es auch nicht, deshalb sagte sie es schonungslos. »Es stürzt ein.«

»*Es stürzt ein?!*« Jonas stand auf und verschränkte schützend die Arme vor der Brust, was bei Hauseinstürzen in der Regel wenig nützte.

»Also nicht heute oder morgen«, beruhigte Britta ihn.

»Na ja, vielleicht schon ...«

»Ja, *vielleicht* schon. Aber wohl *eher* nicht.«

»Die Gemeindeverwaltung hat die Holzpfeiler untersuchen lassen und festgestellt, dass sie morsch sind. Deshalb muss Frau Dor auch ausziehen. Das Gebäude wird abgerissen.«

Jonas hatte den Eindruck, der Boden schwanke leicht unter ihm. »Und wann?«

»Im Aushang stand, *in drei Wochen*.«

»In zwei. Ganz sicher.«

»Aber Sie müssen keine Angst haben! Es könnte ja auch erst mal nur ein Pfeiler einstürzen. Und Sie befinden sich in dem Moment dann wahrscheinlich an einer anderen Stelle des Pavillons.«

»Warum beruhigt mich das so gar nicht?«

»Wenn Sie also ein verdächtiges Knarzen hören, sollten Sie die *Krabbe* lieber schnell verlassen.«

»Also rennen«, konkretisierte Britta. »Sie sollten rennen.«

»Lassen Sie dann alles stehen und liegen, und rennen Sie!«

»Wir mussten Ihnen das sagen, sonst hätten wir uns später Vorwürfe gemacht.«

»Das Wohlergehen unserer Gäste ist uns ein großes Anliegen.«

»Aber jetzt ruhen Sie sich erst mal aus und kommen so richtig an.«

Im Hinausgehen drehte Britta sich noch mal um. »Bei uns müssen Sie übrigens keine Sorge haben.« Sie klopfte an den Türrahmen. »Alles stabil.« Kichernd schloss sie die Tür.

Jonas musste an die frische Luft. Und festen Erdboden unter den Füßen spüren. Doch als er vor die Tür der Pension trat und sich umblickte, durchfuhr ihn ein schmerzhaftes Gefühl von Einsamkeit. Er hatte erwartet, es hier zu lieben, weil die Stadt ihm zu eng war, zu voll. Aber konfrontiert mit der Weite der Küste, fehlte ihm der Schutz vieler Häuser, die beruhigende Nähe unzähliger anderer Menschen.

Doch der kühle, salzige Wind tat gut, er linderte seine wunden Gedanken. Aber er machte Jonas auch bewusst, dass sein Magen genauso leer war wie die Strandpromenade der kleinen Ortschaft. Wenn hier noch etwas geöffnet hatte, dann die Imbissbude.

Der Pier ragte weit ins mondsilbrige Meer, und für einen Augenblick wirkte es auf Jonas, als ließe sich auf diesem immer weiter gehen, das Meer überwinden, die Welt umrunden.

Schon von Weitem sah er das Leuchten bunter Glühbirnen, beim Näherkommen erkannte Jonas, dass sie den Namen *Grootmoders Köök* einrahmten, der auf einem weißen Hängeschild stand. Versehen mit dem verheißungsvollen Zusatz »Alles Hausmacherart!«.

Hinter dem verglasten Tresen stand eine junge Frau und starrte ihn an. Auf ihrem Namensschild stand *Nessa*, was Jonas ein wenig irritierte, da sie asiatische Gesichtszüge hatte. Er hätte gern gefragt, woher ihre Vorfahren stammten, aber so was fragte man nicht. Zumindest nicht als Erstes.

»Aus Thailand«, antwortete sie. »Das wolltest du doch wissen, oder? Möchten immer alle.«

»Also, ich ...«

Das Starren von Nessa hörte nicht auf.

»Stimmt was nicht?«

»Du erinnerst mich an jemanden, aber ich komm nicht drauf, an wen ...«

»Jemand Nettes?«

»Keine Ahnung. Auf jeden Fall an jemanden, der bleibenden Eindruck hinterlassen hat. Vielleicht ein Filmstar? Verwechselt man dich manchmal mit einem?«

»Nee, bisher nicht. Und mein Konto wird ganz bestimmt auch nicht mit dem eines Filmstars verwechselt.«

Nessa grinste. »*Restart*. Womit kann ich helfen?«

»Kannst du irgendwas empfehlen?«

»Nee, kommt alles aus der Tüte.«

»Steht da nicht was von Hausmacherart?«

»Reines Marketing. Schließlich wird alles in irgendeinem Haus hergestellt, also ist alles Hausmacherart.«

»Hm, macht die Entscheidung nicht leichter.« Jonas studierte die Speisekarte. Frikadelle mit Senf. Hähnchenschnitzel mit zwei Spiegeleiern. Fischstäbchen. Labskaus. Nudelauflauf Thunfisch.

»Ich sag mal so: Die Currywurst-Tüte hab ich eben erst aufgeschnitten. Damit gilt sie als tagfrisch.«

»Einmal die Currywurst bitte.«

»Top Wahl.« Nessa reckte den Daumen nach oben. »Getränk kannst du dir da rechts selbst nehmen. Kosten alle dasselbe.« Sie blies die Wangen auf.

»Nimm's mir nicht übel, aber so megamotiviert wirkst du nicht.«

»Was hat mich verraten?« Nessa legte eine Wurst auf die heiße Grillplatte. »Ist halt nur ein Job, bis die Uni losgeht.«

»Was willst du studieren?«

»Archäologie. Fasziniert mich total. Schon immer. Du findest ein paar Steine, und, *bämm*, schon weißt du, wie die Menschen früher Büffel erlegt oder was sie unter ihren Bärenfellen in den Betten angestellt haben. Okay, für Letzteres brauchst du Zeichnungen.« Sie lachte. »In Pompeji gibt es sogar Werbegrafiken für Streetfood! Die Vergangenheit ist näher, als man denkt.« Sie wendete die Wurst.

»Hast du selbst schon mal ...«

»Gebuddelt? Und wie! In der Nähe soll eine Batteriefabrik errichtet werden, deshalb hat das Landesamt vorher das Areal untersuchen lassen. Bingo! Über zweihundert Häuser mit rund sechzehntausend Funden. Ich hab da ein Praktikum gemacht und zwei Gewandnadeln in einem Grab gefunden. Ein unbeschreibliches Gefühl!« Nessas große dunkle Augen glänzten. »Ich will unbedingt dabei sein, wenn sie da alles ausgraben.« Sie nahm die Wurst vom Grill, schnitt sie klein, gab mit einer Kelle Soße darüber und krönte alles mit Currypulver.

»Hier, deine ausgewogene Hauptmahlzeit. Wohl bekomms.«

»Sieht aus wie eine archäologische Grabungsstätte. Mal gucken, ob ich was Wertvolles finde.«

»Kalorien, die findest du darin zuhauf. O Mist, Regen.«

»Wo?« Jonas schaute in den Himmel, was bei Regen nie eine gute Idee war. Aber es fiel kein einziger Tropfen.

Nessa stellte die Grillplatte aus und begann, zügig die Lebensmittel wegzupacken.

»Aber es regnet ja gar nicht.« Jonas schaute noch mal gen Himmel.

»Doch.«

»Kein Tropfen.«

»Platzregen.«

Ein Rauschen erklang, und mit einem Mal ergoss sich Wasser aus dem Himmel, als quetsche jemand die Wolken bis zum letzten Rest aus. Hastig trat Jonas unter das Vordach. »Soll ich dir helfen?«

»Klapp schnell die beiden Stehtische zusammen, und reich mir den Mülleimer. Aber beeil dich!«

Jonas wusste nicht, wie der Himmel das schaffte, aber es regnete noch heftiger.

Als sie alles verstaut hatten, war er komplett durchnässt.

»Schnell rein!«, rief Nessa über das Prasseln der dicken Tropfen hinweg.

Drinnen reichte sie ihm ein Handtuch und ein verwaschenes rotes T-Shirt zum Wechseln. Es trug den Aufdruck *Du bist nicht du ohne Matjeshering.* »Passiert hier häufiger. Noch ein Bier aufs Haus? Als Dankeschön für deine Hilfe?«

»Ein Tee wär mir jetzt echt lieber.«

Nessa zog die Augenbrauen empor. »Ich ernenne dich hiermit zum Norddeutschen ehrenhalber!«

Sie mussten beide lachen, was die Welt ein wenig wärmer machte.

Dann quatschten sie: über ihr Lieblingsessen, die zurückliegende Schulzeit (wer hatte die schlimmeren Lehrer und das blödere Abi-Motto?) und die abartigsten Reality-TV-Serien.

Jonas hatte das Gefühl, Nessa schon lange zu kennen. Ihm gefiel, dass sie sehr gut schlechte Witze reißen konnte – und es sie amüsierte, dass er sehr schlecht gute Witze erzählte.

Erst einige Zeit, nachdem der Regen aufgehört hatte, verabschiedete sich Jonas und schlug den Weg zur Ferienpension der Roose-Schwestern ein. Während er die verwaiste Strandpromenade entlangging, beschloss er, noch einen kleinen Umweg durch den Ort zu machen. Allerdings hatte er nicht damit gerechnet, dass der Regen wieder einsetzen würde. Kurzerhand suchte er Unterschlupf an der Bushaltestelle.

Er brachte es nicht übers Herz, sich auf Bentjes Platz

zu setzen, und auch nicht auf den daneben. Es fühlte sich an, als säße Robert dort, seine Hand fest um die seiner Frau geschlossen.

Als Jonas sich, vor Nässe triefend, auf dem äußersten roten Hartplastiksitz niederließ, vibrierte sein Handy.

Er warf einen Blick aufs Display, obwohl er auch so wusste, wer erneut versuchte, ihn zu erreichen.

Nach einem langen Durchatmen tippte er eine SMS.

Alles ist gut.

Aber wenn alles gut war, warum musste er dann jetzt weinen?

4

Ein erfülltes Leben

Punkt acht Uhr begann die Arbeit an *Im Scheinwerferlicht – Das Leben der Stella Dor.*

Das heißt, sie begann nicht wirklich.

Zumindest nicht in Form der ersten getippten Sätze.

»Mitkommen!«, sagte Stella zur Begrüßung und schritt zum Meer.

Erst an der Wasserkante blieb sie stehen.

Und sagte nichts. Ihr roter Seidenschal hatte sich ein wenig gelöst und wehte wie eine Flagge im Wind.

Die Flagge eines sehr unabhängigen Staates, dachte Jonas.

»Halten Sie nach irgendwas Ausschau?«

»Ksch!«

Die Wellenkämme des Meeres zu beobachten, machte Jonas schläfrig. Ständig meinte man, etwas zu sehen, aber es war nur eine weitere Welle.

»Da!«, sagte Stella mit einem Mal. »Sehen Sie das Holzstück?« Sie zeigte darauf.

Jonas brauchte einige Zeit, bis er das dunkle Treibgut erspäht hatte, das Richtung Strand gespült wurde. »Sieht aus wie ein ganz normales Stück Holz.«

»Ist es ja auch. Sind wir alle. Unter der Schminke. Alle aus dem gleichen nachwachsenden Material.«

»O-kay.« Jonas sagte nicht, dass Holz im All seltener war als Diamanten.

»Hinschauen, Jungchen!«

Es war noch langweiliger als das Vorabendprogramm im Fernsehen. Das Holz schwappte hoch und runter, bewegte sich dabei langsam auf sie zu.

»Gesehen?« Stella blickte ihn mit unverhohlenem Stolz an.

»Das Holz? Ich sehe es die ganze Zeit. Ist immer noch Holz.«

»Sie schauen nicht richtig hin! Das ist das Problem mit euch jungen Leuten. Immer alles schnell, schnell, keine Zeit, um wirklich etwas zu bemerken.«

Jonas blickte erneut aufs Wasser. Holz. Altes Holz. Geborsten. In Bewegung. Richtung ...

»Jetzt treibt es von uns weg.«

»Na also! Es treibt von uns weg. Ganz genau. Und diese Momente will ich in meiner Biografie!«

»Aha.«

»Wir verstehen uns?«

»Wenn andere Menschen von uns wegtreiben? Meinen Sie das?«

Stella seufzte. »Das wird ein schwerer Weg mit Ihnen.«

»Frau Dor, wenn Sie mir einfach ...«

»In eine Autobiografie gehören vor allem die Momente, in denen das Leben plötzlich die Richtung ändert. Manchmal nach Süden, manchmal nach Norden. Dieses Holzstück hat nicht selbst entschieden, wohin es treiben will. Das war das Wasser, der Wind. So geht es uns Menschen manchmal auch. Aber manchmal gelingt es uns auch aus eigener Kraft. Gegen die Strömung. Diese Momente zeigen, wer wir wirklich sind. Und jetzt rein, es ist Zeit für meinen Morgencocktail!«

Obwohl es ein kühler Herbstmorgen war, musste Jonas

einen Tisch und zwei Stühle auf die hölzerne Terrasse tragen, die von mannshohen Scheiben umgeben war, um Windböen und Sandkörner abzuhalten. Durch allerlei Ritzen bahnten sie sich trotzdem den Weg zu ihnen. An vielen Stellen des Glases befanden sich schwarze Aufkleber von Vogelsilhouetten, teilweise abgeblättert, es fehlten Flügel, Schnäbel, ganze Köpfe.

Trotz der Kälte war Jonas froh, dass sie nicht im Haus blieben. Wenn alles zusammenbrach, hatte er lieber kein Dach über sich, das auf ihn stürzte.

Das Meeresrauschen war nur noch von fern zu hören, lauter war das Klackern der Eiswürfel in Stella Dors Cocktailglas, gefüllt mit einer Flüssigkeit, deren Farbe unten beeindruckend rot und oben strahlend gelb war, obenauf befanden sich eine Orangenscheibe sowie eine Cocktailkirsche.

Vor Jonas stand ein ehemaliges Senfglas mit stillem Wasser.

»Der erste Zettel!«, verkündete Stella Dor feierlich und zog einen Kassenbon aus dem Buch vor sich. Bei den meisten Zetteln wusste Stella schon lange nicht mehr, was auf ihnen stand. Ihre Position verriet im besten Fall, worum es bei der Erinnerung grob ging, aber ein Abholschein der Wäscherei neben der Packung mit den Kaffeefiltern konnte genauso gut an die langwierige Erkältung im strengsten Winter ihrer Kindheit erinnern (sie musste heißen Wasserdampf über einer Schüssel inhalieren, mit einem Handtuch über dem Kopf) wie an den Urlaub in Zermatt, bei dem sie und ihre Freundinnen jeden Abend das Après-Ski ganz unschuldig mit einem Kamillentee begannen, um von da an die Alkoholmenge mit jedem Getränk zu steigern, bis sie bei Wodka pur ankamen. Oder, und das war am wahrscheinlichsten, es erinnerte an nichts davon, sondern an etwas, das sie völlig vergessen hatte.

Aber es gab Zettel, die wie Leuchttürme strahlten und bei denen Stella ganz genau wusste, welchen Moment ihres ereignisreichen Lebens sie beschrieben. Wie der Kassenbon, den sie gerade aus *Twiggy in Black and White: An Autobiography* gezogen hatte. »Sie kennen Twiggy natürlich nicht, aber in den Sechzigern kannte sie jeder. Ein Supermodel wie Heidi Klum, ach was, größer und mit deutlich mehr *Je ne sais quoi!*« Sie las die Worte auf der Rückseite des Bons und lächelte verschmitzt. »Ich sehe alles wieder vor mir!«

»Verraten Sie mir, was draufsteht?«

»*Biggi. Abendkleid. Kleines Schwarzes. Dry Martini (so köstlich!). Puff.* Ach, ist das niedlich, wie Sie gerade rot werden.«

Jonas senkte den Kopf Richtung Notebook, damit Stella weniger von seinem Gesicht sehen konnte. »Alles bereit, legen Sie los.«

Stella Dor nahm genüsslich einen Schluck Tequila Sunrise und setzte sich danach in Positur. »Ich war süße siebzehn und arbeitete in einer Damenboutique, allerdings sprachen wir es deutsch aus: Bu-ti-ke. Die Kundschaft ließ sich gerne von mir beraten, da ich in allem umwerfend aussah. Darf man das so sagen, oder wirkt das eitel? Selbst wenn es die Wahrheit ist? Ich zeige Ihnen mal ein ganz bestimmtes Foto aus diesem Jahr!«

Stella Dor stand auf, nein, das war falsch, Stella Dor *erhob sich*. Ihr gelang dies sogar von einem altersschwachen Plastikrattanstuhl, sie bewegte sich stets mit einer Aura der Eleganz. Als sie zurückkehrte, hielt sie ein goldenes Fotoalbum in der Hand. Aus den Seiten lugten viele verschiedenfarbige beschriebene Zettel hervor, die Jonas von seinem Platz aus nicht entziffern konnte.

»Hier sind ganz wunderbare Fotos von mir drin, auch einige pikante. O ja, und wie! Ich war schon ein frivoles Früchtchen in meinen jungen Jahren und fand das ganz wunderbar. Aber darum geht es jetzt nicht. Zu meiner Zeit in der Boutique war ich noch ein unschuldiges Ding. Also ein halbwegs unschuldiges Ding – allerdings mit ganz und gar nicht unschuldigen Gedanken.« Sie blätterte durch das Album. »Das habe ich gesucht!« Triumphierend hielt sie ein Foto hoch, wie die Gewinnnummer einer Losbude. »Mein Vater hat es an meinem ersten Arbeitstag in der Boutique geschossen, bevor ich aus der Tür ging. Auf diese Taille wäre ja wohl jede Wespe neidisch! Dazu diese langen, schlanken Beine. Und der Busen, wunderschön weiblich und fest, aber nicht zu groß und wulstig. Sie müssen nicht schon wieder rot werden, meine Güte! Junger Mann, ein schöner Busen ist etwas ganz Natürliches. Los, sprechen Sie mir nach: Busen, Brüste, Titten.«

Jonas sagte kein Wort. Hob den Blick nicht von seinem Notebook.

»Busen, Brüste, Titten! Los, machen Sie schon! Vorher arbeiten wir hier nicht weiter.«

»Busen, Brüste ...« Jonas zögerte.

»*Titten!* Manchmal darf man ruhig vulgär sein. Nicht zu oft, aber im richtigen Moment schätzen Frauen Vulgarität, lassen Sie sich das von mir gesagt sein. Los, *Titten.*«

»Titten«, kam es leise von Jonas, der sich dabei umblickte, voller Furcht, jemand könnte zufällig den Strandabschnitt betreten haben und in Hörweite sein.

»Lauter!«

»Titten?«

»Sie machen mich fertig. Wie nennen Sie denn die

Dinger Ihrer Freundin? Oder sind Sie etwa einer von den Schweigern?«

Jonas stand auf. »Frau Dor, ich bin hier, um *Ihr* Leben aufzuschreiben. Nicht, um Ihnen Auskunft über meins zu geben.«

»Setzen Sie sich!«

»Und erst recht nicht, um wie ein Papagei Worte nachzuplappern.« Er klappte das Notebook zu und steckte es in seine Ledertasche.

»Setzen Sie sich wieder! Sofort!« Stella Dor atmete theatralisch aus und fügte etwas ruhiger hinzu: »*Bitte*.«

Auch Jonas atmete durch. Weniger theatralisch, aber genauso tief. Er brauchte diesen Job. Aber diese Frau ...

»Manchmal überkommt es mich, etwas von meiner Lebenserfahrung weiterzugeben. Aber wenn Sie es vorziehen, darauf zu verzichten, ist das allein Ihr Nachteil. Es ist schließlich Ihr Leben. Jeder macht die Fehler, die er für richtig hält.«

»Damit komme ich klar.«

»Aber nicht gut!« Sie verzog die Mundwinkel, als sauge sie an einem Zigarillo. »Können wir dann endlich weitermachen?«

Betont langsam stellte Jonas sein Notebook wieder auf den Tisch und klappte es auf.

»Wo war ich ...?«

»Das Bekleidungsgeschäft.«

»Nein, die *Boutique!* Sie trug den Namen *Biggis Boutique*, nach Brigitte, der Inhaberin. Sie erzählte allen, dass sie über einen Verwandten extrem gute Verbindungen nach Mailand hätte und wir deshalb immer die neueste italienische Mode präsentieren könnten. Ich glaube eher, sie hatte nur Verbindungen nach Düsseldorf, aber das klang natürlich nicht so schick. Sie war eine fürchterliche

Chefin, ein Feldwebel. Kein Wunder, dass sie bald ihren Spitznamen weghatte. Können Sie sich denken, welchen?«

»Puh ... *Sklaventreiberin* vielleicht?«

»Nein, was für eine absurde Idee. Und viel zu lang. *Igitte* natürlich. Die irre Igitte.«

»Oh, ja, klar.«

»Schon gut. Sie sind eine andere Generation.« Stella Dor seufzte. »Hören Sie, ich kann das nicht mehr!«

»Was meinen Sie?«

»Nett sein. Ich dachte, ich könnte es, aber ich kann's nicht. Das gestern hat mich doch sehr angestrengt. Immer lächeln, immer freundlich und aufmerksam sein. Und das zu einer so unreifen und, nehmen Sie es mir nicht übel, Sie können ja nichts dafür, dummen Person. Das verstehen Sie doch sicher.«

»Bitte *was* haben Sie gerade gesagt?«

»Tun Sie also nicht, ist aber auch egal. Sie haben gesehen, dass ich wundervoll nett sein kann, also nehmen Sie diese freundliche Stella Dor als Blaupause für meine Autobiografie. Und die Stella Dor, die Sie ab jetzt zu Gesicht bekommen, die erwähnen wir nicht. Diese Stella Dor steht nämlich nicht auf der Bühne, sondern ist Backstage, die hat sich abgeschminkt, die Schuhe ausgezogen und sich eine Zigarette angesteckt, eine mit ganz viel Teer und Nikotin. Ohne Filter. Nur diese Stella kann Ihnen zwei Wochen lang von der anderen erzählen. Haben wir einen Deal? Was frage ich, den haben wir ja längst. Ich bezahle schließlich Unsummen dafür. Nicken Sie einfach, das reicht mir.«

Jonas nickte zögerlich. Er fühlte sich wie eine Marionette, an deren Fäden eine Betrunkene zog.

Woher Stella Dor jetzt die Zigaretten hatte, wusste er nicht, aber die Geschwindigkeit, mit der sie sich eine angezündet und sie in ihren Mundwinkel bugsiert hatte, beeindruckte ihn doch sehr. Lange sog sie daran und stieß unter lautem Stöhnen einen schier endlosen Rauchstrahl aus.

»O Gott, das ist so gut! Endlich kann ich wieder frei atmen!« Sie nahm noch einen tiefen Zug und rekelte sich dabei ein wenig. »Also weiter im Text. Ein Mann kam in den Laden, um ein Geschenk für seine Frau zu kaufen – und ich hatte zufällig deren Figur, deshalb führte ich ihm ein Kleid nach dem anderen vor. Vom kleinen Schwarzen bis zum Abendkleid. Irgendwann beschloss ich, mir einen Spaß zu machen. Ich sollte ein Cocktailkleid vorführen? Also mimte ich eine elegante Cocktailtrinkerin. Pantomimisch genehmigte ich mir einen. Nein, Sekunde ... Da schreiben wir besser: *Pantomimisch genoss ich einen Dry Martini*. Klingt stilvoller. Beim Kleid mit Dekolleté machte ich auf verführerischen Vamp, beim hochgeschlossenen auf sittsame Nonne. Ich schlüpfte in all diese Rollen. Der Mann war begeistert, wirklich hin und weg, und ließ mich immer weitere Kleider präsentieren. Bis meine humorlose Chefin dem Ganzen ein Ende machte. Das sei kein Theater hier, er solle sich jetzt endlich entscheiden und etwas kaufen. Hat er gemacht – und jedes einzelne gekauft! Da hat die Igitte vielleicht gestaunt, es war so herrlich. Danach hat er sich vorgestellt. Es war, Sie können es sich ja sicher schon denken, Dietrich Quaste, der berühmte Regisseur. Kein schöner Mann, wirklich nicht, untersetzt, Halbglatze, kleine Maulwurfsaugen hinter einer dicken Brille, aber dafür besaß er Ausstrahlung und Stil. Zwei äußerst erotische Merkmale bei einem Mann, merken Sie sich das! Schreiben Sie das in Rot in Ihr Tagebuch! Dietrich reichte mir mit einer Verbeugung seine Karte und sagte – diese Worte werde ich niemals vergessen! –:

Sie sind für die große Leinwand wie geschaffen, Mademoiselle. Kündigen Sie in diesem Puff, ich mache Sie innerhalb eines Jahres zum Star!«

Jonas kam mit dem Tippen kaum hinterher. »Und wie haben Sie reagiert?«

Stella Dor lachte auf. »Was denken Sie denn?«

»Vielleicht: *Vielen Dank, ich werde es mir überlegen?*«

»Gott bewahre! Da gab es nichts zu überlegen. Ich habe auf der Stelle gekündigt. Als Sonntagskind weiß ich ganz genau, wann das Glück auf meiner Seite ist.« Stella Dor strich sich durch die Haare, als stünde sie vor einem Spiegel. »Einige Wochen später habe ich dann seine Frau zu Gesicht bekommen.«

»Trug sie eines der Kleider, die ihr Mann für sie gekauft hatte?«

Stella Dor lehnte sich verschwörerisch vor. »Nein, sie hätte auch in keins davon reingepasst. Es war alles eine große Scharade. Dietrich hatte mich von der Straße aus gesehen und direkt mein Starpotenzial erkannt.«

»Aber warum hat er dann all die Kleider gekauft?«

»Um sie der schönsten Frau zu schenken, die er kannte!«

Jonas blickte fragend auf.

»Also, Sie müssen schon ein wenig mitdenken, sonst wird das hier nichts.«

Natürlich wusste Jonas, wem Dietrich Quaste die Kleider geschenkt hatte. Aber dies war Stella Dors Show.

»Ihnen?«

»Mir! Das muss in meiner Autobiografie hervorgehoben werden. Was für ein Moment! Er verriet mir das mit den Kleidern aber erst, nachdem ich seine Frau gesehen hatte. So war Dietrich halt, er liebte das Spiel, es war Teil seines Genies! Und nie zuvor hatte sich dieses Genie so darum bemüht, eine Frau zum Star zu machen.«

Jonas tippte alles mit.

»Wurden Sie seine Affäre, oder wurde aus Ihnen beiden ein Paar?«

»Ach, Affäre oder Paar, das sind so schrecklich bourgeoise Begriffe. Wir hatten ... Gemeinsamkeiten. Wollen wir es so nennen?«

»Sie können es so nennen, wie Sie möchten. Es ist Ihr Buch.«

Jonas blickte auf den Bildschirm und versuchte, den Faden wieder aufzunehmen. Wenigstens hatte sie aufgehört, über Brüste zu reden. Das war doch schon mal etwas. »Hat Dietrich Quaste Sie denn umgehend zum Star gemacht?«

»Mal nicht so schnell mit den jungen Pferden! Ein Star wird man ja nicht von heute auf morgen. Aber ein paar Tage später rief er bei mir an. Damals lebte ich noch bei meinen Eltern, anders war das ja gar nicht möglich. Also nicht in einer ordentlichen Familie, und wir waren eine. Mein Vater war Elektriker, meine Mutter Hausfrau, und sie engagierte sich in der katholischen Kirchengemeinde. Schwärmte heftigst für den Pfarrer, aber der interessierte sich eher für jene, die aussahen wie sein Heiland. Sie wissen, was ich meine.«

Jonas nickte schnell, bevor Stella das weiter ausführte. Vergebens.

»Also für *Männer,* nur damit wir uns richtig verstehen. Ich weiß ja nicht, was da drin vorgeht.« Sie wedelte mit dem Zeigefinger vor Jonas' Stirn hin und her.

»Funktioniert einwandfrei, danke der Nachfrage.«

»Ich habe *nicht* gefragt, so gut kann es also nicht funktionieren. Ich sehe viel Arbeit beim Redigieren auf mich zukommen.« Sie schüttelte erschöpft den Kopf.

»Dietrich Quaste rief bei Ihnen an ...«

»Genau! Mein Vater ging dran. Dietrich wollte, dass ich zum Vorsprechen für eine Rolle in *Der Tote aus der Themse* komme. Mein Vater lehnte natürlich ab. Ich sei noch zu jung und die Filmindustrie sowieso ein Sündenpfuhl. Ich war dermaßen am Boden zerstört, ich heulte nicht nur, sondern schrie die ganze Wohnung zusammen. Sie werden es nicht glauben, aber das kann ich, stundenlang.«

Jonas schaffte es gerade so, nicht zu schmunzeln. Einfach nur tippen, sagte er sich, besser nicht hochschauen.

»Mein Vater ließ sich nach weiteren Anrufen schließlich darauf ein, dass Dietrich vorbeikam, um mit ihnen zu reden. Zu dem Treffen brachte er einen großen Strauß Rosen und teure Schweizer Schnapspralinen für meine Mutter sowie alten Cognac und dicke Zigarren für meinen Vater mit. Er versicherte ihnen hoch und heilig, auf mich aufzupassen.« Stella Dor musste lachen, fing sich aber wieder. »Meine Eltern begleiteten mich zu dem Vorsprechen. Es ging nur um eine kleine Rolle, die des aufreizenden Zimmermädchens Marie-Claire, mit dem der verheiratete Duke flirtet. Mein ganzer Text sollte aus drei Sätzen bestehen – allerdings mit französischem Akzent!« Stella Dor zwinkerte Jonas zu. »Schrecklicher Kitsch, sage ich Ihnen!«

Jonas spürte, dass es nun wieder an ihm war, eine Frage zu stellen. »Haben Sie die Rolle bekommen?«

»Aber natürlich! Obwohl sie fünfzig Mädchen vorsprechen ließen. Fünfzig! Ich bekam jede Rolle, für die ich je vorgesprochen habe.«

»Wie wurden Frauen damals im Filmbusiness behandelt? Man hört da ja echt schreckliche Geschichten.«

Stella Dor erhob sich. »Das hat mich jetzt doch alles sehr erschöpft. Dieses Wühlen in Erinnerungen ... Als wäre mein Gehirn ein staubiger, unordentlicher Speicher.

Wir machen eine Pause. Kommen Sie heute Nachmittag wieder. Sagen wir dreizehn Uhr. Seien Sie pünktlich!«

Mit diesen Worten ließ sie ihn allein auf der Terrasse zurück.

5

Guter Junge

Durch die Gardine sah Stella zu, wie Jonas die Terrasse verließ und sich dabei stets irgendwo festhielt.

Ihr Herz schlug hart gegen die Brust, weshalb sie die Hand darauflegte, um es zu beruhigen. Aber Herzen hatten ihren eigenen Willen, sie ließen sich nicht einfach bändigen. Stella begann zu summen, das hatte ihr bei Lampenfieber stets geholfen. *Der Mond ist aufgegangen* hatte ihr Herz immer schon geliebt, als wäre es ein kleines Kind.

Sie musste nicht auf ihre goldene Armbanduhr schauen, um zu wissen, wie spät es war, aber aus Gewohnheit blickte sie trotzdem zu ihrem Handgelenk.

Es war Zeit.

Natürlich war es Zeit.

Als sie aus der Tür trat, hörte sie das Meer so laut rauschen, als wolle es mit der Flut den ganzen Strand verschlingen, obwohl es doch wusste, dass es sich hungrig wieder zurückziehen würde.

Heute waren es siebenundachtzig Schritte bis zum Meer. Viele Menschen klagten, wie schwer es war, im Sand zu gehen, weil man bei jedem Schritt einsank und für einen kurzen Moment den Halt verlor. Auf Stella dagegen wirkte es, als würde der Strand sie schützend festhalten, damit der Wind sie nicht packen und davontragen konnte.

Über ihren täglichen Spaziergang zum Meer, egal bei

welchem Wetter, würde sie nichts in der Autobiografie erzählen. Das musste niemand wissen.

Diese Spaziergänge gehörten nur ihr.

Sie blieb kurz vor der Grenze stehen, wo die letzten schäumenden Zungen im Sand versanken und ihn glatt und glänzend zurückließen. Dann zog sie wie immer ihre Schuhe aus, danach die Strümpfe und steckte sie hinein, stellte alles ordentlich nebeneinander in den Sand und trat zwei Schritte nach vorn, wartete auf den nassen, kühlen Schmerz an ihren Zehen, der rasch auf den Rest der Füße überging.

Das war der Moment, in dem sie ganz tief einatmete, bis kein Molekül mehr in sie hineinpasste, sodass sich Schaudern und Luft vermischten, bis schließlich alles aus ihr hinausfloss und es für einen kurzen glücklichen Moment wirkte, als wäre da keine Schwere mehr auf ihrer Brust.

Als das Meer wieder zurückwich, blickte Stella hinab zu ihren faltigen Füßen, auf denen sich weiße Schlieren vom Schaum der Algen abzeichneten. Einst waren sie so makellos und elfenbeinfarben gewesen, dass ein berühmter Kollege in der Essener Lichtburg spontan eine Ode darauf gedichtet hatte.

Schnell schaute sie wieder hoch zum Meer, dem man die Millionen Jahre nicht ansah.

Es hieß, man würde immer nur einen Tag älter. Aber das stimmte nicht. Stella war viele Jahre jung gewesen. Eines Tages hatte sie dann in den Spiegel geschaut, und eine alte Frau hatte zurückgeblickt. Stella wusste natürlich, dass sie älter wurde, der Körper hatte da so seine Arten, es einem mitzuteilen. Aber sie hatte immer noch die junge Frau in dem älter werdenden Gesicht gesehen. Mit einem Mal war sie dann einfach fort.

Das Alter war wie ein Wolf, der weit entfernt im Wald lebt. Man wusste, dass er da war, aber man sah ihn nicht. Irgendwann tauchte er dann in der Ferne auf, und man dachte: Der Geselle ist noch ganz weit weg. Wenn man Glück hatte, sah man ihn lange nicht mehr, aber dann stand er plötzlich auf der Straße, die zu einem selbst führte, und eines Tages war er mit einem im Haus und ging nie wieder fort. Manchmal schlief er, manchmal zwickte er einen. Und manchmal knurrte er. Man konnte sich vor ihm fürchten oder versuchen, ihn zu streicheln. Aber er blieb immer ein wildes Tier, das einem irgendwann die Kehle durchbeißen würde.

Auf dem Rückweg zur *Krabbe* sah Stella einen alten Bekannten in Daunenjacke, Bermudashorts und gelben Gummistiefeln, der mit einem schweren Hammer auf einen der Zaunpfähle ihres Anwesens schlug. Weit ausholend ließ er ihn wieder und wieder auf das Holz prallen, wobei die Pausen immer länger und das Schnaufen stetig lauter wurden.

Schließlich ließ er den Hammer sinken und lehnte ihn gegen den Pfahl, um sich mit einem karierten Stofftaschentuch über die Stirn zu fahren.

Paul Hansen vergaß oft, welche Jahreszeit gerade war. Wenn er dann, falsch gekleidet, aus der Haustür trat und seinen Fehler bemerkte, war ihm das Umziehen zu lästig, und er warf allenfalls noch eine Jacke über oder zog einen Pullover zu viel aus. Seit über zwei Jahrzehnten kümmerte er sich schon um Stella Dors Stelzenhaus, zog hier neue Schrauben ein, montierte dort eine stabilere Stütze oder überstrich Fensterrahmen. Alles unentgeltlich.

Er trug keine Mütze, aber als Stella zu ihm trat, tat er so, als lüpfe er eine.

»Hatte ich wieder eine Schraube locker?«, fragte sie mit einem süffisanten Lächeln, das ihr früher zu Femme-fatale-Rollen verholfen hatte.

»Nur zur Sicherheit. Wegen der Herbststürme. Will ja nicht, dass Ihnen etwas passiert!« Paul sah nicht zufällig aus wie ein Walross, er hatte in seinem Leben alles dafür getan, um die nötige Körper- und Bartfülle zu bekommen – bei seiner Glatze hatte ihm das Schicksal beigestanden. Kein Tier strahlte seiner Meinung nach so viel Ruhe und Gelassenheit aus wie ein Walross, und genau das wollte er auch tun, nur eben an Land.

»Du weißt, dass bald sowieso alles abgerissen wird, oder?«

»*Die Krabbe?* Nein!«

»Doch, Paul. Ich habe es dir gestern erzählt und vorgestern und ... ach, eigentlich jeden Tag, seit es beschlossen wurde.«

»Mein Gedächtnis ...« Er zuckte entschuldigend mit den Schultern. »Aber jetzt erinnere ich mich wieder. Bis es so weit ist, dass Ihr schönes Haus verschwindet, wird Ihnen aber niemand etwas nachsagen können! Alles tipptopp in Schuss. Dafür sorge ich!«

»Mir ist es herzlich egal, ob mir etwas nachgesagt wird. Die Leute sagen mir ohnehin viel nach, und es würde zu viel Arbeit machen, alles geradezurücken. Dafür ist mir meine Zeit zu kostbar.«

Paul nickte und versuchte, mit einem warmen Lächeln Gelassenheit auszustrahlen.

Plötzlich bewegte sich ein Sandhügel in der Nähe, schien größer zu werden, Beine wurden sichtbar, und er schüttelte sich. Träge bewegte sich die Form auf den Mann zu.

»Guter Junge, kommst du her?«

Der übergewichtige Golden Retriever legte einen Zahn zu, was bei ihm allerdings nicht viel bedeutete. Gemächlich trabte er heran und ließ sich mit einem Stöhnen zu Pauls Füßen nieder.

Stella beugte sich zu ihm und strich über die ergraute Stelle an der Stirn des Tiers. »Guter Junge!«

Der Hund rappelte sich auf und versuchte, ihr durchs Gesicht zu lecken. Denn er fand, alle freundlichen Wesen in der Welt waren es wert, einmal ordentlich abgeschleckt zu werden.

»Tanzen Sie heute mit mir?«

»Ach, Paul, du hörst nicht auf zu fragen.«

»Ich höre nicht auf, es mir zu wünschen. Ich habe nicht mehr viele Träume, aber das ist einer davon.«

Paul träumte ihn, seit er Stella Dor damals tanzen gesehen hatte, in *Noch grüner ist die Heide*. Er war ein junger Mann gewesen und hatte sich in die wunderschöne Frau mit den geheimnisvollen Augen verliebt. Diese Liebe war ihm zu einem treuen Begleiter geworden, er stand jeden Morgen mit ihr auf und nahm sie abends mit in seine Träume. Sie ließ ihn diese junge Frau immer noch sehen. Älter ja, aber doch immer noch jung und bezaubernd.

Paul vergaß viel und immer mehr. Seine Erinnerungen waren wie Laufmaschen, die stetig größere Löcher in den Stoff rissen. Aber die Liebe zu Frau Dor hatten sie nie mitreißen können, denn sie war kein loser Faden, sie war das Gewebe selbst.

»Die Antwort bleibt Nein, für immer.«

»Soll ich denn aufhören zu fragen?«

Stella lächelte nur. »Sehen wir uns morgen?«

»Jeden Tag gibt es etwas zu tun!«

»Ja, jeden Tag gibt es etwas zu tun.«

Ohne einen Blick zurück ging sie in ihren Strandpavillon, Guter Junge folgte ihr schwanzwedelnd ein paar Schritte und bellte freundlich, um sie zum Bleiben zu bewegen.

Aber die Tradition sah noch weitere Rituale vor, die nun zu tun waren: Am ehemaligen Tresen mixte sie sich einen Gin Tonic. Ohne Zitrone. Ohne Gurke. Nur Gin und Tonic und Eis. Sie trank ihn, während sie sich abschminkte. Danach stieg sie in die dampfend heiße Badewanne, legte den Kopf zurück gegen die Emaille und die Hand auf den kalten Rand, wo die Rasierklinge seit Langem bereitlag.

Zögerlich berührte Stella sie mit den Fingerspitzen.

Es gab immer etwas zu tun.

Jonas blickte auf das Schild mit den Öffnungszeiten der Fahrradstation Kettenesel, dann noch mal auf seine digitale Armbanduhr.

Die Tür des rot-weiß quergestreiften Hauses an der Strandpromenade hätte seit sieben Minuten aufgesperrt sein müssen. Aber nicht mal Licht brannte im Inneren. Trotzdem war zu erkennen, dass keine Fahrräder im Laden standen. Vielleicht war er längst für immer geschlossen, aber keiner hatte ein entsprechendes Schild aufgehängt?

»Oh, ein Wal, muss schnell meine Harpune holen!«, sagte da eine bekannte Stimme hinter ihm.

Jonas drehte sich um. »Sehr lustig. Den hab ich ja noch nie gehört.«

Nessa grinste breit. »Aber *ich* hab den noch nie gemacht, daher stand er mir zu.«

Im Kindergarten war sein Name kein Problem gewesen, aber in der Grundschule kannten die älteren Kinder dann schon *Die drei ???* und nahmen ihn ins Visier. *Guckt mal, da kommt Justus Jonas, Erster Detektiv. Na, Justus Jonas, heute schon einen Fall gelöst? Nimmst du uns mal mit nach Rocky Beach, Justus Jonas?*

Und dann kam im Religionsunterricht die Geschichte von Jona und dem Walfisch dran.

Ab da war er der Fischjunge. Obwohl er ja einen Buchstaben mehr hatte als dieser Jona und ein Wal gar kein … egal.

Jonas begann, seinen Namen zu hassen. Und mit seinem Namen auch ein wenig sich selbst – und ein wenig sogar seine Eltern, die bei der Namenswahl so unvorsichtig gewesen waren.

Im Studium hatte er sich deshalb als »J« vorgestellt, englisch ausgesprochen, *Jay*. Dabei klang das viel zu lässig für ihn. Da der Name nicht passte, fiel er bald wieder von ihm ab, wie Schuhe, die drei Nummern zu groß waren.

Er war und blieb Jonas.

Der jetzt erst merkte, dass er sich in seinen Gedanken verloren hatte und Nessa ihn beobachtete. Mit einem kleinen Lächeln um die sanften Züge.

Um die Stille zu brechen, wies Jonas auf den Fahrradladen. »Weißt du zufällig, was hier los ist?«

»Die haben noch nicht auf.«

»Ja, danke, das seh ich selbst. Aber bei den Öffnungszeiten steht …«

Nessa winkte ab. »Das sind nur grob geschätzte Angaben. Die ändern sich je nach Wind, Wellen und Wetter. Ebbe und Flut kommen ja auch nicht jeden Tag zur gleichen Zeit.«

»Aber für Öffnungszeiten ist das alles doch völlig irrelevant.«

»Das sagst *du*, Städter. Lass mal mehr Meer zu. Wird dir guttun.«

»Und was meinst du, wann die Gezeiten den Laden öffnen?«

Nessa hielt einen Schlüsselbund in die Höhe und grinste breit. »Ich sperr jetzt auf.«

Jonas schüttelte den Kopf. »Warum hab ich das nicht kommen sehen ...?«

Drinnen schaltete Nessa das Licht an und warf sich eine blaue Weste über, auf deren Brusttaschen Fische auf Fahrrädern zu sehen waren. Als sie hinter der Theke stand, setzte sie ein breites Lächeln auf und sagte: »Herzlich willkommen bei der Fahrradstation Kettenesel. Wie darf ich Ihnen helfen?« Sie senkte die Stimme. »Früher haben wir immer *Wie* kann *ich Ihnen helfen?* gesagt, aber dann hat der Chef ein Buch über Kundenansprache gelesen, und jetzt *dürfen* wir, statt zu *können.*«

»Ich würde gern ein Fahrrad leihen.«

»Pech.«

»Wie, Pech?«

»Wir haben keine Saison, deshalb sind die Fahrräder alle zum Auffrischen im Nachbarort, da gibt es nämlich einen alten Schrauber, der die für ’n Appel und ’n Ei wieder picobello instand setzt. Ist für den mehr Hobby als Beruf.«

»Es gibt also überhaupt kein Fahrrad, das ich ausleihen könnte?«

»Nö. Nur ein paar Dreiräder und Kettcars hätte ich noch im Angebot. Ich kann dir auch ein Fahrradschloss verkaufen. Wir verticken hier außerdem alles fürs Angeln und ein bisschen Bootsausrüstung.«

»Ein Fahrradschloss? Echt jetzt? Obwohl ich kein Fahrrad habe?«

»Dann hättest du aber schon mal ein Schloss. Wäre ein Anfang.« Nur mit Mühe konnte sie sich ein Prusten verkneifen.

»Wo ist denn der nächste Fahrradladen?«

»Locker fünfzehn Kilometer entfernt.«

»Na super.«

»Ach, da fällt mir was ein!«

»Ja?«

»Drachen haben wir auch.« Nessa zeigte auf ein Regal. »Also Winddrachen. Richtig gute, zum Lenken und so. Ernsthafte Dinger.«

»Was soll ich denn damit? Ich brauche ein Fahrrad.«

»Du könntest dir drei Drachen kaufen und damit fliegen.« Sie blies die Wangen auf.

»Du wirst immer lustiger.«

»Ich weiß, ich lauf mich gerade warm.«

»Hast du echt überhaupt keinen fahrbaren Untersatz für mich?«

»Hm. Lass mich mal nachdenken.« Sie wandte sich vom Tresen ab und ging nach hinten, wo eine schief in den Angeln hängende Holztür halb offen stand. Das Zimmer dahinter war dunkel.

»Wo gehen wir denn hin?«, fragte Jonas, der ihr gefolgt war.

»In den Hinterraum. Aber nicht, um da das zu machen, was du bestimmt denkst. Kein Knickknack oder Schnickschnack oder Poppeldipopp oder so.«

Jonas blieb kurz die Luft weg. »Hab ich überhaupt nicht gedacht!«

»Ach, hör schon auf, kannst du ruhig zugeben.«

»Hab ich echt nicht gedacht!«

»Schade …« Sie lachte. Dann schaltete sie das Licht an. »Tadaaa! Das könnte Ihr Gewinn sein.«

Vor ihnen stand ein feuerrotes Rad. Allerdings mit zwei Sitzen.

»Ein Tandem?«

»So nennen es echte Kenner, ja.«

»Kann man darauf überhaupt allein fahren?«

»Nicht gut, es ist schwer zu lenken und anstrengend zu treten. Außerdem quietscht es, egal was man dagegen unternimmt. Aber ja, man kann.«

»Hm.«

»Ich mach dir auch einen Sonderpreis. Weil du es bist. Und es gibt sogar einen Wal-Aufkleber extra!«

»Du bist echt die unverschämteste Verkäuferin, die mir je begegnet ist.«

»Danke! Also bin ich wenigstens in irgendwas die Beste.«

Jonas seufzte. »Na gut, ich nehms. Zur Miete. Und erst mal nur auf Probe.«

»Soll mir recht sein. Dann füll hier Namen, Handynummer und so weiter aus.« Sie zog einen Block aus der Westentasche. »Und hier noch ein Kuli. Ich pump dir das Prachtstück noch schön fest auf, und ein paar Tröpfchen Öl gibt es auch aufs Haus.« Sie ging zur Werkbank, auf der eine Tretpumpe lag.

»Wie viele Jobs hast du eigentlich?«

»Aktuell drei. Der Imbiss, das hier und orgeln in der Kirche. Wenn man das Gassigehen mit Frau Büsings bissigem Dackel dazuzählt, sind's sogar vier. Und jeden Freitagabend singe ich im Shantychor – allerdings bekomme ich dafür kein Geld, obwohl ich echt welches verdient hätte.« Sie grinste und begann, die Reifen aufzupumpen. »Und du? Ich hab dich gestern gar nicht gefragt, was du hier treibst. Hab automatisch angenommen, du bist ein Touri. Obwohl wir zurzeit eigentlich keine haben.«

»Stella Dor.«

»Was ist mir ihr?«

Jonas erzählte Nessa, was ihn hierher verschlagen hatte. Sein Wunsch zu schreiben, die Vereinbarung mit seinem Vater, die Anfrage von Stella Dor und auch ein wenig von dem, was sie ihm diktiert hatte.

Nessas Augen weiteten sich. »Totale Legende! Ich kann dir helfen! Muss mich für mein Studium eh in das Thema Recherche einfuchsen.« Sie holte die Ölkanne.

»Das ist allerdings nicht wirklich archäologisch.«

»Nee, aber Zeitungsrecherche hilft manchmal, um potenzielle Grabungsorte zu finden.«

Jonas spürte, dass etwas Ungesagtes im Raum lag. Wer wie er viel las, erwarb mit der Zeit eine besondere Fähigkeit. Er konnte in Büchern zwischen den Zeilen lesen, sah all die ungeschriebenen Worte auf blankem Papier. Und auch bei Gesprächen fielen einem plötzlich Lücken auf, die so viel verrieten.

So ging es Jonas nun mit Nessa.

Es waren kurze Blicke in die Ferne, ungewöhnliche Betonungen, Pausen, in denen etwas nicht ausgesprochen wurde. Unter ihrer Fröhlichkeit schien etwas verborgen. Ein Schmerz, eine Sehnsucht. Er hätte Nessa gerne gefragt, was es war. Er hätte sie ohnehin gern viel gefragt, auch was ihre Herkunft betraf. Aber das war genau die Art von Fragen, die viele Missverständnisse aufwerfen konnte. Und sie kannten sich erst so kurz, dass schon ein einzelnes das wenige durchtrennen konnte, das sie bisher verband. Dieses Risiko wollte er nicht eingehen.

Er spürte ihren fragenden Blick auf sich.

»Ich weiß echt nicht, ob ...«

»Außerdem habe ich gerade eh nichts anderes zu tun.«

»Außer deinen vier Jobs.«

»Die mich nicht ausfüllen!« Sie schob ihm das Tandem

hin. »Und jetzt wünsche ich Ihnen viel Freude mit Ihrem Drahtesel der Fahrradstation Kettenesel! Empfehlen Sie uns gerne weiter.«

6

Die Farbe kommt wieder

Stella Dor wartete vor dem Zaun, Zigarette im Mundwinkel, Arme verschränkt.

»Wer hat Ihnen eigentlich erzählt, dass mein Strandpavillon abbruchreif ist?«, rief sie schon von Weitem.

Jonas schob das rote Tandem vom Damm hinunter zum Zaun und kettete es dort fest. Die Fahrt hatte aufgrund des störrischen Gefährts einem Slalom geglichen, selbst auf schnurgerader Straße.

»Die Schwestern ...«

Stella Dor hob ihre Hand. »Genau das dachte ich mir. Wenn Sie alles glauben, was andere Leute sagen, haben Sie sehr viel zu tun. Dann kommen Sie gar nicht mehr dazu, das zu glauben, was Sie selbst glauben wollen. Kommen Sie mit.«

»Wohin denn?«

»Wir machen einen Spaziergang.«

»Kann ich zuerst meinen Rucksack im Haus deponieren?«

»Nein, denn dann müssten Sie ja in die *Krabbe* gehen, und das ist Ihnen unangenehm. Wir müssen vorher reden. Ich ertrage es nicht, zu sehen, wie sie über meine Terrasse eiern, als würde alles jeden Moment einstürzen. Jetzt kommen Sie schon, Bewegung!« Sie ging los, ohne seine Antwort abzuwarten.

Jonas stapfte hinter ihr durch den Sand und versuchte,

sie einzuholen. »Warum habe ich den Eindruck, dass Sie sauer auf mich sind?«

»Weil der Eindruck stimmt. Sie unterstellen mir durch Ihr Verhalten, dass ich Sie in ein Haus bitten würde, das nicht sicher ist. Dass ich eine verantwortungslose, lebensmüde Greisin sei. Würde Sie das nicht ebenfalls erzürnen?«

»Was hätten Sie denn an meiner Stelle gemacht?«

»Mich darauf angesprochen. Schließlich beiße ich nicht!«

Jonas verschwieg, dass er sich da nicht hundertprozentig sicher war.

Stella Dor blieb an einem Mülleimer stehen. »Da.« Sie zeigte darauf.

»Soll ich was reinwerfen?«

»Sie sollen ihn sich angucken.«

»Ich weiß, wie Mülleimer aussehen.«

»Sie schauen sich jetzt diesen verbeulten alten Mülleimer an!«

Bevor sie doch zubiss, folgte Jonas ihrer Aufforderung.

»Und? Fällt Ihnen etwas auf?«

»Meinen Sie den gemalten Hund? Ist das ein Eimer für Kotbeutel?«

Stella Dor nickte wie eine strenge Lehrerin, deren Schüler gerade eine viel zu leichte Aufgabe gelöst hatte. »Dieser Teil des Strandes war nie sehr beliebt. Der Pavillon machte Verluste und wurde schon zwei Jahre nach seiner Eröffnung wieder geschlossen. Ich bot mich an, ihn zu kaufen. Der damalige Bürgermeister war begeistert, hoffte auf Glanz für sein Örtchen. Oh, er hatte große Träume. Aber nie habe ich irgendetwas davon zugesagt! Als ich nach dem Umbau einzog, wartete er auf all das –

aber nichts davon kam.« Sie machte eine Pause und zog lange an ihrer Zigarette.

»Ich verstehe leider nicht, was das mit dem Mülleimer zu tun hat.« Jonas brachte etwas mehr Abstand zwischen sich und den Behälter.

»Hat die Jugend denn keine Geduld mehr? *Die* sollte ein Schulfach sein, das würde vieles einfacher machen. Für sie selbst wie für die Menschen, die mit ihnen zu tun hat. Also, was hat der Bürgermeister wohl getan, um mich loszuwerden?«

»Er hat ... Hundekotmülleimer aufgestellt?« Jonas schüttelte den Kopf, das ergab keinen Sinn. »Er hat das Areal zum Hundestrand erklärt?«

Stella Dor atmete schwer. »Es gibt noch Hoffnung für Sie. Ja, genau das hat er getan. Aber ich liebe Hunde. Selbst wenn sie bellen. Gehen wir weiter.« Schnellen Schrittes hielt sie auf eine Baumgruppe zu, die sich etwas oberhalb des Strandes befand.

»Wo bleiben Sie denn?«

»Ich sichere nach hinten ab.«

»Fangen Sie bloß nicht an, lustig zu werden. Lachen macht nur Falten.«

Jonas fand, dass Lachen jedes Gesicht schöner machte, aber auf eine Diskussion darüber würde er sich mit Stella Dor ganz bestimmt nicht einlassen.

»Das hier«, hob Stella Dor vor dem ersten Baum an, »ist die *Spannung*.«

Jonas kniff die Augen zusammen. »Es tut mir leid, aber das verstehe ich nicht.«

»So nennen die Leute im Ort dieses Fleckchen. Denn genau hier versteckten sich immer die *Spanner!* Nachdem das mit dem Hundestrand nicht funktioniert hatte, machte der Bürgermeister nämlich einen FKK-Strand daraus. Aber Nackte stören mich auch nicht. Jeder ist nackt, aber nicht jeder zeigt es. Wir beide stehen hier nackt, durch die Kleidung sieht man es nur nicht.«

»Das ist eine sehr unorthodoxe Sichtweise.«

»Sie können ja doch Komplimente machen.« Etwas wie ein Lächeln stahl sich auf Stellas Gesicht, verschwand aber wieder, bevor es eine Falte bilden konnte.

»Eine Zeit lang geschah nichts, dann hieß es plötzlich, der Pavillon sei morsch. Ein Gutachten tauchte auf, und mein Zuhause war offiziell einsturzgefährdet. Im Gegensatz zu den zwei baugleichen Pavillons, die noch dazu ein wenig älter sind.«

»Sie wirken auf mich nicht wie eine Frau, die sich eine solche Dreistigkeit gefallen lässt.«

Stella Dor nickte, aber es wirkte ungewohnt kraftlos. »Ich habe mich an einen Rechtsanwalt gewandt, der mir bestätigte, dass die Gemeinde im Recht ist und sie mir bald die Polizei auf den Hals hetzen werden. Wir haben also nicht mehr viel Zeit. Die Gemeinde lügt, aber durch diese Lüge ist sie im Recht. Lügen sind das am weitesten verbreitete Verbrechen. Das macht sie nicht weniger abstoßend.«

»Wenigstens wird in Autobiografien nie gelogen.« Es sollte eine ironische Bemerkung sein, wie Jonas sie manchmal machte, wenn eine Situation ihm unangenehm war. Meist wurde sie dadurch jedoch nur noch unangenehmer.

»Ja, *wir* schreiben die Wahrheit. Auch wenn mancher sie nicht hören wollen wird. Oder glauben. Aber es *ist* die Wahrheit, die einzige.« Stella Dors Stimme war mit jedem Wort leiser geworden, als hätte jemand ihre Lautstärke immer weiter runtergedreht.

»Jetzt kann ich mich auf jeden Fall wieder unbeschwert

in Ihrem Haus bewegen«, brach Jonas das Schweigen. »Danke für die Aufklärung.«

Stella Dor blickte ihm in die Augen. »Sie hätten mich fragen können. Ich weiß, es heißt, Fragen stellen koste nichts. Aber das ist eine Lüge. Es kostet häufig Überwindung, und der Preis für eine falsche Frage kann noch höher sein. Aber nicht fragen kostet auch etwas. Immer. Und zwar Erkenntnis.«

Zurück in der *Krabbe*, passierte etwas ausgesprochen Ungewöhnliches: Stella Dor sprang auf und ab. »Bombensicher, sehen Sie! Es würde einen Orkan überstehen.«

Jonas unterdrückte ein Grinsen. Zum ersten Mal war Stella Dor nicht die Eleganz in Person.

Nach dem Springen nickte sie zufrieden, trat zur Zuckerdose, zog einen Zettel heraus und erzählte, nach einem Blick auf die Stichworte darauf, von ihren Großeltern, die Bauern gewesen waren und bei denen sie alle Schulferien verbracht hatte, weil ihre Eltern sich keine Urlaubsreisen leisten konnten. Ihre Großmutter verkaufte Stiefmütterchen auf dem Markt, der Großvater arbeitete im Braunkohletagebau. Schwerstarbeit, die sein Herz schädigte.

Die beiden führten eine Zweckehe, wie sie damals üblich war. Liebe war keine Voraussetzung, sondern nur ein Extra, das manche dazubekamen. Hoffen durfte man darauf aber nicht. Noch viel mehr als über ihre Großeltern erzählte Stella Dor aber über den Dorfteich, in dem sie jede freie Minute verbracht hatte. Sie holte einen gelben Notizzettel aus Franziska van Almsicks Autobiografie *Aufgetaucht* hervor, der bis auf den letzten Millimeter beschrieben war. Außerdem einen gefalteten Beipackzettel für Haarfärbemittel, der zwischen ihren Shampoos im

Badezimmerregal steckte und ihren ersten Sprung vom Dreimeterturm im Freibad zum Thema hatte. Und zuletzt zog Stella ein beschriebenes Papiertaschentuch aus ihrer Nachttischschublade, das sie außer mit Notizen auch mit einer Zeichnung ihres Schwimmabzeichens versehen hatte. Wegen ihrer aquatischen Begabung hatte sie es sehr schnell erhalten und brachte es danach sogar bis zur Rettungsschwimmerin.

Jonas fiel erst an diesem Tag wirklich auf, wo in der *Krabbe* überall Zettel verteilt waren. In den kurzen Schreibpausen machte er Ausflüge in die Küche, ins Bad; als Stella Dor auf der Terrasse rauchte, blickte er einmal kurz in ihr kleines Schlafzimmer. Man konnte die Zettel nicht nur sehen, sondern sogar ihr Rascheln hören, wenn ein leichter Wind durch die *Krabbe* fuhr, oder ihr Knistern, wenn die Temperatur sich änderte.

Am Kühlschrank hingen so viele bunte Zettel mit Magneten, dass dieser aussah wie ein Lappenclown im Kölner Karneval.

Die meisten steckten allerdings in Stellas Sammlung von Autobiografien, denn beim Lesen über die Leben anderer verglich man diese ja gern mit dem eigenen. Ob Michelle Obama, Agatha Christie, Bob Dylan, Benjamin Franklin, Nelson Mandela oder Carl Zuckmayer, Stella hatte offensichtlich unzählige Leben gelesen und in jedem ein Stück von sich gefunden.

Aber Stellas Erinnerungszettel fanden sich auch in Keksdosen, zwischen Frotteetüchern und Sofakissen oder hinter kleinen Bilderrahmen in den Regalen. Anscheinend durfte keine einzige Erinnerung in diesem Haus verloren gehen.

Den ganzen Tag verbrachten sie mit Erinnerungen rund ums Wasser. Stella Dor erzählte von Urlauben auf Korfu, dem Olympiaschwimmbad in München, dem Tinside Pool in Plymouth. Bei manchen Zetteln schien sie unter dem Gewicht der Gedanken, die sie weckten, zu straucheln, andere trug sie stolz herbei wie Diamanten, die sie selbst aus Kohle gepresst und die ihr Leben zum Glänzen gebracht hatten.

»Wissen Sie«, sagte Stella, als sie einen vollgeschriebenen Briefumschlag in Händen hielt, auf dem die Worte kaum mehr zu lesen waren, »unsere Erinnerungen sind wie ein Fotoalbum, aus dem jedes Jahr mehr Bilder verschwinden.« Sie drehte das Stück Papier in ihrer Hand. »Und die Farbe in denen, die übrig bleiben, geht peu à peu verloren. Nur wenn man darüber redet, kehrt sie für einen Moment zurück.«

»Und den halten wir fest.«

Stella Dor verschwieg, dass die Farbe besonders dann wiederkehrte, wenn man die Erinnerungen mit jemandem teilte, der sie miterlebt hatte. *Weißt du noch, damals, der klebrige türkische Honig auf der Kirmes? Kannst du dich noch an die Predigt von Pfarrer Kramer erinnern, bei der die alte Frau Palm in der ersten Reihe laut geschnarcht hat? Unseren ersten Kuss, den habe ich immer noch auf den Lippen, du auch?*

Aber mit der Zeit gab es stetig weniger Menschen, mit denen man Erinnerungen teilen konnte. Einer nach dem anderen starb, und man blieb allein mit ihnen zurück. Man konnte sie nicht mehr betrachten, ohne die Dunkelheit am Rand zu spüren.

»Schwimmen Sie heute noch gern?«, fragte Jonas, um diesen Teil von Stella Dors Leben abschließen zu können.

»Selbstverständlich«, antwortete sie ruppig. »Warum auch nicht?«

Stella stand auf, den Stuhl laut hinter sich schiebend. »Genug für heute, ich bin erschöpft.«

»Erinnern ist ein wenig, als würde man es noch mal erleben, oder?«

»Und dann und wann ein weißer Elefant.«

Jonas wusste nicht, was der Satz bedeuten sollte, aber er spürte, dass es einer mit großem Punkt am Ende war, der keine Erwiderung zuließ.

Ordentlich packte er alles zusammen. Stella Dors Fischen in Erinnerungen hatte auch seine eigenen im schlammigen Grund aufgewühlt. Die Erinnerung an den Entschluss, das Studium abzubrechen, war aufgeblitzt, und die daran, wie er versucht hatte, seinem Vater dies begreiflich zu machen, während der vor lauter steigenden Kosten für das Restaurant nicht mehr wusste, wo ihm der Kopf stand.

Und natürlich der Abgrund in seinem Leben. Sobald Jonas' Erinnerungen zu weit in die Vergangenheit schweiften, tauchte er vor ihm auf. Als wäre alles davor und danach nur auf diesen einen Moment ausgerichtet.

Ein Klirren von der Theke riss ihn aus seinen Gedanken.

»Morgen zur selben Zeit?«, fragte er in Stella Dors Richtung.

Sie mixte sich in der Küche einen Cosmopolitan in einer langstieligen Cocktailschale. Lautstark. Das war Jonas Antwort genug.

Als er durch die Tür der Ferienpension Ebbe & Flut trat, hörte er Imke und Britta Roose im Frühstücksraum diskutieren.

»Und die hässliche Vase?«

»Meinst du die oben im Flur?«

»Welche sonst? Oder haben wir noch etwas so Hässliches?«

»Na ja, die im ...«

»Fang nicht wieder davon an! Das ist Westerwälder Keramik!«

Jonas zog die Jacke aus, denn es war bullig warm im Haus.

»Die erbt Annika, denn die mögen wir sehr gern, oder?«

»Das tun wir. Sie wird einen schönen Platz dafür finden und sie in Ehren halten.«

»Und immer an uns denken, wenn sie dieses Ungetüm sieht, das sie sich selbst nie gekauft hätte.«

»Eingetragen und abgehakt. Die Vasen in den Gästezimmern sind alle sehr geschmackvoll, die könnten wir der Gemeinde vererben. Oder dem Heimatmuseum? *Ist da wer im Flur?*«

»Herr Engelbaum, sind Sie das?«

Jonas streckte den Kopf ins Zimmer. »Bin gerade erst zur Tür rein. Wollte nicht stören.«

»Sie stören nicht.«

»Wir machen nur unser Testament.«

Jonas kniff die Augen zusammen. »Aber Sie sind doch noch so jung.«

»Was sind Sie doch für ein Charmeur!«

»Ich werde ganz rot.« Britta fächelte sich mit der Hand Luft ins Gesicht.

»Mit einem Testament kann man nicht früh genug beginnen.«

»Geregelt ist geregelt. Und wenn Sie Glück haben, erben Sie auch etwas!«

»Das ist aber wirklich nicht ...«

»Wen wir mögen, der bekommt schreckliche Erbstücke. Dann haben diese wunderbaren Menschen immer etwas, das ihnen ins Auge fällt und sie an uns erinnert.«

Schmerzhaft ins Auge fällt, dachte Jonas beim Anblick der an der Wand hängenden Porzellanteller mit nautischen Motiven aus der Kaiserzeit.

»Aber jetzt sagen Sie schon, wie es heute bei Stella Dor war. Hat sie Ihnen von ihren Filmen erzählt?«

»Bisher noch nicht.«

»Sie müssen Stella unbedingt nach *Dr. Fu Manchus Maske* fragen. Bei den Dreharbeiten soll es gespukt haben!«

»Oder nach *Zwölf kleine Ponys und der Sonnenhof.* Da hat sie wohl ein Pony adoptiert, das gelahmt hat.«

»Aber sprechen Sie sie auf gar keinen Fall auf Karin Dor an!«

»Nie, nie, nie!«

»Das kann sie nämlich gar nicht leiden. Die Karin Dor war ja keine richtige Dor, die hieß in Wirklichkeit Kätherose Derr!«

Jonas räusperte sich. »Ich hab, ehrlich gesagt, erst zwei Filme von Stella Dor gesehen. Mehr gab es bei den Streamingdiensten nicht.«

»Wir haben sie alle!«

»Na ja, also ... bis auf dieses frühe, leicht erotische Werk. *Mit Eva fing die Verführung an.* Das hat sie komplett vom Markt verschwinden lassen. Darin sah man für einen Sekundenbruchteil ihren nackten Po!«

»Ansonsten aber haben wir alles auf VHS in unserem Kinosaal im Keller.«

»Sie können da jederzeit etwas schauen, kostenfrei.«

Die über dem Kamin hängende Wanduhr in Form eines Rettungsrings zeigte erst kurz nach sieben. Für die Autobiografie wäre es sicher sinnvoll, sich Stella Dors wichtigste Werke anzuschauen. »Welche Filme würden Sie denn empfehlen?«

Britta blickte Imke an, Imke blickte Britta an. Ihre Gesichter strahlten.

»Wissen Sie was, wir kommen einfach mit! Die kann man gar nicht oft genug sehen.«

»So lange kann das Testament auf jeden Fall warten. Uns wird im Kino ja nicht der Blitz treffen!«

Die Schwestern lachten vergnügt.

Die Treppenstufen zum Keller waren mit einem bordeauxroten Teppich ausgelegt, der jedes Geräusch schluckte. Über dem Raum stand Kinopalast in Buchstaben aus einer Filmrolle.

»Habe ich selbst gebastelt. Wie alles hier. Das ist mein Reich!« Imke öffnete die Tür und schaltete das Licht ein. An den Seitenwänden waren kupferne Bullaugen angebracht, hinter denen Flundern, Oktopusse und Seesterne im Meer schwammen.

»Unser Unterwasserkino«, flötete Britta, die Jonas' Blick bemerkte.

In der Mitte des Raums stand ein plüschiges Zweisitzersofa. Und einen guten Meter davon entfernt: ein Fernseher. Für ein Röhrengerät war er groß, aber moderne Flachbildmodelle hätten ihn verspottet. Eine Fernbedienung von der Größe eines Ziegelsteins lag auf einem runden Couchtisch. Imke tippte ihm auf die Schulter. Als Jonas sich umdrehte, sah er an der gegenüberliegenden Wand ein Holzregal voller VHS-Kassetten, neben dem ein gerahmtes Foto seiner Auftraggeberin in jungen Jahren hing.

»Das ist die größte Stella-Dor-Videothek der Welt!«

Imke zog rasch einen Film hervor. »Auf jeden Fall müssen Sie *Der grüne Armbrustschütze* sehen. Sooo spannend!« Sie summte beschwingt. »Und natürlich *Die Tochter des Bärenjägers!* Dafür liefen sie damals schließlich scharenweise in die Kinos.« Ihre Finger tanzten über die Rücken der VHS-Kassetten. »Stella Dors erste größere Rolle darf natürlich auch nicht fehlen. Mit *Der stille Engel* begann ihr rasanter Aufstieg. Und jetzt, hopp, aufs Sofa mit Ihnen! Britta, machst du uns etwas Popcorn?« Sie warf sich geradezu auf die Couch und klopfte einladend auf den Platz neben sich. »Möchten Sie Cola? Oder Limo?«, fragte Britta, die plötzlich nah neben ihm stand. »Wir haben alles da. Sogar Pappbecher mit Strohhalm, damit es sich richtig echt anfühlt.«

Jonas setzte sich neben Imke. Alles andere hätte vermutlich ihren ewigen Zorn nach sich gezogen.

»Sollen wir mit dem *Armbrustschützen* anfangen? Ich sag mal Ja! Den habe ich jetzt sicher schon über ein halbes Jahr nicht mehr gesehen.«

Jonas hatte keinen der drei Filme gesehen. Und die Titel klangen alle gleichermaßen ... verlockend.

Kurze Zeit später hockte er eingeklemmt zwischen Imke und Britta auf der durchgesessenen Couch.

»Hast *du* jetzt schon wieder die Fernbedienung?«, fragte Britta ihre Schwester. »Immer hast du die Fernbedienung.«

»Ist ja auch *mein* Kino, also *meine* Fernbedienung.«

»Und ich dachte immer, alles gehört uns zusammen.«

»Alles. Bis auf das Kino.«

»Das werde ich mir merken!« Britta rümpfte die Nase.

Dann ging es mit dem ersten Film los. Stella Dor gab die Sekretärin des amerikanischen Millionärs Geronimo Mondavi, in dessen schottischem Anwesen McLeod Castle

Führungen für Touristen stattfanden. Der Sage nach trieb der Geist eines grünen Armbrustschützen dort sein Unwesen – was sich ein Verbrecher zunutze machte. Es gab sogar eine Szene, in der Stella Dor ihr streng zurückgebundenes Haar löste, tanzte und wunderschön sang. Von den Dialogen bekam Jonas so gut wie nichts mit, da Britta und Imke ständig etwas ganz Wichtiges erklärten.

Bei *Die Tochter des Bärenjägers* war das Bild sehr krisselig, und der obere Rand zog konstant nach links. Diesmal spielte Stella Dor eine junge Schoschonin namens Hong-peh-te-keh, die beste Freundin der Häuptlingstochter. Diese wurde von Banditen erschossen, die es fieserweise den Sioux-Oglala in die Schuhe schoben.

Jonas musste ständig an Bully Herbigs Worte aus *Der Schuh des Manitu* denken: »Wo die Schoschonen schön wohnen.« Aber wer im Kopf immer wieder diese Zeile hörte, hatte große Schwierigkeiten, bei dem Film ernst zu bleiben. Irgendwann verließ er kurz den Raum, angeblich, um zur Toilette zu gehen, was ihm trotzdem missbilligende Blicke der Schwestern einbrachte. Er wäre sonst geplatzt vor Lachen.

Vor dem letzten Film holte Britta Käsewürfel, kleine Bockwürstchen und Cornichons. »Wir sind halt ein echtes Luxuskino!«, meinte sie strahlend.

Jonas konnte nicht glauben, wie jung Stella Dor in *Der stille Engel* aussah. Ihre Bewegungen erinnerten an die eines Welpen, bei dem die weichen Knochen noch nicht ihren endgültigen Platz gefunden hatten. Aber ihr leicht wackliges Stöckeln besaß etwas geradezu Aufreizendes. Was sicher auch am ausgesprochen kurzen Kleid lag. Keck und frivol hatte man das früher genannt. Heute rochen beide Wörter nach Mottenkugeln.

Die blutjunge Stella spielte eine Zigarettenverkäuferin

in einer Hamburger Hafenspelunke, an die sich ein Matrose auf Landurlaub heranmachte.

Nur wenige Szenen. Genau wie in den anderen Filmen. Wenn das hier ihre berühmtesten Werke waren, dann hatte es anscheinend nie für eine Hauptrolle gereicht.

Dabei hatte sie fraglos Starpotenzial. Sobald Stella Dor zu sehen war, schien das Bild heller und schärfer zu werden, man hing während der wenigen Sätze an ihren Lippen.

Stella erschien wieder im Bild.

Was war das gerade?

Hatte er sich verguckt?

»Darf ich mal die Fernbedienung haben?«

Imke reichte sie ihm widerwillig. Schnell spulte Jonas zurück und hielt die Aufnahme dann an.

»So einer sind Sie also! Das hätte ich ja nicht von Ihnen gedacht.« Britta schnalzte mit der Zunge.

»Da müssen wir uns ja vor Ihnen in Acht nehmen!«, meinte Imke und stieß ihm ihren Ellenbogen in die Rippen.

Jonas hatte keine Ahnung, worauf sie anspielten, denn er hatte keine Augen für das üppige Dekolleté von Stella Dor.

Ihn hatte Stellas Blick gepackt, der nicht zur wütenden Verlobten des Matrosen ging, sondern direkt in die Kamera. Und er war weder keck noch frivol, noch peinlich berührt, wie es der Szene angemessen gewesen wäre.

Er war so tieftraurig, wie der eines Zigarettenmädchens namens Carla Hübschen niemals sein durfte.

7

Kein Grund zur Hoffnung

»Ihr müsst dringend wegziehen. Der Ort stirbt. Ach was, er verwest ja schon!«

Imke und Britta nahmen noch einen Schluck der Ostfriesenmischung, die ihr Bruder aufgebrüht hatte. Ihr großer Bruder, zu dem sie immer aufgeschaut hatten und der sich in der Hansestadt eine neue Existenz aufgebaut hatte.

»Aber das ist unser Zuhause, Lars!«

»Wir lieben diesen Ort.«

»Liebe hin oder her, er hat keine Zukunft. Wer wohnt da denn noch in eurem Alter?«

Betroffen blickten Imke und Britta in ihren Tee.

»Eben«, fuhr Lars fort, der seinen schon längst getrunken hatte. »Und gibt es irgendwelche Bauprojekte?«

Sie rührten in ihren Tassen.

»Eben. Der Ort wird abgehängt, und bald ist das Haus gar nichts mehr wert. Wir sollten es verkaufen, solange wir noch etwas dafür bekommen.«

»Wir wollten doch eine Ferienpension daraus machen.«

»Das war schon immer unser Traum.«

»Hört ihr mir denn gar nicht zu? Das hat keine Zukunft!« Entschlossen biss er in ein Mandelblatt.

»Wir mögen keine Veränderungen, das weißt du doch. Da sind wir wie Mama. Du bist eher wie Papa.«

»Ihr müsst euch jetzt eben zusammenreißen! Ich kann euch Jobs bei mir in der Bank besorgen. Und wir haben gerade ein

großes Immobilienprojekt am Stadtrand, bei dem ihr zu einem wirklich fairen Preis Wohnungen erwerben könntet. So eine Chance ergibt sich nicht wieder.« Energisch schenkte er sich Tee nach. »Also, sind wir uns einig? Ja, oder?«

Es war Imke, die als Erste antwortete. »Uns würde das Meer fehlen.«

»Und der Strand«, ergänzte Britta.

»Die Möwen.«

»Unser Zuhause, Lars. Es ist doch unser Zuhause!«

»Es ist nur ein altes Haus. Das sind Sentimentalitäten.« Er beugte sich vor und senkte die Stimme. »Ich meine es doch nur gut mit euch. Aber leider gibt es wirklich keinen Grund zur Hoffnung für den Ort, nicht einen. Ihr müsst das sinkende Schiff verlassen, das versteht ihr doch wohl.«

Auf der Rückfahrt mit S-Bahn und Bus sprachen Imke und Britta wenig miteinander. Ihr Bruder hatte recht, das wussten sie. Das Klügste wäre zu verkaufen. Es kam ihnen vor, als müssten sie das dem Haus nach ihrer Rückkehr schonend beibringen. Dem Haus, das sie immer sicher und warm gehalten hatte.

Bentje saß in ihrem Sonntagsstaat an der Bushaltestelle, als sie ausstiegen, und lächelte glückselig, während sie ihren Mann sprechen hörte.

»Habt ihr schon die Zeitung gelesen?«, fragte sie, nachdem sich die Türen des Busses wieder geschlossen hatten.

»Uns ist gerade nicht nach Zeitung«, antwortete Britta. »Wir müssen dringend nach ... Hause.« Ihre Stimme kratzte beim letzten Wort. »Wir müssen ...« Sie wollte packen *sagen. Aber es fühlte sich so falsch an.*

»Ihr solltet die von heute aber wirklich lesen. Es gibt etwas Neues! Ganz groß auf der Titelseite, und innen gibt es noch einen Kommentar vom Bürgermeister dazu.« Bentje reichte Imke die ordentlich gefaltete Zeitung. »Ich muss dann mal wieder. Der Garten wartet.«

Imke gab die Zeitung an Britta weiter und machte sich auf den Weg zum Haus.

Aber Britta hielt ihre Schwester fest. Ihr Gesicht war ganz rot geworden, die Augen hatte sie weit aufgerissen.

»Was ist los?«

Britta öffnete den Mund, aber ihr kam kein Wort über die Lippen. Keines schien passend für das, was sie gerade gelesen hatte. Sie hielt die Titelseite hoch.

Die berühmte Stella Dor zog in den Ort.

Es ging aufwärts!

Sie mussten sofort Lars Bescheid geben.

Nun würden sie doch bleiben können.

8

Sonnenuntergang Nr. 5

Obwohl das Lebensmittelgeschäft Klausen & Söhne hieß, hatte Jonas ein wenig erwartet, Nessa hinter der Kasse zu sehen, als er am Morgen in den Laden trat. Doch stattdessen stand dort ein grauhaariger, mittelgescheitelter Mann mit der missmutigen Lippenform eines Butts.

Zur Begrüßung gab der Mann lediglich einen mürrischen Laut von sich. Jonas erwiderte ihn. *Wenn du in Rom bist …*

Das kleine Geschäft hatte nur drei Regalreihen, offenbar noch aus den Fünfzigerjahren; sie schienen nicht *bestückt*, sondern mit Waren *dekoriert* zu sein, so wenig lag darin. Jonas packte ein paar Erdnuss-Schokoriegel in den metallenen Einkaufskorb, eine Flasche Sprudel, eine blaue Wollmütze (damit der Wind seine Ohren nicht länger rot rieb) sowie eine Großpackung Taschentücher (seine Nase rebellierte gegen die salzige Luft). Und er kaufte das, weswegen er eigentlich hier war. Eine ganze Tüte davon.

Der Mann an der Kasse – sein Namensschild wies ihn als K. Klausen aus – tippte alles ein, einen Scanner gab es nicht. Die Summe erschien mit einem Ping in einem verglasten Sichtfenster der Kasse, er sprach sie nicht laut aus.

Jonas bezahlte und nickte zum Abschied. K. Klausen nickte nicht, sondern schob nur die Unterlippe vor. Das war wohl seine Art eines Lächelns.

Kaum vor der Tür, vibrierte Jonas' Handy, weil eine SMS eintraf. Vermutlich von seinem Vater, wie die vielen zuvor. Aber er hatte nicht die Antwort, die dieser so dringend hören wollte.

Allerdings war dies keine Uhrzeit, zu der sein Vater sich normalerweise meldete. Deshalb sah Jonas aufs Display.

Na, Walfisch, schön eingekauft? 😉

Jonas blickte sich um. Er konnte sich nicht erinnern, Nessa seine Handynummer gegeben zu haben. Dann fiel es ihm ein: der Schreibblock im Fahrradverleih.

Beobachtest du mich?,

tippte er schnell.

Klar, ich hab überall Kameras installieren lassen, weil ich nicht genug von deinem Anblick bekommen kann! 🤦‍♀️

Als ich zur Imbissbude geradelt bin, hab ich dich zu Klausens gehen sehen. Musst dir also keine Hoffnungen machen.

Okay.

HAB ÜBRIGENS WAS RAUSGEFUNDEN!

?

Na, wegen Stella Dor. Die ist gar kein Sonntagskind, wie Sie dir erzählt hat. Sie kam eine halbe Stunde zu spät.

Also ein Montagsmodell. Kannst mir später danken. Ich überleg mir noch, wie. Muss jetzt frittieren. Alles ist besser, wenn es frittiert ist! 👋

Warum hatte Stella ihn angelogen? Oder wusste sie es tatsächlich nicht besser? Er würde sie darauf ansprechen.

Jonas sah noch mal auf die Nachrichten.

Jetzt schrieben Nessa und er sich also schon. Er lächelte in sich hinein, ohne so ganz genau zu wissen, was er davon halten sollte.

Jonas hatte sich an die amüsierten Blicke gewöhnt, die ihm das rote Tandem einbrachte – er fühlte sich ein wenig wie das Faktotum des Ortes. Auf dem Weg zu Stella Dor hielt er kurz an der Bushaltestelle.

Eine leere Bushaltestelle war eigentlich etwas Positives, denn das hieß, alle waren auf dem Weg zu ihrem Ziel, niemand musste warten.

Aber wenn Bentje nicht auf dem linken Platz saß, erschien diese hier wie ein Grab.

Jonas stellte die Zellophantüte mit Walnüssen auf den roten Sitz. Viele abgewetzte Aufkleber pappten auf dem Hartplastik, wodurch er ein wenig an ein Plaid erinnerte. Jonas lehnte die Tüte aufrecht gegen die Rückenlehne, sodass Bentje den Text auf dem Zettel direkt sofort lesen konnte.

Für Bentje & Robert

Die Bushaltestelle sah jetzt viel weniger einsam aus. Denn eine Tüte wartete hier auf Bentje und Robert.

Schon von Weitem sah Jonas, dass Stella Dor vor ihrem Anwesen stand. Vollkommen reglos, selbst ihre Kleidung schien sich nicht zu bewegen – trotz der kühlen Temperaturen trug sie ein orangefarbenes rückenfreies Sommerkleid, knielang. In perfekter Haltung, wie eine griechische Statue, hatte sie das Gesicht der Herbstsonne zugewandt und das Kinn angehoben, so als herrsche sie über das Meer.

Erst beim Näherkommen schob sich ein Maler in Jonas' Blickfeld, der auf einem Klappstuhl vor seiner Staffelei saß und den Pinsel so schwungvoll bewegte, als dirigiere er damit ein Orchester.

»Das ist Geraldo«, sagte Stella Dor statt einer Begrüßung zu Jonas. »Er malt das Titelbild.«

Geraldo trug pinke Cowboystiefel, sein Markenzeichen. Das »A« in seiner Signatur gestaltete er, seit ihm diese geniale Idee gekommen war, wie die Spitze dieser Schuhe. Als Maler brauchte man schließlich ein Markenzeichen, und da durch Dalí der Zwirbelbart bereits vergeben war und durch van Gogh das abgeschnittene Ohr, hatte er sich eben für auffällige Schuhe entschieden. Geraldo malte nur Bilder mit Meer, aber er malte keine Bojen, keine Frachtschiffe, keine Sandburgen und erst recht keine Mülleimer. Er malte unberührten Strand. Mal ein Segelboot oder eine Möwe dazu, aber ansonsten: Sand, Meer, Himmel.

Die Bilder verkauften sich gut, vor allem weil Geraldo sie stets nach dem entsprechenden Strandabschnitt betitelte. Das perfekte Mitbringsel aus dem Urlaub.

Jonas stellte sich hinter ihn und betrachtete das Gemälde. »Wunderschön.«

»Selbstverständlich. Es ist ja auch von mir.«

»Aber auf dem Bild geht die Sonne gerade unter.«

»Sonnenuntergänge beherrscht Geraldo wie kein Zweiter«, erklärte Stella.

»Nicht bewegen! Die Linie ist gerade so edel.« Geraldo blickte zu Jonas. »Sonnenuntergang Nr. 2 ist sehr beliebt. Aber Frau Dor hat sich für Nr. 5 entschieden. Der ist deutlich glamouröser.«

Jonas verstand sofort, wieso. Nr. 5 wirkte gleichermaßen wärmend wie dramatisch. Von links und rechts lugten durchscheinend zwei Wolken ins Bild, das dunkle Orange der Sonne flankierend wie Engelsflügel. Die Strahlen spiegelten sich in einem aufgewühlten Meer bis zum Strand, ja sogar im Sand leuchteten sie. Es schien keinen Fleck des Gemäldes zu geben, auf den das Gestirn keinen Einfluss hatte, sein Licht durchströmte alles.

»Wie viele Sonnenuntergänge gibt es denn?«

»Aktuell sieben. Aber ich arbeite an einem achten. Einem melancholischen.« Geraldo zeigte Jonas auf dem Handy die diversen Sonnenuntergänge seiner Gemälde.

Jonas verriet nicht, dass für ihn alle Sonnenuntergänge etwas Melancholisches hatten. Schließlich folgte auf sie die Dunkelheit.

Plötzlich tollte Guter Junge über den Strand, drehte sich um sich selbst und jagte hin und her. Dann wälzte er sich mit dem Rücken im Sand, als gäbe es nichts Schöneres. Mit einem Mal sprang er auf, blickte in Stellas Richtung und bellte, bevor alles wieder von vorne losging.

»Er ist irritiert, dass Frau Dor still dasteht«, erklärte Paul Hansen, der mit einem alten hölzernen Werkzeugkoffer zu ihnen trat. Heute trug er eine gefütterte Winterhose mit Flicken in der Form von großen Schneeflocken. »Guter Junge will, dass sie sich bewegt.«

»Das soll er mal schön lassen. Auf meinen Bildern gibt es keine Hunde«, erwiderte Geraldo.

»Sollte es aber. Es gibt nichts Besseres als Hunde, Gerhard.«

»*Geraldo!*«

»Das hatte ich vergessen.« Paul grinste.

»Wieso glaube ich dir das nicht? Vermutlich weil wir uns seit Ewigkeiten kennen.« Geraldo schnaubte und blickte zu Stella Dor. »Der Hund muss weg. Er stört das Meer.«

»Mein Hund stört das Meer nicht! Es hat sich noch nie beschwert, wenn er reingesprungen ist. Nicht wahr, Guter Junge?«

Der Golden Retriever bellte.

»Du verstehst nichts von Kunst, Paul. Und dein Hund auch nicht. Überlass die Kunst den Künstlern.«

Paul wies auf seinen Hund. »Guter Junge ist der größte Künstler hier. Wenn man sieht, wie elegant er sich hinlegt, das bekommt keine Ballerina hin. Und wie schnell er frisst, auch das ist eine Kunst. Das schaffst du sicher nicht.«

Geraldo stöhnte auf. »Nicht – auf – mein – Gemälde!«

Paul stöhnte lauter auf. »Ich wollte Frau Dor etwas Wichtiges sagen, aber dann wird sie darauf verzichten müssen. Genau wie auf eine Aufforderung zum Tanz.«

»Ich kann so nicht arbeiten!« Wütend legte Geraldo den Pinsel ab und verschränkte die Arme.

Stella drehte sich zu ihnen. »Meine Herren! Das hier ist sehr wichtig für mich. Paul, bitte.«

Paul nickte. »Wenn *Sie* das sagen, Frau Dor, ist es etwas ganz anderes. Komm, Guter ... Hund, wir suchen uns einen Strandabschnitt, der dich zu würdigen weiß.«

»Dafür werde ich morgen länger über dein Angebot zum Tanz nachdenken.«

Bei diesen Worten strahlte Paul, als sei die Sonne direkt vor seinem Gesicht aufgegangen, und warf ein Stöckchen für Guter Junge, so weit, dass auch in dessen Gesicht die Sonne aufging.

Jonas blickte den beiden nach und fragte sich, was es mit dem Angebot zum Tanz wohl auf sich hatte und ob dieser alte Handwerker vielleicht ein besonders guter Tänzer war.

Dann sah er wieder auf das Gemälde, dem Geraldo gerade einen breiten blauen Pinselstrich hinzufügte. »Sie haben die Windräder dahinten vergessen, dabei kann man die von hier aus gut sehen.«

»Ich habe entschieden, sie *nicht* zu sehen. Sie passen nicht zu Frau Dor.«

»Aber dann könnte das auch jeder andere Strandabschnitt sein.«

»Ein Gemälde ist eine Erinnerung in Öl, und es wäre ja noch schöner, wenn die Realität uns vorgäbe, an was wir uns später erinnern sollen! Das entscheiden wir immer noch selbst!« Geraldo griff wieder nach dem Pinsel. »Je häufiger Menschen ein Gemälde von mir sehen, desto mehr erinnern sie sich daran, dass der Strandabschnitt genau so aussah. Und irgendwann denken sie, es wäre genau dieser Sonnenuntergang gewesen, den sie am Meer gesehen haben.«

»Sie schenken Menschen mit Ihren Bildern also Erinnerungen an Sonnenuntergänge?«

»Können Sie sich ein schöneres Geschenk vorstellen?«

»Mein Anblick ist ja wohl ein noch schöneres Geschenk!«, mischte Stella Dor sich ein, und Jonas wusste nicht, ob er da Ironie in ihrer Stimme hörte oder ob das nur der Wind war.

»Das versteht sich von selbst«, antwortete Geraldo. »Auf diesem Gemälde strahlt niemand mehr als Sie!« Er verbeugte sich.

Mit einem Mal kam Jonas sich überflüssig vor. »Ich bau auf der Terrasse schon mal alles für unser Interview auf.«

»Nein, drinnen«, antwortete Stella. »Denn heute müssen wir viele Zettel fischen.«

9

Der Riss

Wenn man eine Grimasse zog, die wie ein Lächeln aussah, glaubte das Unterbewusstsein, man habe wirklich Grund zum Lächeln. Es bemerkte den Unterschied nicht.

Gerhard drückte sich ein Lächeln ins Gesicht. Wie jeden Morgen auf dem Weg zur Schule, in der er unterrichtete.

Es war ausgesprochen beruhigend, unter den Fingern das Leder der alten Tasche zu spüren, die ihm sein Vater vererbt hatte. Sie hatte ihn durch das Kunststudium begleitet und auch bei seinen ersten Ausstellungen.

Als Kunstlehrer hatte Gerhard einen eigenen Raum, sein Atelier, in dem er die Schülerinnen und Schüler unterrichtete. Die aktuellen Bilder vieler Klassen standen dort, und Gerhard mochte den Moment so gern, wenn er das Licht anschaltete und die Farben zum Leben erwachten.

Jungen Menschen das Wunder der Kunst nahezubringen, ihnen die Schönheit eines van Gogh, das Revolutionäre in der Kunst Picassos oder das Genie Richters zu zeigen – was konnte erfüllender sein?

Die Klingel rasselte, und schnell strömten die ersten Kinder herein, warfen ihre Rucksäcke auf die Tische oder den Boden, ohne dabei den Blick von ihren Handys zu lösen.

»Bereitet schon mal alles vor, säubert eure Pinsel, prüft, ob eure Farben in Ordnung sind, und holt euch Wasser.«

Es würde eine gute Doppelstunde werden. Sie hatten schließlich ein so wunderbares Thema.

Er räumte ihnen großzügige fünf Minuten ein, bevor er mit einer Glocke halbwegs für Ruhe sorgte.

»Heute befassen wir uns mit Marc Chagall, einem Malerpoeten, der sowohl für den Surrealismus wie den Expressionismus große Bedeutung hat.«

»Öööööööde!«

Gerhard blickte sich um. »Wer hat das gesagt?«

Niemand meldete sich.

Kopfschüttelnd fuhr Gerhard fort. »Ihr wandelt heute sein Werk Der grüne Geiger *ab.« Er zeigte auf die Tafel, an der er einen Druck von Chagalls Meisterwerk aufgehängt hatte.*

»Der hat ja ein grünes Gesicht. Voll eklig!«

»Es geht dem großen Marc Chagall darum, den inneren Kampf eines durchschnittlichen Individuums zu verdeutlichen.«

»Der kotzt doch gleich!«

Gerhard klatschte in die Hände. »An die Arbeit!« Er ging kurz nach hinten, um seine eigene Interpretation von Chagalls Meisterwerk zu holen.

Als er zurückkehrte, rannten zwei Jungs von seinem Lehrerpult weg. So schnell, dass er nicht ausmachen konnte, um wen es sich handelte.

»Ich habe Chagalls Gemälde in den Kubismus überführt. Ihr seid natürlich völlig frei in der Wahl des Kunststils. Lasst eurer Kreativität freien Lauf!«

Er wollte seine Ledertasche vom Pult heben, aber ... sie musste sich verhakt haben. Gerhard zog stärker.

Erste Lacher ertönten.

Woran konnte sie bloß festhängen? Das Pult war doch glatt. Er zog in jede erdenkliche Richtung.

Das Lachen wurde zum Johlen.

Jetzt erst verstand Gerhard, was passiert war. Sie hatten seine Ledertasche mit Sekundenkleber am Pult festgepappt.

Er hatte durchaus schon Schülerstreiche erlebt, auf die Tafel gemalte Penisse oder Zahnpasta an Türklinken. Aber das hier war etwas ganz anderes! Er zerrte wie irre an der Tasche, bis ein hartes Reißen zu hören war und er sie in der Hand hielt – ein Stück Leder aber war am Pult kleben geblieben.

»Was fällt euch ein? Das ist eine bodenlose Unverschämtheit! Ein Verbrechen ist das!«

Die Handys mehrerer Kinder filmten alles, umgehend wurde es hochgeladen. Gerhard mit hochrotem Kopf. Gerhard fluchend. Gerhard, der einem Schüler das Handy aus der Hand riss. Gerhard, der mit Tränen in den Augen das Atelier verließ und die Tür knallend hinter sich zuschlug.

Die vielen Videos wurden von anderen als Aufruf verstanden, diesen Streich in den folgenden Schulstunden zu toppen.

Sie zerschnitten Gerhards Bilder.

Sie zündeten Papier im Mülleimer an und lösten damit die Wassersprenkler aus.

Sie schlossen ihn im Hinterzimmer ein.

Sie klebten ihn am Stuhl fest.

Dazu kamen Fotomontagen, die ihn nackt bei den lächerlichsten, erniedrigendsten und abartigsten Aktivitäten zeigten.

Irgendwann konnte Gerhard auf dem Weg zur Schule so viel lächeln, wie er wollte, sein Unterbewusstsein reagierte nicht mehr darauf. Und die geflickte Ledertasche seines Vaters hatten sie ihm längst gestohlen.

Schließlich konnte sein Körper nicht mehr.

Das bekam er schriftlich von den Ärzten. Ebenso wie die Frühverrentung.

Er erinnerte sich noch schmerzhaft an die Wochen der Dunkelheit, die folgten. Er verließ seine Wohnung nicht mehr, ja kaum noch sein Bett.

Je weniger Welt in sein Leben drang, umso besser.

Gerhard aß und trank kaum noch. Im Spiegel ähnelte er immer mehr der Gestalt auf Munchs Der Schrei.

Sein Blick auf die Welt änderte sich, als hätte jemand alles mit dunkler Lasur versehen. Vorher hatte Gerhard das Meer geliebt, das Rollen der Wellen als beruhigend empfunden, den Blick auf die Weite des Wassers wie Salbe für die wunden Stellen seiner Seele.

Nun ängstigte ihn das Meer. Schließlich konnte niemand sagen, welches Dunkel in seinen Tiefen lauerte, welch unkontrollierbare Wucht die Wellen entwickeln würden.

Wenn er die Linie der angeschwemmten Muscheln am Strand sah, musste Gerhard daran denken, dass all dies Skelette waren und in diesen Schalen nichts mehr lebte. Dass der Sand, so sanft und friedlich er auch wirkte, aus vom Meer zermahlenen Muscheln bestand, bei denen sich niemand mehr daran erinnerte, was sie gewesen waren, bevor sie zu Körnern im Stundenglas der Fluten wurden.

Aber eines Tages ging die Sonne auf, eine pralle Sonne, wie eine vollreife Apfelsine am Himmel. Sie strahlte durch das Fenster in sein fahles Gesicht und wärmte es. Gerhard sah hinaus und verlor sich in ihrer Schönheit.

Er ließ es zu, dass sie ihn in den nächsten Tagen immer häufiger besuchte.

Und irgendwann begann Gerhard, wieder zu malen. Auf jedem Bild die Sonne. Der große Lebensspender. Keine Menschen. Nicht mal Spuren der Menschheit. Nur Natur. Und Licht.

Zuerst malte er nur in seiner Wohnung, aber irgendwann traute er sich wieder hinaus ins Freie.

Sogar ans Meer.

Am Strand sah ihn jemand an seiner Staffelei, bewunderte den aus seinen Farben geschaffenen Sonnenuntergang und fragte, was das Gemälde koste und ob die Signatur Gerhard oder Geraldo laute.

Er blickte auf und lächelte.

So begann sein zweites Leben.

10

Das Kapitel über die Liebe

Paul warf das Stöckchen ein weiteres Mal in das heranrauschende Meer. Und Guter Junge hätte nicht glücklicher sein können, als in die kalten Fluten zu springen, um das wertlose alte Stück Holz ins Maul zu bekommen und seinem Herrchen vor die Füße zu legen. Beschwingt warf Paul den angekauten nassen Stock erneut, so weit, wie seine Armmuskulatur es zuließ. Er genoss es, dass die Welt ein Wesen bereithielt, das Zeit mit ihm verbringen wollte. Jeden Tag und jede Nacht.

Die wertvollen Erinnerungen an die Momente mit seinem Hund würde er hoffentlich noch ein wenig behalten dürfen. Allerdings leerte sich sein Gedächtnis unordentlich und unvorhersehbar. Auch in seinem Haus gab es deshalb viele Zettel, aber sie steckten nicht in Büchern, sondern lagen überall dort, wo er etwas vergessen konnte, was er nicht vergessen durfte. Als Erinnerung daran, wie wichtig es war, den Herd auszuschalten, daran, dass er seine Tabletten einnehmen musste oder in welcher Reihenfolge man Kleidungsstücke anzog.

Auf den meisten Zetteln stand allerdings, was er für Frau Dor fühlte. Denn Paul hatte Angst, auch das zu vergessen. Dabei wachte er jeden Morgen mit dem Gefühl auf, sie sehen zu müssen, weil sie nicht neben ihm lag, wie es eigentlich hätte sein sollen. Deshalb machte er sich jeden Tag auf den Weg, um etwas an ihrem Strandpavillon zu reparieren. Aber nie so viel, dass er nicht die folgenden Tage auch noch etwas zu tun hatte. Zudem arbeitete er so langsam, dass Frau Dor zu ihm kommen konnte, um ein paar Worte zu wechseln.

Und immer fragte er, ob sie mit ihm tanzen würde.

Stets sagte sie Nein.

Mittlerweile wäre es ihm schon genug, wenn sie sich ein einziges Mal mit ihm im Kreis drehen würde.

Das machte das Alter mit einem: Die Wünsche wurden immer kleiner, bis sie irgendwann ganz verschwanden. Das nannten manche dann »wunschlos glücklich«. Paul fand, dass Wünsche etwas Wunderbares waren, an dem man sich schon vor der Erfüllung erfreuen konnte, und dass man Wünsche brauchte, um glücklich zu sein. Der Wunsch, mit Frau Dor zu tanzen, machte ihn seit ... er machte ihn seit langer Zeit sehr glücklich.

Ohne Frau Dor wäre er schon längst wunschlos unglücklich gewesen.

Paul blickte nochmals zurück zu ihr und dem Maler, der mit seinem Pinsel um sie herumtanzen durfte. Er fühlte ein Stechen der Eifersucht und genoss es.

Denn wer eifersüchtig war, dessen Herz schlug noch.

Dessen Herz war noch in der Lage, aus Liebe zu schlagen.

Als Jonas an Stellas Esstisch Platz nahm, drang ihm der Duft des Kaffees in die Nase, den sie am Morgen über die Holzplatte verschüttet hatte. Er erinnerte ihn daran, dass bei ihm zu Hause alle wichtigen Gespräche in der Küche stattgefunden hatten. Dabei saß man im Wohnzimmer viel besser, der Ausblick war schöner, und der Kühlschrank brummte nicht von Zeit zu Zeit dazwischen wie ein Bär im Winterschlaf. Aber in seiner Familie brachte erst gemeinsames Essen und Trinken die Menschen dazu, miteinander zu reden. Es löste die Zungen.

Auf Stella Dors Esstisch standen nur einige trockene Haferkekse in einer Kristallschüssel. Doch sie brauchte auch nichts, um ihre Zunge zu lösen.

Jonas hatte gerade sein Notebook aufgebaut, als sie mit wehendem Kleid hereingerauscht kam.

»Heute reden wir über die Liebe! Das muss ein eigenes Kapitel sein. Die Liebe ist immer ein Kapitel für sich.« Sie lachte, blieb dann vor dem Esstisch stehen und blickte Jonas ernst an. »Was wissen Sie über die Liebe, junger Mann?«

»Ich ... weiß, dass sie sehr wehtun kann. Aber auch, dass es nichts Schöneres gibt, wenn sie erwidert wird.«

Jonas dachte an Melanie, an die Stunden mit ihr, in denen die ganze Welt am richtigen Platz gewesen und er sich endlich nicht mehr fremd war. Die Paddeltour auf dem See fiel ihm ein, als sie sich gegenseitig das Gesicht mit Sonnenmilch eingecremt, aber die Ohren vergessen hatten. Wie Melanie neckisch versucht hatte, das Kanu umzukippen, und ihnen danach beim Picknick auffiel, dass sie den Korkenzieher für den Rioja vergessen hatten. Ein anderes Paar, das neben ihnen auf einer Decke Jahrestag feierte, hatte ihnen eine Flasche warme Apfelschorle abgetreten. Alles war perfekt gewesen.

Das war einen Tag vor dem Abiball.

Auf dem sie mit seinem besten Freund rumgemacht hatte.

Seit der Feier zu seinem fünfzehnten Geburtstag waren sie ein Paar gewesen. Und Jonas hatte nicht vorgehabt, daran jemals etwas zu ändern.

Sein Herz war immer noch wund von dem Moment, als er die beiden entdeckte.

»Sie wissen also gar nichts«, kommentierte Stella trocken. »*Gar nichts*. Aber das ist in Ihrem Alter ganz normal.«

Sie setzte sich, und obwohl sie keine glimmende Zigarette in ihren langen Fingern hielt, kam es Jonas vor, als bliese sie Rauch in die Luft.

»Es gab immer viele Männer, die mir nachschauten, mir nachstellten. Männer umschwirrten mich wie Motten das Licht.«

»Hat das nicht Marlene Dietrich ...?«

»Aber zu mir passt es viel besser! Hat Marlene selbst gesagt. Schreiben Sie das!«

Jonas tippte es ein, und nur ein tiefer Atemzug verriet, dass er seine Finger lieber etwas anderes schreiben lassen wollte.

»Selbst jetzt noch können die Männer nicht von mir lassen. Paul schwirrt jeden Tag um mich herum und Geraldo ebenso. Aber der sucht eine Frau, die ihn unentwegt bewundert, so eine bin ich nicht. Nie gewesen.«

Stella stand auf und schwirrte nun selbst wie eine Motte durch ihr Zuhause, wie magisch angezogen von einem Zettel in ihrem Kleiderschrank, den sie mit einer Heftklammer am Saum eines dünnen Morgenmantels befestigt hatte. Vorsichtig zog sie ihn ab. Als sie wieder am Tisch saß und die Worte darauf las, musste sie schmunzeln.

»In Ihrer Heimatstadt, die ja auch die meine ist, gab es einen jungen Buchhändler, der Bestellungen austrug. Er hatte sich in mich verguckt und ich mich auch ein wenig in ihn. Seine stille, kluge, kultivierte Art gefiel mir sehr. Aber je deutlicher ich wurde, desto undeutlicher wurden seine Reaktionen, und je näher ich kam, desto mehr wich er zurück. Zum Schluss öffnete ich die Tür sogar in einem

Kimono, den mir eine Freundin extra dafür genäht hatte. Natürlich nicht aus Seide, das hätte ich mir nicht leisten können. Bevor er kam, schaltete ich hinter mir eine Lampe an, wodurch er meine Konturen wie zufällig erhaschen konnte. Ich war schon ein raffiniertes kleines Luder – aber mit Manieren!«

»Wie kamen Sie dann zusammen?«

»Gar nicht. Ich lernte jemand anderen kennen ... Einen Augenblick.«

Wieder stand Stella Dor auf und schwebte zu einem Buch, aus dem lasziv ein roter Zettel herausragte. Es war die Autobiografie von Papst Franziskus. Stella Dor las den Zettel, lächelte und fuhr sich mit der Zungenspitze über die Oberlippe.

»Er war ein schöner junger Priester ... also ordiniert war er noch nicht, sondern in der Ausbildung, wie heißt das noch mal? Ist ja auch egal. Auf jeden Fall reizte er mich sehr, und als er sich dann gegen seinen Gott und für mich entschied, war ich verloren. Wir sind zusammen fortgezogen. Aber schließlich war die Liebe zu dem da oben doch stärker als die zu mir, was sicher auch daran lag, dass meine erkaltete, Gott aber unverändert weiterliebte.« Sie ging zu einem kleinen Gemälde auf der Anrichte, das Sacré-Cœur bei Nacht zeigte, der Sternenhimmel erinnerte an van Gogh. Ein azurblauer Zettel steckte im Rahmen, den sie erst herauszog, nachdem ihr Blick nochmals in den Farben dieser Nacht in Paris gebadet hatte.

Das Papier duftete nicht mehr nach dem teuren Parfum, das sie damals getragen hatte. Aber sie roch seinen Duft nach Sandelholz, Lavendel und Orangenzeste trotzdem.

»Nun aber zu einer ganz besonders wichtigen Episode.

Es war damals in Paris, in einem Kino im Montmartre an einer dieser steilen Gassen, die da hochführen. Sehr pittoresk, wirklich. Da müssen Sie auch mal hin. Nicht nur wegen der Frauen!« Sie schmunzelte, Jonas schmunzelte nicht. »Auf jeden Fall feierte mein Film *Die Badende von St. Peter-Ording* in Frankreich Premiere, und ich sollte natürlich dabei sein. Die Filmfirma stellte mir dafür sogar ein Chanel-Kleid, das muss man sich mal vorstellen! Ich darf sagen, dass ich unglaublich aussah – selbst im Vergleich mit der Pariser Konkurrenz. Nach der Aufführung und dem Applaus – es gab minutenlange Standing Ovations! – beschloss ich, hinauf zu Sacré-Cœur zu gehen. Ganz spontan. Ich war ein wenig beschwipst. Dort angekommen, musste ich mich erst mal auf die Treppenstufen setzen und meine Schuhe ausziehen, Chanel-Kleid hin oder her. Da nahm ein Mann neben mir Platz, der unglaublich ausdrucksstarke braune Augen hatte, und wir kamen ins Gespräch. Es stellte sich heraus, dass er auch aus Deutschland stammte. Und, na ja, eins kam zum anderen: Wir landeten in seinem Hotelzimmer.« Stella Dor ging zu einem der Bücherregale und zog die Autobiografie von Françoise Hardy heraus, in der eine beschriebene blau-weiß-rote Serviette steckte. »Sein Zimmer war sehr klein, mit Dachschräge, und die Dusche befand sich auf dem Flur. Obwohl er ein Doppelbett hatte, gab es nicht viel Platz. Paris halt, Stadt der Liebe.« Sie strich eine Ecke der Serviette glatt. »Aber, und das ist ein wichtiges Aber, wir schliefen nicht miteinander. Er nutzte mein Beschwipstsein nicht aus, obwohl es ein Leichtes gewesen wäre. Da wusste ich: Der hat das Potenzial zum Ehemann, das ist einer von den Guten. Ich hatte immer gedacht, ich bräuchte einen starken Mann, der mich vor den Wölfen beschützt. Aber dann bin ich bei den Lämmern fündig geworden. Nur ein halbes Jahr später haben Philipp und ich geheiratet.«

Jonas blickte vom Tippen auf. »Wie war der Name des Kinos?«

»Weiß ich nicht mehr, ist auch nicht wichtig. Diese Nacht, *die* war wichtig!«

»Wissen Sie vielleicht, warum Philipp damals in Paris war?«

»Nein, und es ist ja auch meine Autobiografie, nicht die meines Ex. Es geht ums große Ganze, nicht um Details. Warum schauen Sie jetzt so verkniffen?«

»Wegen eines anderen Details.«

Stella Dor seufzte. »Nur raus damit! So wie Sie gucken, können Sie es sowieso nicht für sich behalten.«

»Ich habe nachrecherchiert.« Jonas stockte. »Nachrecherchieren lassen. Von meinem ... Team. Sie sind gar nicht an einem Sonntag geboren, es war ein Montag.«

»Papperlapapp. Wir schreiben Sonntag.«

»Aber das wäre dann doch eine ...«

»Und dann und wann ein weißer Elefant!«

»Ich verstehe nicht?«

Aber damit schien alles gesagt. Stella Dor schwebte zu einem weiteren Buch, einem weiteren Zettel, einer weiteren Momentaufnahme ihres Lebens. Dann drehte sie sich mit einem Mal zu Jonas um und lächelte. Geraldo hätte es sofort in Öl festhalten wollen.

»Ich mag Ihren Eifer! Nennen Sie mich Stella.«

»Danke dir, ich bin ...«

»Von Duzen war nicht die Rede!« Sie wedelte mit dem Zeigefinger vor Jonas herum. »Wir wollen uns ja nicht sämtlicher Manieren entledigen. Das wäre der dritte Schritt vor dem zweiten. Dabei ist es doch so schön, dass die deutsche Sprache feine Unterschiede kennt.«

»Ich danke … *Ihnen*, Stella?«

»Sie haben es erfasst, Jonas.« Stella reichte ihm die Kristallschüssel, in der jetzt nur noch ein Keks lag. »Der ist für Sie.«

Jonas hatte keinen Appetit, aber er nahm den Keks. Er war so was wie ein Olivenzweig, und den musste man ja auch nicht essen.

»Danke. Auch für Ihr Vertrauen.«

Stella nickte.

»Und jetzt erzähle ich Ihnen von meiner Hochzeitsreise nach Venedig und unserem Palazzo am Canal Grande!« Der entsprechende »Zettel« war nicht, wie Stella vermutet hatte, der Bierdeckel für ein italienisches Erzeugnis unter dem wackligen Tischbein, auch nicht die Rückseite eines handgeschriebenen Arrabbiata-Rezepts im hohen Spaghetti-Glasbehälter, sondern steckte an einer venezianischen Pappmachémaske.

Kurz nachdem Jonas die *Krabbe* verlassen hatte, klopfte es an der Eingangstür. Stella fuhr gerade mit ihren Fingern, die Augen geschlossen, an den Zetteln ihrer Bibliothek entlang. So viele gesammelte Erinnerungen, so vieles, was nie vergessen werden würde, obwohl es doch so flüchtig war.

»Komm rein, Paul. Aber dein Hund bleibt draußen.«

Stella hörte, wie er ihn draußen anband und wie Guter Junges wedelnder Schwanz gegen die hölzerne Außenverkleidung schlug, während er Paul begeistert durchs Gesicht leckte. Wenn Guter Junge wedelte, wedelte immer der ganze Hund. Stella musste lächeln.

Vorsichtig wurde die Tür geöffnet.

»Er hat sich wieder im Sand gewälzt, sieht aus wie paniert.«

»Es tut mir leid, dass ich dich heute Vormittag ...«

»Da ist keine Entschuldigung nötig.« Er winkte ab. »Ich hab ja alle Zeit der Welt.« Paul lächelte, obwohl er in diesem Moment – wie in jedem Moment – wusste, dass es nicht so war. Dass im Meer immer weniger Fische waren und in seinem Leben immer weniger Tage.

»Möchtest du einen Kaffee? Mit Schuss?«

»Nein, ich wollte nicht lange stören, Frau Dor. Wollte nur sagen, dass ich mich um alles gekümmert habe. Wegen der *Krabbe.*«

»Wie meinst du das?« Stella stellte die leere Kristallschüssel in die Spüle und ließ etwas Wasser hineinlaufen.

Paul zog einen zerknitterten Zettel aus der Hosentasche, auf dem er sich alles aufgeschrieben hatte. »Ich habe einen Brief an die Stadtverwaltung geschrieben, also eine Beschwerde, dass Ihr Haus bombenfest steht, das Holz in sehr gutem Zustand ist und ich persönlich dafür bürge. Also auch finanziell, wofür ich garantiere!« Paul war so aufgeregt, dass er vor- und zurückging, als würde er tanzen.

»Ach, Paul.« Stella trocknete sich die Hände ab und trat zu ihm. »Das ist ganz lieb von dir, wirklich, aber es wird nichts ändern.«

»Aber ich ...«

»Die wissen doch, dass das Holz in Ordnung ist. Sie wollen mich weghaben, so einfach ist das.«

»Ich bekomme das hin. Ganz sicher. Sie müssen nicht weg, Frau Dor!«

»Manches kann man nicht reparieren, nicht mal flicken. Selbst mit all deinen guten Werkzeugen nicht. Manchmal kann man nur akzeptieren, dass etwas zerstört ist und nie mehr heil wird.«

Sie lächelte sanft. Es waren Zeilen aus ihrem Film *Die*

Jungfrau betet. Ein sehr anspruchsvolles Werk, das leider nur wenige gesehen und noch weniger gemocht hatten. Mit so komplizierten Monologen, dass sie lange gebraucht hatte, um sie halbwegs flüssig über die Lippen zu bekommen. Stella hätte nie gedacht, dass sich Sätze daraus einmal so wahr anfühlen würden.

»*Die Jungfrau betet*«, sagte Paul.

Stellas Lächeln wurde breiter. »Mittlerweile eher die alte Dame.«

»Darf ich Sie zum Tanz auffordern, Frau Dor?«

Stella atmete tief durch.

»Heute nicht.« Sie drückte seine Hand. »Ich glaube, Guter Junge vermisst dich schon. Er ist doch nicht gern allein.«

Paul presste die Lippen aufeinander. »Bis morgen?«

»Jeden Tag bis morgen.«

11

Worte am Meer

Auf der Rückfahrt kam Jonas wieder an der Bushaltestelle vorbei. Er hatte nicht vorgehabt zu halten. Aber dann sah er etwas auf dem linken der drei roten Hartplastiksitze liegen.

Eine Postkarte, beschwert mit einem Stein.

Jonas bremste so abrupt, dass er fast vom Tandem fiel. Schnell lehnte er das Rad gegen den einsamen Laternenmast und hob den Stein an, um sich anzuschauen, was er vor den Windböen geschützt hatte.

Auf der Postkarte war ein Gemälde abgebildet, das den Pier samt Pavillon zeigte.

Jonas erkannte den Sonnenuntergang. Es war die Nr. 5. Es kam ihm vor, als würde er einen alten Freund wiedersehen. Er drehte die Postkarte um und erblickte eine Handschrift mit Buchstaben wie Weinranken, exakt auf den Linien, obwohl keine vorhanden waren.

Vielen Dank für die Nüsse! Beim Warten ist wirklich nichts besser als Nüsse. Es fühlt sich an, als knacke man eine Sekunde nach der anderen und helfe der Zeit damit, schneller zu vergehen.

Noch mehr möchte ich Ihnen aber für unser Gespräch danken. Es tut so gut, wenn jemand zuhört. Das ist ein Glück, welches man erst zu schätzen weiß, wenn niemand mehr da ist.

Lange blickte Jonas auf die Worte. Als er sie zum zweiten Mal las, kam es ihm vor, als stammten sie von jemand anderem als Bentje. Beim dritten Mal erschien es ihm, als kämen sie aus dem Mund seines Vaters.

Jonas hörte sein eigenes schweres Atmen.

Es war Zeit anzurufen.

Aber nicht hier.

Er brauchte einen Ort, der ihn trösten würde wie eine weiche Decke. Jonas ging Richtung Pier, betrat ihn aber nicht, sondern bog zum Strand ab.

Er brauchte das Rauschen, das helle Glucksen, wenn das Wasser im Sand versickerte, die Stille danach. Seine Eltern hatten ihn von klein auf immer mit ans Meer genommen, dort hatte er seine schönsten Stunden verbracht. Das Rollen der Wellen war Sorglosigkeit und Glück.

Die alte Magie wirkte jedes Mal.

Trotzdem zog er schnell das Handy aus der Jackentasche, bevor er es sich anders überlegen konnte. Es dauerte, bis sein Vater abhob, vermutlich suchte er wie immer panisch sein Handy und schaffte es nur gerade so, bevor die Mailbox ansprang. Deshalb klang er stets ein wenig atemlos bei der Begrüßung.

»Schön, dass du anrufst!«

»Wo lag es diesmal?«

»War in die Sofaritze gerutscht. Hör mal, bevor du etwas sagst: Es tut mir so leid, was passiert ist.«

Jonas nickte, und sein Vater hörte das Nicken. Er wusste, wie sein Sohn reagierte, wenn es um Gefühle ging.

Mit Stille.

Jonas hatte Angst, dass das Schloss um sein Herz sich mit jedem Wort, das er über seine Gefühle sprach, ein wenig weiter öffnen würde. Deshalb sicherte er es mit Schweigen.

Aber Herzen wollten nicht verschlossen bleiben. Es hinderte sie daran, mit voller Kraft zu schlagen.

»Ich kann verstehen, warum du …«, sein Vater stockte. »Nein, ich kann es nicht verstehen. Ich hab's versucht, aber ich schaffe es nicht.«

Jonas nickte erneut.

»Natürlich weiß ich, dass du es überhaupt nicht magst, wenn ich hier jetzt so auf dich einrede. Aber …«

Jonas wartete. Sein Vater musste sagen können, was er zu sagen hatte. Dann konnte Jonas sprechen. Und es wären keine weiteren SMS mehr nötig.

»Es war Mama so wichtig!«, setzte sein Vater an. »Es war ihr sogar das Wichtigste, als sie erfuhr, dass sie nicht mehr viel Zeit haben würde. Und dass Sie dich nicht aufwachsen sehen …«

Jonas legte auf.

Die Decke des Meeres war nicht dick genug gewesen.

Wie in Trance ging er auf das dunkle Wasser zu, die Wellen kamen ihm entgegen. Sie zeigten ihre weißen Zähne und schnappten nach dem Sand zu seinen Füßen.

Dort, wo Meer und Land sich trafen und um jeden Zentimeter miteinander rangen, kniete Jonas sich hin und senkte die Hände ins Wasser.

Die Kälte holte ihn wieder ins Hier und Jetzt. Dorthin, wo er sein wollte.

Das Meer war so kalt, dass es nicht erträglicher wurde, sondern immer nur schlimmer. Trotzdem ließ Jonas seine Finger unter Wasser, bis der Schmerz nicht mehr auszuhalten war.

Dann zog er sie heraus und griff nach seinem Handy.

Seine Finger waren so eiskalt, dass es ihm schwerfiel, eine Nachricht an seinen Vater zu tippen.

Es tut mir leid, Papa. Hab dich sehr lieb!

Er ließ sich rücklings in den Sand fallen und blickte empor zu den Sternen.

Doch im Morsecode der funkelnden Gestirne lag keine Antwort für ihn.

Andreas Engelbaum sah auf sein Handy.

Telefonat beendet.

Trotzdem sprach er weiter und hielt das Handy dabei ganz fest umklammert.

»Es war so schwer für mich, dir all die Jahre nichts von dem Brief zu erzählen. Obwohl ich ja wusste, wie sehr du dich nach Antworten gesehnt hast, wie sehr du diese Nachricht von ihr gebraucht hättest. Es kam mir vor, als würde ich einer Pflanze den Dünger vorenthalten, weißt du? Aber ich hatte es ihr versprochen. Am ... also kurz bevor ... Ich hab es einfach nicht übers Herz gebracht, ihrem letzten Wunsch nicht wortwörtlich nachzukommen. Als würde ich damit, ich weiß nicht, ihr Ansehen beschmutzen, ihr Kummer bereiten. Es ging einfach nicht. Das war ein so schwerer Rucksack, das kannst du dir nicht vorstellen! Immer wenn ich dich vor eurem Foto in der Diele gesehen habe, auf dem Mama dich im Arm hält, so liebevoll und beschützend ... und du mit so vielen Fragen in deinen Augen davorstehend, ohne etwas zu sagen, da ...« Andreas sah das Display an, das längst ausgegangen war. »Schau dir bitte an, was sie dir geschrieben hat, du *musst* es dir anschauen. Für die Seele, was immer das auch sein mag, für deine, für meine und für Mamas. Es ist ihr Geschenk an dich. Sie hatte damals kaum noch Kraft, aber dieser Brief musste sein ... und er ist nicht das Einzige, was sie dir hinterlassen hat. Das wollte ich dir sagen.«

Andreas sah seine Frau im klinisch weiß bezogenen Krankenhausbett vor sich, einen Strauß bunter Tulpen und eine unangetastete Packung Edle-Nuss-Pralinen auf dem Nachttisch. Er sah ihr Gesicht, das sie zu einem Lächeln verzog, aber ihre Augen konnte nichts mehr zum Lächeln bringen.

Andreas holte noch einmal tief Luft. »Es wird dich glücklich machen. Auch wenn es wehtut«, flüsterte er in die Stille hinein.

Auf dem Handy erschien Jonas' SMS.

Andreas tippte sofort eine Antwort.

Hab dich auch lieb, Großer! Hab immer versucht,
dich für zwei lieb zu haben.

Als seine Hand zu zittern begann, legte er das Handy auf die Dielenkommode.

Neben das Foto von Jonas' Mutter.

12

In den Norden

»Du gehst jetzt nicht, verdammt noch mal! Du bleibst gefälligst hier! Und liest, was deine Mutter dir geschrieben hat!«

Jonas' Vater schrie nur selten und nie aus Wut. Die ließ ihn immer leiser werden. Wenn er schrie, war es aus Hilflosigkeit.

»Nein, Papa. Ich muss jetzt los.«

Sie hatten einen schönen Vormittag miteinander verbracht. Jonas half seinem Vater bei den Einkäufen im Großmarkt. Das hatte er schon immer gern gemacht; die Halle mit all dem Gemüse, Obst, Fleisch und Fisch war eine eigene Welt, mit eigenen Gesetzen und einer eingeschworenen Gemeinschaft. In aller Ruhe hatten sie die Waren danach in den Vorratsräumen des kleinen Restaurants verstaut.

Jetzt war es Zeit für ihn, in den Norden aufzubrechen und Stella Dor kennenzulernen.

»Wir machen das erst noch! Deine Mutter hat sich das gewünscht!«

»Nicht jetzt. Wenn ich zurückkomme. Ich schaffe das gerade nicht, Papa. Muss mich jetzt ganz auf das Schreiben konzentrieren. Es tut mir wirklich leid.«

»Deine Schreiberei ist dir also wichtiger als deine Mutter! Das ist doch nur ein Hirngespinst! Damit wirst du nie genug verdienen, glaub mir.«

Es kostete Jonas viel Kraft, ruhig zu bleiben. »Wir haben darüber geredet. Ich bekomme diese Chance. Wenn es nicht klappt, helfe ich hier. Aber diese eine Chance hab ich verdient.«

»Nicht, wenn du jetzt gehst! Ich verbiete dir das!«

»Du kannst mir nichts mehr verbieten, Papa.«

»Wie kannst du mich nur so enttäuschen! Wie gut, dass deine Mutter nicht mehr erleben muss, was für ein Mensch aus dir geworden ist! Ich schäme mich für dich!«

Jonas verließ schnell das Restaurant, denn er wollte nicht vor seinem Vater weinen.

13

Tarte Tatin

Mit bloßem Auge ist kaum zu erkennen, wenn Planeten sich einander nähern. Aber irgendwann erstrahlen sie zusammen am Nachthimmel.

Auch bei Menschen verlief es manchmal so.

Wie bei den zweien in der *Krabbe*, die gerade ein weiteres Kapitel beendet hatten. Der Tisch war übersät mit Zetteln und Notizen, Stella Dors Leben füllte Seite um Seite.

Doch jetzt näherten sich zwei Kometen dem Strandpavillon, sie trugen die Namen Britta und Imke.

Jonas' Tandem hatte am Morgen einen Platten gehabt und er keine Zeit, ihn zu flicken, weswegen er sich zu Fuß auf den Weg gemacht hatte. Seine Gastgeberinnen hatten ihm angeboten, ihn am Nachmittag abzuholen, und im selben Augenblick ihr eigenes Angebot auch schon angenommen.

Schwungvoll klopfte es an der Tür, und ohne eine Antwort abzuwarten, ließen sich die Schwestern selbst herein.

Jonas war kein Experte, was Damenfrisuren betraf, aber er war sich fast sicher, dass Britta sonst nicht so viele Locken besaß und Imkes Haare jetzt blonder erstrahlten. Sie waren gekleidet in ... Jonas fehlten die Worte. War das Tüll, Chiffon oder Organza? Auf jeden Fall trug man so was vielleicht auf dem roten Teppich in Hollywood, aber üblicherweise nicht in Strandpavillons.

Britta hielt eine silberne Kuchenplatte in der Hand, und zwar so, als sei sie einer der Heiligen Drei Könige und bringe ein Geschenk für den Erlöser.

»Extra für Sie gebacken, Frau Dor. Sogar mit Butter aus der Normandie!«

»In einem Interview mit dem *Stern* haben Sie ja mal erzählt, wie sehr Sie Tarte Tatin lieben, seit Sie damals in Paris *Das Mädchen und der Inspektor* gedreht haben«, sekundierte Imke.

Stella schnalzte mit der Zunge und blickte amüsiert von einer zur anderen. »Habe ich das? Also gesagt? Ich kann mich nicht erinnern.« Sie erhob sich und reichte den beiden huldvoll die Hand. Jonas konnte sehen, dass sie gleichermaßen genervt wie geschmeichelt wegen dieses Fan-Überfalls war.

»Und da so ein Stück Kuchen allein ein bisschen trocken ist und Sie Champagner so lieben ...« Imke hatte eine Flasche hinter dem Rücken gehalten, die sie Stella nun entgegenstreckte.

»Tu ich das? Sie wissen deutlich mehr über mich als ich selbst. Vielleicht sollten *Sie* meine Autobiografie schreiben.«

Britta und Imke lachten, es klang ein wenig wie fröhliches Gackern nach erfolgreichem Eierlegen. »Wir helfen gerne, wo immer wir können!«

Stella Dor blickte zu Jonas, der sein Notebook zuklappte. »Hören Sie das? Sie haben so ein Glück mit Ihren Herbergsmüttern.«

»Es ist Ihre Lieblingsmarke!« Imke strahlte, als sie den Drahtkorb vom Korken der flüssigen Opfergabe löste. »Die mit den Blümchen. Nicht billig, aber das schmeckt man dann sicher auch.«

Britta stöckelte in Richtung der ehemaligen Theke.

»Ich schneid die Tarte gleich mal an, dann können wir sie frisch genießen. Hab doch genau gesehen, wie sehnsuchtsvoll Sie das Kunstwerk begutachtet haben – wie damals Götz George in *Drei hohe Tannen!* Das hier ist die Küche, oder? Ich find mich schon zurecht.«

»Ja, das ist die Küche, und ja, es war Götz, aber ich hatte immer den Eindruck, er hätte mich viel sehnsuchtsvoller angeblickt als ich ihn. Aus gutem Grund.«

»Das müssen Sie uns unbedingt genau erzählen!«, sagte Imke und ließ den Korken vom Champagner fliegen. »Ups, das hat jetzt aber heftig geknallt. Passt zu Götz George!«

»Imke, also bitte!« Britta hielt sich die Hand vor den Mund. »Was soll Frau Dor denn von uns denken?«

»Dass Sie zwei ganz unanständige kleine Luder sind.«

Betretene Stille.

Dann lachte Stella Dor laut, ihr kamen sogar die Tränen. »Nur ein kleiner Spaß, meine Damen. Wie schön, dass Sie Spaß verstehen.«

»Ja, das tun wir«, sagte Britta, die fast ihre Tarte Tatin hatte fallen lassen.

»Wenn einer Spaß versteht, dann wir.« Imke holte mit zitternden Händen Champagnergläser aus einem Schrank und füllte sie.

Mit einem Seidentaschentuch tupfte sich Stella die Tränen von den Wangen. »Champagner passt eigentlich überhaupt nicht zur Tarte Tatin, aber da wollen wir heute mal nicht so sein.« Sie erhob ihr Glas. »*À notre santé!*« In einem Zug trank sie es leer und hielt es Britta zum Nachschenken hin. Diese hatte noch nicht mal einen Schluck genommen.

Dann aßen sie die nach Jonas' Meinung ausgezeichnete Tarte. Stella Dor bedachte sie mit einem gnädigen »Kann man durchaus essen«. Die meiste Zeit sprachen die Schwestern und machten ein Kompliment nach dem anderen. Stella Dor nahm diese milde lächelnd entgegen, während sie sich ihr Glas stetig nachfüllen ließ. »Der Boden eines Champagnerglases darf nie trocken sein! Darauf stand in Versailles die Todesstrafe.«

Britta traute sich nicht, selbst ein zweites Glas Champagner zu trinken, weil die Flasche durch Stella Dors enormen Zug sonst zu schnell leer geworden wäre. »Kommen Sie eigentlich gut voran mit Ihrer Autobiografie? Herr Engelbaum erzählt ja so wenig.« Sie aß ein weiteres Gäbelchen der Tarte und achtete darauf, den kleinen Finger leicht abzuspreizen.

»Ach, tut er das nicht?«

»Nein, eigentlich gar nicht.«

Stella Dor lächelte Jonas an. »Vielen Dank, dass Sie Jonas abgeholt haben, meine Damen.« Sie stand auf und wandte ihnen den Rücken zu.

»Nur eine Frage noch.« Imke erhob sich. »Weil Britta und ich darüber gespaltener Meinung sind.«

Stella Dor wandte sich ihnen wieder zu. »Ich bin gespannt ...«

»Treffen Sie sich eigentlich regelmäßig mit der Barbara Schneider? Die wohnt ja direkt bei der großen Gezeitenschleuse in ...«

»Kenne ich nicht. Nie gehört.«

»Sie waren doch zusammen in *Die Mädels von der letzten Bank* zu sehen!«

»Man kann nun wirklich nicht von mir verlangen, mich an jede Komparsin zu erinnern.«

»Aber Barbara Schneider hatte die Hauptrolle.«

»Und dann und wann ein weißer Elefant!« Stella Dor ging in ihr Schlafzimmer und schloss die Tür.

Britta und Imke sahen sich an, dann Jonas. Der zuckte bloß mit den Schultern.

Auf der – trotz dieses abrupten Abgangs – glückshormonüberschwemmten Rückfahrt fragte er schließlich, was es mit Barbara Schneider auf sich hatte. Denn er wollte Stella Dor morgen eine Freude machen.

Am nächsten Tag nahm sich Jonas ab Mittag frei, was für Stella Anlass war, Fragen nach seinem Arbeitsethos, seiner grundsätzlichen Einstellung zum Leben und seiner geistigen Gesundheit zu stellen.

Dazu musste gesagt werden, dass Jonas sie erst informierte, als er seinen Ausflug schon angetreten hatte – damit sie ihm diesen nicht verbieten konnte. Und da er wollte, dass Nessa auch etwas davon hatte, stellte er das Gespräch auf laut.

Nach dem Auflegen knuffte sie ihn lachend gegen den Oberarm.

»Au, das tat weh.«

»Haste verdient! Du kannst doch nicht so ein Gespräch führen, und ich darf nicht lachen. Das hat *mir* wehgetan, mein Zwerchfell hat beinahe rebelliert.«

»Ich hab ein schlechtes Gewissen, aber ich mache das ja für sie. Ich mag Stella nämlich mit ihrer störrischen ...«

»... egozentrischen ...«

»... divenhaften ...« Jonas strich sich theatralisch das Haar nach hinten.

»... stilvollen ...«

»... genau, dabei immer stilvollen Art. Bin echt gespannt, wie eine andere Diva in ihrem Alter so ist.«

Nessa setzte den Blinker ihres Opel Corsa, der einst rot gewesen war, dessen Lack jedoch mittlerweile unter Koralle lief. Am Armaturenbrett klebten Christophorus,

Fatimas Hand, ein fröhlicher Buddha und ein griechisches Nazar-Amulett. Sie ging bei geistlichem Beistand gern auf Nummer sicher.

»Die Schneider wird definitiv nicht wie Stella sein«, sagte Nessa mit Nachdruck. »*Das* Modell wurde nur einmal gebaut!«

»Vielleicht hätte ich doch vorher dort anrufen sollen.«

»Nein, vertrau mir. Zur Mittagszeit sitzen alte Leute zu Hause am Esstisch. Und eine Stunde vorher kochen sie. Das ist Gesetz.«

»Es sei denn, sie sind im Urlaub.«

»Ist die Schneider aber nicht, jetzt glaub mir doch endlich.«

»Und wenn sie uns sofort rausschmeißt?«

»Wir sind Fans, wie die Roose-Schwestern gestern bei Stella. Fans schmeißt man nicht raus. Das ist unsere Tarnung.« Nessa zwinkerte ihm zu, und Jonas spürte, wie ihm das Blut in die Wangen stieg.

Barbara Schneider lebte abgeschieden in einem schwarzweißen Fachwerkhaus am Ende eines Feldwegs, dessen reetgedecktes Dach fast vollständig von Moos überwuchert war. In dicken Inseln lag es darauf, wirkte wie Schuppen und ließ das Gebäude wie einen großen, grünen Drachen erscheinen.

Ein paar Schafe grasten auf der Wiese um das Anwesen und schienen großes Interesse am Kräutergarten zu haben, der wohlweislich umzäunt war.

Der Star aus *Zur Sache, Liebelein* saß in einer Kittelschürze auf einer verwitterten Holzbank neben dem Hauseingang und schälte Kartoffeln. Heute Mittag würde es Püree mit Heringen geben. Ein Gericht, das heute noch genauso schmeckte wie vor Jahrzehnten. Das schätzte Barbara Schneider.

»Stellen Sie das Paket einfach vor die Tür. Ist wahrscheinlich eh für meinen Mann. Muss ich was unterschreiben?« Sie trocknete sich die Hände an einem Zipfel des Küchentuchs auf ihrem Schoß ab.

Jonas trat lächelnd auf sie zu. »Frau Schneider?«

»Ja, das bin ich, Sie sind hier richtig. Auch wenn es keine Hausnummer und kein Namensschild gibt.«

»Wir ...« Er kam ins Stocken. Lügen lag ihm nicht, und Schauspielern war für ihn irgendwie auch eine Form des Lügens.

Nessa merkte es und übernahm. »Wir sind nicht vom Paketdienst. Wir sind Fans und wollten Sie um ein Autogramm bitten.« Sie hielt ein großes Foto der Diva hoch, das sie am Morgen extra ausgedruckt hatte.

»Fans?« Barbara Schneider schmunzelte. »Habe ich so was denn noch? Na, setzen Sie sich erst mal. Möchten Sie etwas trinken? Mögen Sie Waldmeister? In dem Krug Wasser hier ist getrockneter drin. Aus meinem Garten.«

»Klingt wundervoll!« Nessa nahm umgehend Platz, Jonas tat es ihr nach.

»Na, denn. Ich hole mal Gläser.« Sie stand auf und ging ins Haus.

Jonas fand, dass Barbara Schneider zwar hager war, es ihr aber trotzdem gelang, Wärme auszustrahlen. Ihren Bewegungen wohnte noch ein letzter Rest Eleganz inne, auch wenn die harte Arbeit der letzten Jahrzehnte sie gezeichnet hatte. Eine eigentümliche Mischung. Sie wirkte wie eine alte Bäuerin, der man zutraute, ein paar Schritte über ein Hochseil zu balancieren.

Als sie mit zwei Gläsern zurückkehrte, fiel Jonas auf,

dass Nessa und er ganz gerade saßen, als wäre es ihr erster Tag in einer neuen Schule.

»Und das soll ich unterschreiben? Dieses schreckliche Foto von mir?«

Nessa betrachtete es. »Sie waren so eine Schönheit. Also, das sind Sie immer noch.«

Barbara Schneider goss ihnen ein. »Sparen Sie sich das, Liebes. Das Bild ist eigentlich völlig in Ordnung, aber ich weiß noch, was das damals für ein unangenehmer Tag war. Ich hatte schlimme Unterleibsschmerzen, aber gedreht wurde trotzdem, und zwar bis zum späten Abend. Lächeln, wenn man eigentlich weinen will, kostet viel Kraft. Und mein Körper ist sehr nachtragend. Die nächste Nacht hat er mir damals zur Hölle gemacht. Ich sehe also etwas ganz anderes als Sie – ich erinnere mich an die Geschichte hinter dem Bild. Haben Sie einen Stift?«

Hatte Nessa. Sogar einen schwarzen Edding, wie eine echte Autogrammjägerin.

»Irgendeinen Wunsch? Soll ich Ihren Namen schreiben?«

»Nein, Ihrer reicht.«

»Wollen Sie das auf eBay verkaufen? Dafür werden Sie aber nicht viel bekommen. Alte deutsche Filmstars sind ungefähr so gefragt wie ...« Sie blickte demonstrativ auf die Kartoffelschalen.

»Das stimmt aber nicht ganz, gestern waren wir bei Stella Dor.«

»Ach, die Stella. Lebt die etwa noch?« Barbara Schneider schüttelte den Kopf. »Hätte damals nicht gedacht, dass sie es so lange macht.«

»Nicht?«, fragte Jonas.

»Es waren andere Zeiten. Zumindest hoffe ich, dass sie anders waren und heute besser sind.«

»Stella Dor hat uns erzählt, sie sei damals in einer Boutique entdeckt worden. Wie war das bei Ihnen?«

Barbara Schneider lachte trocken. »In einer Boutique *entdeckt*. Ja, genau wie im Märchen. So eine schöne Geschichte.«

»Gibt es denn eine andere Geschichte? Die würden wir natürlich gerne hören.«

»Ich weiß nicht, ob Sie das wirklich wollen. Wir alle mögen unsere Stars doch lieber unfehlbar, oder? Und obwohl Stella es nie zum Star gebracht hat, musste sie doch den vollen Preis bezahlen. Ich weiß wirklich nicht, ob ich das erzählen sollte. Sie sind ja meinetwegen hier.«

»Uns interessiert alles, was diese Zeit des deutschen Kinos betrifft«, kam es schnell von Nessa.

»Und Ihre Sicht darauf ist so wertvoll zu hören«, ergänzte Jonas.

Plötzlich klatschte Barbara Schneider mehrmals langsam in die Hände, dann schnaubte sie belustigt.

»Britta und Imke haben mir von Ihnen erzählt. Respekt für Ihren Auftritt hier. Wirklich filmreif, und ich weiß, wovon ich rede.«

»Aber ...« Jonas fühlte sich unangenehm ertappt und setzte sich gerade auf.

»Jetzt keine Lügen, das würde mich beleidigen. Ich erzähle Ihnen die Geschichte, damit Sie Stella besser verstehen und ein besseres Buch für sie schreiben können. Sie hat ein gutes Buch verdient, ein wahres.«

Jonas und Nessa nickten.

»Der Quaste hat sie damals mit ans Set von *Am Tag, als der Hagel kam* gebracht.«

»War nicht *Der Tote aus der Themse* Stellas erster Film?«

»Das war ihre erste Sprechrolle, aber zum ersten Mal vor der Kamera stand sie schon vorher. Wir drehten auf jeden Fall gerade den Banküberfall. Stella sollte eine erschreckte Passantin spielen und einen Schrei ausstoßen. Ich sehe sie noch genau vor mir, so unfassbar jung, staunend und eingeschüchtert, aber auch voller Entschlossenheit, ihre Chance zu nutzen. Dieses Glitzern in den Augen, schon fast lächerlich in seiner Unschuld.«

»War Stella gut?«

»Sagen wir mal, Sie hat sich nicht ganz dumm angestellt. Aber es war nun wirklich nichts Besonderes. Der Quaste sah das natürlich anders. ›Großartig! Einfach umwerfend!‹, hat er gerufen und frenetisch applaudiert. ›Was für eine Präsenz, was für ein Talent! Seit Jahren habe ich so etwas nicht mehr gesehen. *A star is born!*‹ Dann mussten alle anderen auch applaudieren. Wobei, *mussten* …? Sie machten es, spielten mit, obwohl sie genau wussten, was danach passieren würde, weil es jedes Mal so war.«

»O nein …« Nessa presste die Lippen zusammen.

»Quastes Büro hieß hinter vorgehaltener Hand nur ›Die Lasterhöhle‹. Ich vermute, er wird sie hineingebeten haben, auf das Sofa. Die Tür schloss er immer ab, den Schlüssel steckte er in eine seiner vorderen Hosentaschen. Und dann, tja … Das Drehbuch lief immer gleich ab. ›Musst nur ein bisschen lieb sein‹; ›Jetzt stell dich nicht so an, du willst es doch auch, das seh ich ja!‹; ›Erst machst du mir schöne Augen, und jetzt plötzlich machst du auf frigide. Ich lass mich doch nicht verarschen von dir!‹; ›Ich mag es, wenn ihr euch wehrt‹. Oder auch: ›Wenn du dich jetzt anstellst, dann war es das mit deiner Karriere, das verspreche ich dir. Dann bekommst du in der Branche kein Bein mehr auf den Boden. Willst du dir die Chance wirklich verbauen? Du wirst sehen, ich bin ein fantastischer Liebhaber. Musst nur ein bisschen nett zu mir sein, mehr nicht. Tut auch gar nicht weh.‹«

»Sie beschreiben das so, als wären Sie selbst mit im Raum gewesen«, sagte Jonas, dem in diesem Moment nicht klar war, was er damit andeutete.

Barbara Schneider hob ihr Glas und nahm einen großen Schluck des Waldmeisterwassers.

»Es blieb nicht bei dem einen Mal. Denn sobald Quaste begriff, dass er damit durchkam, passierte es immer wieder. Er drohte ihr dann auch damit, öffentlich zu machen, dass sie einen verheirateten Mann verführt habe. Damals hätte so ein Skandal nur der Frau geschadet. Wahrscheinlich sind wir heute gar nicht so viel weiter.« Barbara Schneider griff nach dem Messer. »So, ich muss jetzt weiter Kartoffeln schälen, ein gutes Püree macht sich schließlich nicht von allein.«

Jonas fehlten die Worte und Nessa überraschenderweise auch. Alle schienen viel zu klein gegenüber dieser riesigen Ungerechtigkeit.

»Oder wollen Sie etwas mitessen? Dann muss ich allerdings noch mehr schälen.«

»Das ist sehr ... aber nein, danke«, fand Jonas die Sprache wieder. Seine Gedanken waren bei Stella in der *Krabbe*. Und dem vielen Ungesagten dort. »Soll ich Stella von Ihnen grüßen?«

Barbara Schneider spitzte die Lippen. Dann nickte sie. »Ja, tun Sie das. Wünschen Sie ihr alles Gute von mir – und ein schlechter werdendes Gedächtnis. Das ist eine der wenigen Gnaden, die einem das Alter gewährt.«

14

Eine knarzende Treppe

Beim Nachhausekommen zog Stella ihre Schuhe aus, da die alte Holztreppe im Mehrfamilienhaus nur darauf wartete, Geräusche von sich zu geben. Hoffentlich merkten ihre Eltern es nicht, wenn sie die Tür öffnete. Die Blicke der anderen im Studio stachen immer noch, die Stacheln steckten tief im Fleisch. Verachtung hatte in ihnen gelegen, sogar Abscheu, als sie aus dem Trakt kam, in dem sich Dietrichs Büro befand, und sie versuchte, die Spuren dessen, was geschehen war, zu verbergen. Die roten Stellen am Hals, das zerzauste Haar, die aufgerissene Strumpfhose.

Bei einigen schimmerte auch Mitleid in den Augen, aber sie verbargen es, da es sie verriet.

Leise schloss Stella die Wohnungstür auf, zog sie sachte wieder hinter sich zu und ging in Richtung ihres Zimmers.

»Sagst du deinen Eltern gar nicht Guten Abend?« Die Stimme ihres Vaters.

Erst jetzt sah Stella, dass die Tür zum Wohnzimmer offen stand. Sie ging hinein, ihr Vater saß im Sessel, eine Zigarre in der Hand, ihre Mutter häkelte auf dem Sofa. Im Fernsehen lief eine Rateshow.

»Hast du heute gut gearbeitet?«

»Natürlich, Vater.«

»Warst du auch fleißig und hast getan, was der Herr Quaste von dir wollte?«

Stella nickte, zu mehr war sie nicht fähig.

»Wehe, du enttäuschst mir diesen Quaste. Der hat sich für dich eingesetzt mit seinem guten Namen.«

»Ja, Vater.«

»Ich will keine Klagen hören!«

»Nein, Vater.«

»Ihr Frauen denkt, nur weil ihr mit den Wimpern klimpert, könnt Ihr euch alles erlauben. Sei jeden Tag gehorsam, auch bei solchem Unsinn wie Film. Anstrengen kann man sich immer! Augen zu und durch, das hat uns auch nicht geschadet.«

Ihre Mutter sagte nichts, aber ihre Lider zuckten leicht. Ob sie etwas ahnte? Falls ja, würde sie nichts sagen. Sie würde es totschweigen. Was man nicht aussprach, das war nicht passiert. Und was nicht passiert war, das verschwand irgendwann einfach.

»Ich geh schlafen, muss morgen früh raus.«

Ihre Mutter räusperte sich. »Willst du denn nichts essen, mein Schatz?«

»Nein, hab keinen Hunger. Gute Nacht.«

Stella wollte sich duschen, zumindest äußerlich wieder rein werden. Dietrichs Geruch nach Schweiß und Geilheit loswerden.

Aber abends zu duschen, hätte Aufmerksamkeit erregt. So blieb ihr nur, sich mit einem Waschlappen notdürftig zu reinigen und ins Bett zu gehen, um diesen Tag zu beenden. Ihn mit der Schwärze des Schlafs zuzudecken.

Doch immerzu spielten ihr Kopf, ihr Herz und ihr Körper das Geschehene durch. Auch weil sie eines wussten: Es würde wieder geschehen. Und wieder und wieder.

Die einzige Möglichkeit, Dietrich zu entkommen, wäre, als Schauspielerin so gut zu werden, dass es nicht mehr in seiner Macht lag, ihr alle Türen zu verschließen.

Und es wie ihre Mutter zu machen: nicht darüber reden. Es mit Schweigen auszulöschen.

15

Ein Strand voller Lichter

Auf der Rückfahrt sprachen sie wenig, denn die Stille brauchte Raum. Die Stille zwischen den Fragen, die Jonas und Nessa sich stellten.

Nessa hielt mit ihrem ausgeblichenen Opel Corsa vor dem abgesperrten Parkplatz, der einst für Besucher der *Krabbe* gebaut worden war. Sie begleitete Jonas über den Sand in Richtung des Strandpavillons. Nessa wusste nicht, wieso, aber sie verspürte das Bedürfnis, seine Hand zu nehmen, als müsste sie ihn trösten, ihm mit einer Berührung zeigen, dass er nicht allein war.

Es fühlte sich gut an, Jonas' Hand zu halten, den leichten Druck seiner Finger zu spüren. Ganz vertraut und normal. Man vergaß manchmal, wie schön das Normale, das Selbstverständliche sein konnte. Es schien das Hintergrundrauschen des Lebens zu sein, dabei war es doch die eigentliche Melodie. Aber vor der Eingangstür der *Krabbe* löste er ihre Verbindung, um seine vom Wind zerzausten Haare zu bändigen.

Er wollte schon klopfen, hielt dann aber inne, denn ein Zettel war mit einer gelben Reißzwecke an die Tür gepinnt worden. Die Schrift darauf raumgreifend und verschnörkelt.

Kommen Sie heute Abend wieder!
Punkt 20:00 Uhr.
Seien Sie unbedingt pünktlich!!!

»Weißt du, um was es geht?« Nessa fuhr mit den Fingerspitzen über die Buchstaben, als erwarte sie, eine Erhebung zu spüren, weil die schwarze Tinte so dick war.

»Keinen Schimmer. Bis jetzt sollte ich noch nie abends kommen.«

»Ob Barbara Schneider ihr Bescheid gesagt hat, dass wir da waren? Und jetzt ist sie sauer?«

»Warum sollte die Schneider das tun?«

»Kannst du immer genau sagen, warum Menschen etwas tun? Im Speziellen alte Filmschauspielerinnen?«

»Punkt für dich.«

Auf dem Rückweg zum Wagen schien es keinen Grund zu geben, erneut Jonas' Hand zu nehmen.

Nessa ertappte sich dabei, wie sie sich wieder eine dunkle Wolke über seinem Gemüt wünschte – und sich ein kleines bisschen dafür schämte.

Zurück in der Ferienpension, erwarteten ihn die Schwestern hinter der Eingangstür.

»Herr Engelbaum, wir müssen mit Ihnen reden«, eröffnete Imke.

»Dringend. Es ist wichtig!«

»Eigentlich wollte ich ...«

»Wir möchten auch eine Autobiografie schreiben lassen!«

»Wir haben so viel zu erzählen. Sie glauben ja nicht, was uns schon alles passiert ist.«

»Und wer schon alles in unserer Pension zu Gast war!«

»Natürlich dürfen wir nicht die wahren Namen der Gäste nennen, aber die können Sie doch ändern.«

»Und wir wollen nicht, dass es zu ... na ja, also ... zu intim wird. Das muss man nicht erzählen. Nur über das Leben von zwei Frauen, die eine sehr erfolgreiche Pension am Meer leiten.«

»Selbstverständlich auch darüber, wie wir sie hergerichtet haben. Das ist alles unser Werk! Also, Fotos sollten auch ins Buch.«

»Wir haben bereits Kinderbilder herausgesucht. Britta war ja so süß.«

»Du aber auch! Ein richtiger kleiner Rauschgoldengel.«

Sie strahlten ihn an.

»Also, ich hab eigentlich noch gar nicht richtig über die nächsten Projekte ... aber ... sehr gern, natürlich. Da gebe ich Ihnen am besten ...«, er nestelte in seiner Jackentasche herum und zog das Portemonnaie heraus, »... meine Visitenkarte. Da steht auch meine Homepage drauf, auf der Sie weitere Infos finden. Ich würde mich freuen, wenn ich Ihre Lebensgeschichte aufschreiben dürfte.«

»Also Teil eins«, sagte Imke.

»Wir sind ja noch jung. Unser Leben ist ein Fortsetzungsroman. Wir werden uns sicher noch ein paarmal sehen.«

»Wie ... wunderbar.«

»Da ist übrigens ein Brief für Sie angekommen. Ein bisschen komisch ist der.«

»Inwiefern *komisch?*«

»Der Umschlag ist verfärbt, und die Adresse ist in zwei unterschiedlichen Handschriften geschrieben. Sie werden ja sehen.«

»Wir suchen mal weitere Fotos raus. Damit Sie eine Auswahl haben! Unbedingt muss da was vom Hafengeburtstag rein, bei dem wir als Meerjungfrauen verkleidet waren!«

Munter klönend, verschwanden die beiden Frauen wieder im Wohnzimmer, und Jonas ging schnell die steile Treppe hinauf.

Der Brief lag auf dem Kopfkissen.

Die Handschriften gehörten seiner Mutter, die seinen Vornamen geschrieben, und seinem Vater, der den Rest dazugesetzt hatte, damit dieser Brief ihn erreichte.

Jonas blieb stehen, er rührte sich nicht, aber seine Muskeln verkrampften sich bei dem Anblick so sehr, dass sie brannten.

Er wollte das Papier nicht einmal berühren.

Heute war er schon mehr als genug in die Vergangenheit gereist.

Er wandte sich ab und nahm eine Dusche.

Föhnte sich viel zu lange.

Zurück im Zimmer, hielt er weiterhin Abstand zu dem Brief, als könne dieser ihn anspringen.

Dann fiel ihm die SMS seines Vaters wieder ein.

Hab dich auch lieb, Großer! Hab immer versucht,
dich für zwei lieb zu haben.

Es war an der Zeit, das zu erwidern.

Und das bedeutete, diesen Brief zu lesen.

Nicht für seine Mutter. Nicht für sich. Sondern für seinen Vater, der immer noch mit einer Familie lebte, die es so längst nicht mehr gab.

Das Papier knisterte, als er es auseinanderfaltete.

Lieber Jonas,

du bist jetzt neunzehn, und ich freu mich so für dich. Das ist ein tolles Alter! Mit neunzehn war ich so weit, von zu Hause auszuziehen, und da ich glaube, dass du nach mir kommst und nicht nach deinem Stubenhocker von Vater (lieb gemeint!), weiß ich, dass du jetzt bereit bist, dich zu erinnern. An mich. Das wünsche ich mir so sehr! All die Momente, die du vergessen hast, weil du noch so jung warst und dein kleiner Kopf nicht genug Platz hatte, um alles aufzubewahren.
Du wirst gleich viele schöne Dinge sehen, warme Momente, Glück in seiner reinsten Form. Du wirst die Liebe eines Kindes zu seinen Eltern sehen und die der Eltern zu ihrem Kind, zu dir. Aber du wirst mich auch im Krankenhaus sehen, in einem weißen Metallbett, das mein letzter Ort auf dieser Erde sein wird.

Jonas atmete tief durch. Jetzt verstand er: Das Vermächtnis seiner Mutter war ein Film. Natürlich war es einer. Als Cutterin war sie für den Schnitt von Fernsehserien zuständig gewesen. Ihr Leitspruch hatte gelautet: Erst durch das Auswählen der richtigen Szenen wird das Rohmaterial zu einer Geschichte, erst dann ergibt alles Sinn.

Aber egal, wie sie ihr Leben auch zusammengeschnitten haben mochte, das Ende konnte keinen Sinn ergeben.

Jonas blickte wieder auf das an den Außenkanten leicht vergilbte Blatt Papier in seinen Händen. Die Buchstaben in der nächsten Zeile schienen zu schwanken, als wehte ein unruhiger Wind sie hin und her.

Als du klein warst, wollte ich nicht, dass du mich so siehst, so welk, wie ich jetzt bin, ein Blatt, kurz bevor der Baum es fallen lässt. Deshalb haben wir uns immer nur in diesem netten Zimmer getroffen, dem mit den Blumengestecken auf den abwischbaren Tischen, und haben Kaffee getrunken, also du Kakao. Ich habe eigentlich auch keinen Kaffee getrunken, habe nur so getan, denn ich vertrage ihn nicht mehr.
Eine halbe Stunde habe ich mich immer zusammenreißen können, aber jetzt geht das nicht mehr. Ich bin zu schwach dafür geworden.
Jetzt heißt es, von dir Abschied zu nehmen.
Dich noch einmal umarmen und an mich drücken, mit der wenigen Kraft, die mir noch geblieben ist. Gleich kommst du ein letztes Mal, und sie haben mich extra schön dafür gemacht. Eine Schwester hat mich geschminkt, damit ich so aussehe, wie du dich an mich erinnern sollst.
In dem Film wirst du sehen, wie ich wirklich aussah.
Jetzt bist du stark genug, dass du dich auch daran erinnern kannst. Du bist mein großer Junge, und dieser Film ist mein letztes Geschenk an dich.
Ich wäre so gern an deiner Seite. Ich wäre so gern für dich da, wenn du mich brauchst. Das ist das Schlimmste. Dass ich nicht länger deine Mama sein kann.

Die Abstände zwischen den Buchstaben wurden größer, sie blieben nicht mehr auf einer Linie, sondern taumelten jetzt über das Papier.

Ich schreibe dir diesen Brief, damit du dich richtig auf den Film vorbereitest. Mach dir eine heiße Milch mit Honig, wie ich sie dir früher immer zubereitet habe. Mit ein bisschen Zimt. Und iss dazu die Schweineöhrchen, die du so liebst. Dann ist es so, als wäre ich bei dir. Versprichst du mir das?

Deine Mama

Jonas ließ sich auf den Boden sinken und schloss die Augen.

Stella hörte das Quietschen von Jonas' Tandem schon von Weitem, es klang wie die Schreie einer verletzten Möwe.

»Zu spät!«, rief sie, als er es im Dunkeln am Zaun abschloss.

Einige Kerzen nahe dem Meer waren schon verloschen. Der Wind griff immer wieder mit kalter Hand in die oben offenen Einmachgläser, um die Flammen der Teelichter zu löschen.

Atemlos kam er zu ihr gerannt.

»Es tut mir wirklich leid, ich ...«

Stella hob die Hand. »Keine Entschuldigungen! Das Leben ist zu kurz für Entschuldigungen. Vor allem, wenn sie nicht ehrlich gemeint sind.« Zwar sah Stella, dass er es ehrlich meinte, aber sie wollte jetzt keine Entschuldigung hören. Stattdessen war es ihr ein Bedürfnis, Jonas ein wenig vor den Kopf zu stoßen. Er hatte sie verletzt, selbst mit gutem Grund schmerzte so etwas.

Gerade heute, da ihre Haut pergamentdünn war und sie vor nichts schützen konnte.

Jonas nestelte etwas aus der Jackentasche und reichte es ihr.

»Walnüsse? Warum geben Sie mir Walnüsse? Ist das etwas, was ihr jungen Leute jetzt macht? Wenn ihr euch danebenbenehmt?«

»Nein, die sind, weil ... Also an der Bushaltestelle, da ...«

»Und dann und wann ein weißer Elefant!«

Jonas ging auf eine der Kerzen zu, während sich die vielen Flammen in seinen Augen spiegelten. »Haben Sie die alle ... Wie viele sind das?«

»Dreiundzwanzig. Für jede Kirche der Stadt eine.« Stella ging auf die freie Fläche in der Mitte der brennenden Kerzen zu. »Ich erkläre Ihnen später alles. Jetzt brauche ich einen Moment für mich.«

Sie wandte ihm den Rücken zu, blickte aufs dunkle Meer, das heute ganz leise rauschte, als bestünden die Wellen aus Daunen.

Jonas wartete.

Erst nach vielen langen Atemzügen sprach sie wieder. »Mein Sohn Gustaf starb an genau diesem Tag in diesem Meer. Es war ein ungewöhnlich heißer Altweibersommer.«

Jonas blickte sich um, trotz all der Lichter erschien ihm der Strand mit einem Mal viel dunkler.

»Nicht hier an diesem Strandabschnitt, aber auch nicht weit entfernt.« Stella schüttelte den Kopf. »Nein, das stimmt nicht, er verstarb in einem Krankenhaus, aber hier passierte der Unfall, beim Baden, hier verlor Gustaf das Bewusstsein, und es kehrte nie zurück.«

Jonas schwieg. Stella wusste, dass Schweigen manchmal eine Bitte war, alles zu erzählen. Und sie wollte alles erzählen. Es gab so viele Zettel in der *Krabbe*, um die sie bisher einen großen Bogen gemacht hatte, weil sie mit Gustaf zusammenhingen.

Leise sprach sie weiter. »Es war unser Sommerurlaub. Gustaf war damals acht und wollte schwimmen gehen. Er liebte das Schwimmen sehr. Ich ging wie immer mit ins Wasser, war die ganze Zeit nur wenige Meter von ihm entfernt. Es war ein traumschöner Tag mit wolkenlosem Himmel, aber ein wenig Wind, sodass die Wellen schäumten.« Stella versuchte, es zu erzählen, als wäre es nur irgendeine Geschichte, eine Rolle in einem Drehbuch, ein Text auf einem unsichtbaren Blatt Papier, als wäre sie nicht dabei gewesen. »Gustaf erlitt einen Hitzschlag und verlor das Bewusstsein. Sein Gesicht im Wasser. Ich war sofort bei ihm, brachte ihn an den Strand und versuchte alles, um sein Herz wieder zum Schlagen zu bringen. Aber ...« Die Erinnerung war ganz nah gekommen, hatte den Vorhang der vielen Jahre beiseitegeschoben und blickte Stella direkt in die Augen. »Mein Mann rief sofort den Notarzt«, brachte sie stockend hervor. Sie musste atmen! Tief ein, langsam aus. Immer vergaß sie das, wenn sie an damals dachte. Es fehlte ihr dann genauso die Luft wie Gustaf an jenem Tag. »Sie brachten ihn mit Sirene und Blaulicht ins nächste Krankenhaus, schlossen ihn an Schläuche und Apparaturen an. Während er im künstlichen Koma lag, rannte ich in sämtliche Kirchen der Stadt und stellte dort Kerzen auf.«

Stella sah sich am Strand um. Die Flammen züngelten empor, als wollten sie zum Himmel. »All die Kerzen, damit Gustaf den Weg zurück findet. Mein Junge war doch im Dunkeln, und ich versuchte, ihm Leuchtzeichen zu geben! Was für ein dummer Gedanke, was für eine dumme Frau ich war.« Sie merkte nicht, dass sie anfing zu weinen, aber sie spürte die salzigen Tränen durch die Furchen ihrer trockenen Haut fließen. »Vielleicht waren es einfach nicht genug Kerzen. Gustaf fand den Weg nicht, er starb am nächsten Morgen.«

Stella richtete den Blick auf eine der Kerzen, die in ihrem Einmachglas erlosch. Eine weitere folgte. Wie auf einer Geburtstagstorte, die ihrem Ende entgegenfunkelte.

Als sie hinter sich ein Geräusch hörte, wandte sie sich um. Es war Jonas, dessen Anwesenheit sie für einen Moment komplett vergessen hatte.

Es war sehr lange her, dass Stella diesen Abend nicht allein verbracht hatte.

»Seitdem habe ich nie wieder einen Film gedreht. Es ging einfach nicht mehr.«

Die Wellen rollten heran, während die Kerzen, eine nach der anderen, ohne ein Geräusch erloschen.

»An jedem Todestag von meinem kleinen Gustaf stelle ich dreiundzwanzig Kerzen für ihn auf. Den Weg zurück kann er zwar nicht mehr finden, aber ich leuchte hoch zu ihm, damit er weiß, dass hier ein Mensch ist, der ihn sehr liebt. Mehr als alles auf der Welt, obwohl er schon so lange nicht mehr hier unten lebt.«

Unbeholfen strich Jonas über Stellas Arm.

Sie lächelte.

»Wir müssen meinem Gustaf gerecht werden. Versprechen Sie das?«

»Ja, Stella. Das verspreche ich.«

»Gut.«

»Stella?«

»Ja?«

»Ich kann Sie gut leiden.«

Stella räusperte sich. »Na, na, jetzt mal nicht gefühlig werden. Immer schön professionell bleiben.« Sie rieb sich eine Träne aus dem Auge. »Aber ich kann Sie auch gut leiden. Sie sind einer von den Anständigen. Hab ich sofort gewusst. Ab jetzt sind Sie aber immer pünktlich, ja?« Stella warf ihm einen strengen Blick zu.

»Versprochen.«

»Gut, das ist gut.« Sie nickte und entspannte sich. »Ich bleibe noch, bis alle Lichter aus sind.«

»Dann bleibe ich auch so lange.«

Als Jonas an diesem Abend in die Pension zurückkehrte, bat er Imke um ein Teelicht und stellte es in seinem Zimmer auf die Fensterbank, um ein Leuchten hinaus in die Dunkelheit zu schicken.

Der Tag hatte ihm so viel zum Nachdenken gegeben. Sein Kopf und sein Herz kamen kaum hinterher. Er schaffte es weder, ein Buch zu lesen, noch, seine Mails zu checken. Er schaffte es nur, auf dem Bett zu liegen.

Es war kurz nach neun, als es an der Zimmertür klopfte. Jonas stand schnell auf und zog seine Kleidung zurecht. Vermutlich brachte Imke oder Britta ihm einen heißen Tee, um einen Vorwand zu haben, nach Stella zu fragen. Er drückte die Klinke herunter – und blickte in ein ganz anderes Gesicht.

»Überraschung!« Nessa schob sich an ihm vorbei ins Zimmer, wobei sie mit ihrem Arm leicht den seinen streifte. Ihre Haut war ganz warm. »Ich war gerade in der Nähe und hab gesehen, dass bei dir noch Licht an ist.« Sie grinste und setzte sich mit Schwung aufs Bett – die einzige Sitzgelegenheit im Zimmer. »Super Satz, oder? Und so irre glaubwürdig.«

»Warum bist du dann ...?«

»Darf eine junge Dame nicht einfach einen jungen Herrn besuchen? Leben wir etwa nicht im 21. Jahrhundert?«

Jonas stand immer noch an der Zimmertür und wusste nicht, ob er seine Hände lieber lässig in die Hosentaschen stecken oder sich noch lässiger gegen die Wand lehnen sollte. Seine Arme erschienen ihm mal wieder viel zu lang. Also verschränkte er sie vor der Brust. »Doch, klar, ich bin nur ... äh ... Schön, dass du da bist.«

»Keine Sorge, ich lass dich ja schon vom Haken. Ich hab was rausgefunden. Komm, setz dich, ich beiße nicht.« Als er die Tür geschlossen und sich neben Nessa gesetzt hatte, fuhr sie fort: »Manchmal kratze und trete ich allerdings ... Dein Blick ist unbezahlbar!«

Jonas schüttelte den Kopf. »Du verarschst mich doch schon wieder.«

»Klar, macht schließlich Spaß. Pass auf: Das hier ist die Telefonnummer von Stella Dors Ex-Mann.« Sie zeigte ihm das Display ihres Handys. »Der kann sicher einiges beitragen.«

»Aber will er das auch? Vielleicht sind sie damals ja im Streit auseinandergegangen. Außerdem ist es eine Autobiografie, es ist ihre Geschichte.«

»Aber sie erinnert sich nicht an alles, und darum brauchst du Hilfe. Oder glaubst du ernsthaft, alle anderen Autobiografien sind geschrieben worden, ohne bei irgendwem nachzufragen? Kannst du dich denn an alles aus deiner Vergangenheit noch genau erinnern, oder würdest du nicht bei manchen Sachen deine Mutter fragen?«

Es schmerzte so sehr, weil es völlig unerwartet kam. Jonas stand auf. »Ja, also nein, du hast recht. Und ich will, dass es ein gutes Buch wird, mit dem Stella zufrieden ist. Ich hab sie echt ins Herz geschlossen.«

»Siehst du! Und je besser das Buch wird, desto besser ist das auch für dich. Für deine Zukunft als Ghostwriter.«

Jonas nickte. Darum ging es ihm zwar nicht, aber vor Nessa wirkte es sicher gut, wenn er sich geschäftsmäßig gab. »Das hab ich mir gerade auch gedacht.«

»Dann ruf ihn an!«

»Jetzt?«

»Ja, jetzt. Er ist sicher zu Hause.«

»Ist das um die Uhrzeit nicht unhöflich?«

»Der hat ja keine Bürozeiten oder so. Es geht um seine Ex-Frau, um Familie.« Sie tippte die Nummer auf ihrem Handy an und reichte es Jonas. »Hier, du schaffst das.«

Es tutete. Jonas überlegte, was er sagen sollte, da wurde schon abgehoben.

»Heimathafen Dor, wie kann ich helfen?« Die Stimme klang freundlich, warmherzig sogar.

»Guten Abend, Herr Dor. Engelbaum mein Name, entschuldigen Sie die späte Störung.«

»Worum geht es denn?«

»Um Ihre Ex-Frau, ich bin ihr Biograf und ...«

»Kein Interesse. Rufen Sie nicht wieder an.« Er legte auf.

Jonas gab Nessa das Handy zurück. »Ist nicht so gut gelaufen.«

»Dranbleiben! Morgen noch mal versuchen! Das wird super, glaub mir. Dadurch wird das Buch erst richtig gut. Und vielleicht fragst du ja noch jemand anderes wegen eines Treffens.«

»Wen denn?«

»Du kommst schon noch drauf.« Ihre dunklen Augen funkelten.

»Nee, echt nicht. Hilf mir, war ein langer Tag.«

Nessa deutete mit beiden Händen auf sich.

»Dich?«

»Ist das so abwegig? Jetzt bin ich verletzt.«

»Nein, so war das nicht gemeint.«

Mit einem theatralischen Seufzen stand sie auf. »Ich merke schon, wann ich unerwünscht bin. Mach's gut.«

»Diesen Freitagabend würde gehen.« Freitagabends

probte Nessa mit dem Shantychor, da konnte sie also nicht. Er mochte Nessa, mehr als das sogar. Aber die Liebe kam ihm vor wie eine mathematische Formel, bei der er noch lange nicht alle Variablen kannte. Er wollte sie erst richtig begreifen, bevor er sich wieder darauf einließ. Allerdings befürchtete Jonas, dass die Liebe sich nie richtig begreifen ließ. Dass man sie nur durchleben konnte. Und jede Liebe anders war.

Doch dazu war er noch nicht bereit.

»Passt prima!«, erwiderte Nessa gut gelaunt. »Meine Chorprobe fällt diese Woche aus. Lass dich überraschen. Ich überleg mir was für uns. Bin selbst gespannt, was mir in den Sinn kommt.«

Das bin ich auch, dachte Jonas, als die Tür hinter Nessa ins Schloss fiel.

16

Kostenloses Gold

Am nächsten Morgen wechselte Jonas für Bentje auf gesalzene Erdnüsse.

Walnüsse waren wunderbar. Das Problem war nur: Wenn man jeden Tag wunderbare Walnüsse bekam, waren sie irgendwann nicht mehr ganz so wunderbar.

Er fragte sich, warum die Evolution das so eingerichtet hatte. Vermutlich nicht, um Walnüsse zu schützen.

Als er sein Tandem am Zaun der *Krabbe* abschloss, blickte er auf den Strand und vermisste die Lichter der dreiundzwanzig Kerzen. Der Wind blies heute stark und hatte sämtliche Spuren des letzten Abends verweht, keine Fußspuren mehr, keine Abdrücke der Einmachgläser. Als wäre nie etwas Ungewöhnliches geschehen.

Jonas wollte gerade die Holzstufen zur Eingangstür hochlaufen, da trat Stella heraus.

»Wir gehen«, verkündete sie. »Über den Strand. Ziehen Sie Ihre Schuhe und Socken aus, nur dann spüren Sie das Pieksen und Scheuern des Sandes. Wie Schmirgelpapier. Einzig auf diese Art begreift man die Feinkörnigkeit.« Sie deutete auf Jonas' Jackentaschen. »Als mein Ghostwriter besitzen Sie doch sicher ein Diktiergerät.«

Jonas steckte seine Socken in die Schuhe und stellte sie auf die unterste Stufe. Nach kurzer Suche hatte er die Diktier-App auf seinem Handy gefunden, aber bei dem

Wind würde er das eingebaute Mikrofon sehr nah an Stellas Mund halten müssen. Er hätte sie gern gebeten, das selbst zu übernehmen, aber er wusste, dass dies nicht dazu passen würde, wie sie über den Sand schreiten wollte. Stil war nichts, was Stella ausschalten konnte.

»Wollen wir noch über gestern Abend sprechen? Über Ihren Umgang mit der Trauer?«

»Meinen *Umgang* damit? Zuerst ist die Trauer mit mir umgegangen, wie sie wollte.« Stella ging näher ans Wasser, wo der Wind auffrischte. »Vielleicht ist es mit ihr wie mit der Liebe. Sehr wahrscheinlich sogar, denn Trauer ist schließlich ihr Gegenstück. So wie es das wilde Verliebtsein zu Beginn gibt, ist auch der Anfang der Trauer völlig überwältigend, man fühlt sich, als sei die Welt zu klein für dieses unbändige Gefühl. Und auch in der weiteren Entwicklung sind Liebe und Trauer einander sehr ähnlich. Beide weben sich immer mehr in den Alltag hinein, bis man manchmal sogar vergisst, dass sie da sind. Aber manchmal stößt man eben doch darauf. Wie auf einen neuralgischen Punkt, bei dessen Berührung es einen im ganzen Körper durchfährt. Einmal im Jahr lasse ich zu, dass dieser Punkt bei mir getroffen wird, denn ich *will* trauern, weil Gustaf es verdient hat. Aber jeden Tag könnte ich es nicht ertragen. Es ist einfach zu viel. Obwohl der Tod alltäglich ist, wirkt er wie etwas, das nicht ins Leben gehört. Er ist ein Riss in der Welt.«

»Warum tun Sie sich das dann an? Warum lassen Sie Trauer und Schmerz nicht einfach hinter sich?«

Stella schüttelte entschieden den Kopf, während sie tiefer ins Wasser ging. »Das geht nicht, Jonas.«

»Aber wieso? Das muss doch gehen.«

»Es würde sich anfühlen, als ließe ich Gustaf los.«

»Aber würde er sich nicht genau das wünschen? Dass

seine Mutter nicht leidet, weil er fort ist. Er hat Sie doch geliebt!«

»Der Kopf weiß das, aber das Herz ist dumm. Sie werden Ihr Herz schon noch kennenlernen, Jonas. Es ist kurzsichtig, launisch und unzuverlässig. Und trotzdem ist es der Chef im Laden.«

Jonas dachte an den Briefumschlag, auf den seine Mutter seinen Namen geschrieben hatte. »Weil es stärker ist als alle anderen?«

»So ist es.«

Jemand näherte sich ihnen an der Wasserkante, und ein Bellen war zu hören. Paul trug keinen Hut, aber er machte trotzdem eine Geste, als nehme er ihn für Stella ab, und verbeugte sich, als er sie passierte.

Stella nickte ihm huldvoll zu, mit einem Lächeln, das weniger nach vornehmer Königin als nach vergnügter Prinzessin aussah.

»Tanzt Paul?«, fragte Jonas, der zuerst nicht sicher war, ob der alte Mann vielleicht gestolpert war und jetzt taumelte.

»Etwas in der Art.«

Guter Junge rannte um Paul herum und versuchte, an ihm hochzuspringen.

»Soll das Walzer sein?«

»Und ein wenig Tango. Gemischt mit Schunkeln.«

»Sein ganz eigener Tanz.«

»Wie sein Leben. Ganz eigen.«

Jonas fiel auf, dass sich Stellas Hüften ein wenig mehr bewegten. In einem Takt, den nur Paul und sie zu hören schienen.

»Ich hab Sie tanzen gesehen. Im Film.«

»Früher habe ich das gern gemacht. Und ich kann behaupten, ausgesprochen gut darin gewesen zu sein. Man hat mir extra Ballettunterricht bezahlt, also die UFA. Dietrich hat das veranlasst.«

Jonas nahm einen tiefen Atemzug, das Salz der Luft kratzte in seinen Lungenflügeln. »Es gibt Gerüchte, dass er bei Schauspielerinnen übergriffig geworden ist. War das bei Ihnen auch so?«

Stella wedelte die Worte mit der Hand fort wie lästige Fliegen. »Die Leute erzählen viel. Dietrich war ein Mann, der schöne Frauen liebte, verehrte, vergötterte.«

»Er soll Frauen sogar erpresst …«

»Und dann und wann ein weißer Elefant!«

Jonas schüttelte innerlich den Kopf. »Was bedeutet das eigentlich?«

»Rilke«, antwortete Stella, als erkläre das alles.

»Wie?«

»Es ist aus einem Gedicht von Rilke. *Das Karussell.* Im Jardin du Luxembourg. Paris. Egal, Themenwechsel. Meine Autobiografie, meine Themen.«

Der Arm, mit dem Jonas das Handy hielt, wurde ihm schwer, aber er durfte nicht nachlassen, durfte ihr gutes Verhältnis nicht durch Unprofessionalität gefährden.

»Darf ich vielleicht noch etwas zu gestern fragen?«

»Fragen ist Ihre Aufgabe, Jonas. Antworten meine Möglichkeit.«

Das sollte wohl Ja heißen.

»Nach so einem Unglück würden einige Menschen es nie mehr ertragen, das Meer zu sehen, aber Sie …«

»… sind hierhergezogen? Natürlich. Ich kann meinen Gustaf doch nicht allein lassen.«

»Aber dafür hätten Sie die Schauspielerei doch nicht komplett an den Nagel hängen müssen?«

Stella blieb stehen und blickte ihn an, strich mit der warmen Hand über seine kühle Wange. »Sie sind zu jung, um es zu verstehen. Wissen Sie, die Schauspielerei war mit einem Mal so unwichtig. Die nächste Garderobiere spielen, mit dem nächsten Grafen durch einen Ballsaal tanzen, ein fröhliches Lied auf dem Weg zum Matterhorn trällern. Nein, das war vorbei. Andere hätten sich mit Arbeit betäubt, ich wäre froh gewesen, wenn das bei mir gewirkt hätte. Aber ich hätte es als Verrat an Gustaf gesehen, denn nur die Trauer, nur der Schmerz verband mich noch mit meinem Sohn.«

»Wie hat Ihr Mann es verkraftet?«

Stella ging wieder los, schneller als zuvor. Jonas kam mit dem Handy kaum hinterher. »Er sagte, wir hätten noch ein Kind, das nun unsere ganze Aufmerksamkeit bräuchte, da wäre kein Platz für so viel Trauer. Ganz pragmatisch, so hat er das gesehen.«

»Haben Sie noch Kontakt?«

»Wir sind da.«

Jonas hatte nicht bemerkt, dass sie schon am Pier angekommen waren. Stella nahm die Stufen hinauf und ging auf den kleinen weißen Pavillon am Ende zu. Hinter den Fenstern konnte er Geraldo erkennen, der vor vier Staffeleien mit Sonnenuntergängen saß.

Ohne anzuklopfen, trat Stella ein und stellte sich ohne Umschweife vor ihr Bild.

Sie sah darauf mindestens dreißig Jahre jünger aus.

»Oh, schon da? Ich habe doch gerade erst angerufen. Ist es nicht wundervoll geworden?« Geraldo stand auf und kam zu ihnen.

Stella schaute sich das Werk aus unterschiedlichen Blickwinkeln an.

»Irgendwas ist anders am Sonnenuntergang Nr. 5«, bemerkte Jonas.

Geraldo nickte. »Ein besonderes Extra: echtes Blattgold! Dafür verlange ich keinen Aufpreis. Ich habe es genutzt, um dem Glanz einer großen Diva gerecht zu werden. Das ist eine Frage der Künstlerehre!« Er stellte sich hinter das Bild und legte die Hände sachte darauf. »Ich hoffe, der Faltenwurf des Kleids ist wie gewünscht?«

»Genau richtig.« Stellas Stimme war plötzlich wie ein sanfter Windhauch.

»Hat es eigentlich eine besondere Bedeutung?« Jonas betrachtete das knielange, rückenfreie Sommerkleid in Orange.

Stella antwortete nicht.

17

Birnen, Bohnen und Speck

»Keine Worte! Nur Wind und Wellenrauschen«, verkündete Stella, als sie den Pavillon verließen.

Geraldo hatte das Bild großzügig in Luftpolsterfolie eingeschlagen, und Jonas, der es nun trug, widerstand nur schwer dem Drang, die kleinen Plastikbläschen platzen zu lassen.

Stella wählte den Weg über den schmalen, sich ständig verändernden Saum zwischen Meer und Land, wo der Sand für einen kurzen Moment fester war als der Schlick des Meeres und die trockenen Körner an Land.

Feine Gischttropfen bedeckten die beiden, drangen in ihre Lungen. Das Salz, der Wind, das Rauschen ... Das Meer betraf immer alle Sinne.

Unablässig bliesen Böen in die große Leinwand, als wäre sie ein Segel, und zwangen Jonas dazu, immer wieder seine Position zu ändern.

An der Tür der *Krabbe* erwartete sie ein Briefumschlag, der mit braunem Paketband dort festgeklebt war. Oben links stand als Absender die Gemeindeverwaltung. Mit rotem Textmarker hatte jemand »Sehr, sehr dringend!« daraufgeschrieben. Anscheinend hatte man keinen Stempel für dermaßen drängende Fälle.

Stella riss ihn ab und reichte ihn Jonas, obwohl der wegen des Bildes keine Hand frei hatte. »Stecken Sie den bitte zu den anderen.« Dann schloss sie auf.

»Und wo …?«

»Auf der Theke ganz links.«

Das große Essiggurkenglas war prall gefüllt mit Umschlägen. Der Deckel war ausgesprochen fest verschlossen. »Wollen Sie gar nicht wissen, was drinsteht?«

»Dass ich in drei Tagen mein Haus verlassen muss.«

»Aber dann sollten wir packen!«

»Schrauben Sie den Deckel wieder drauf, lehnen Sie das Gemälde vorsichtig gegen das große Bücherregal, und dann helfen Sie mir beim Kochen. Soll die Verwaltung schreiben, was sie will. Noch lebt hier Stella Dor! Jonas, Sie hacken die Zwiebeln, sonst verwischen die Tränen mein Make-up.«

Nie zuvor hatte Stella mit ihm zusammen ein Gericht zubereitet. »Was kochen wir denn?«

»Sie werden es niemals vergessen, da bin ich mir ganz sicher. Es gibt nichts Besseres, um wieder Boden unter den Füßen zu gewinnen. Das Gemälde hat mich doch ein wenig … durcheinandergebracht. Das bringen wir jetzt wieder in Ordnung! Damit wir gemeinsam weitere Zettel aus meiner Bibliothek fischen können. Es gibt noch so viel zu erzählen!«

Nach dem Schneiden der Zwiebel reichte Stella ihm ein paar Birnen, sie waren klein und steinhart.

»Sind die für den Nachtisch?«

Stella lachte, und Jonas erfuhr den Grund dafür erst, als er einige Zeit später den gefüllten Teller sah.

Es gab Birnen, Bohnen und Speck.

Aber egal, wie Jonas die drei Zutaten kombinierte, es schmeckte ihm nicht.

»Köstlich, oder? Ganz einfach und doch so raffiniert.«

Jonas nickte. Die Birnen hatten den Rauchgeschmack

des Specks angenommen. Ob es unhöflich wäre, Ketchup darüberzuschütten? Viel Ketchup? So viel, dass man Birnen, Bohnen und Speck nicht mehr sah?

»Hier, nehmen Sie noch mehr. Wird Ihnen guttun.« Mit der großen Kelle schaufelte sie Jonas' Teller voll.

So viel Ketchup war bestimmt nicht im Haus. Jonas ließ den Blick trotzdem schweifen auf der Suche nach Hilfe in dieser Situation.

Stattdessen fiel ihm etwas anderes auf.

»Darf ich Ihnen eine Frage stellen?«

»Das tun Sie doch schon, seit Sie angekommen sind.«

»Es könnte zu persönlich sein.«

»Sie sind mein Autobiograf, nichts ist zu persönlich. Eine gute Autobiografie hat vor nichts Angst! Außerdem habe ich nun Birnen, Bohnen und Speck im Magen, damit haut einen nichts mehr um.«

»Sie haben gar keine Bilder von Ihren Kindern hier im Haus, oder?«

Stella schüttelte den Kopf. »Doch. Sie sind überall.«

Jonas blickte sich noch einmal aufmerksam um. Was hatte er übersehen?

»Sie wissen sicher, wie es ist, wenn man direkt in die Sonne blickt und danach die Augen schließt.«

»Man hat so ein ... Echo auf den Augenlidern.«

Stella nickte. »So geht es mir auch mit meinen Kindern. Sie sind auf meiner Netzhaut eingebrannt. Ich brauche keine Fotos, die Bilder von ihnen sind die ganze Zeit bei mir.«

Jonas zögerte. »Aber vermissen Sie nicht Ihre Tochter? Sie könnten sie in echt sehen.«

»Marlene hat sich für ihren Vater und gegen mich entschieden. Das muss ich akzeptieren. Es ist nicht leicht, überhaupt nicht, aber ich muss mich hier um Gustaf kümmern ... Sie essen ja gar nichts mehr, schmeckt es Ihnen etwa nicht?«

»Doch, sehr, ich wollte nur nicht unhöflich sein und essen, wenn wir über so etwas ...«

»Kummer geht gut mit Speck und Birnen zusammen! Er ist dann leichter verdaulich. Also langen Sie ruhig zu.« Stella füllte seinen Teller noch weiter auf.

Die Portion erschien Jonas wie ein unbezwingbarer Berg.

In diesem Moment klopfte es an der Tür. Jonas konnte nicht sagen, woran er es erkannte, aber es war ein vorfreudiges, aufgeregtes Klopfen. Und hinsichtlich des verhängnisvollen Dreiecksverhältnisses von Birnen, Bohnen und Speck auf seinem Teller kam es zum perfekten Zeitpunkt.

»Es ist offen!«, rief Stella, auch in dieser Lautstärke noch mit Eleganz.

Nessa trat strahlend ein. »Hallo, Frau Dor. Entschuldigen Sie bitte die Störung. Dürfte ich Jonas kurz sprechen?«

»Wir essen gerade, Schätzchen. Mögen Sie auch etwas?«

Sag Nein, dachte Jonas, bitte sag Nein.

»Das ist ganz lieb. Aber nein, danke. Es dauert auch wirklich nicht lang.«

Ich schulde dir was!

»Schmeckt kalt auch wunderbar«, erwiderte Stella. »Na, gehen Sie schon, Jonas, ich werde Sie kaum von einem Tête-à-Tête mit einer jungen Dame abhalten.«

»Das ist kein Tête-à-Tête!« Was auch immer es stattdessen war.

»Ab mit Ihnen!«

Jonas mochte, wie vertraut sie mittlerweile miteinander waren. Auch wenn das zu Birnen, Bohnen und Speck geführt hatte.

Als er draußen stand, schloss Nessa die Haustür hinter ihnen.

»Was gibt's so Dringendes?«

»Lass uns noch drei Schritte gehen. Ist besser, glaub mir.«

»Oooookay. Du bist sehr geheimnisvoll.«

»Eine meiner besten Eigenschaften.« Obwohl Nessa sich gelassen gab, merkte Jonas, dass sie es kaum erwarten konnte, mit der Sprache rauszurücken.

Sie waren gut zwanzig Meter von der *Krabbe* entfernt, als Nessa stehen blieb und Jonas an den Schultern packte. »Er hat sich gemeldet! Und will mit dir reden!«

»Was? Wer?«

»Stellas Ex-Mann, ist das nicht der Wahnsinn? Das wird so super für dein Buch! Ich fahr dich morgen früh hin. Hab mir schon freigenommen.«

»Du verplanst mich ja ganz schön. Wenn du mich nicht vor dem Birnenmassaker gerettet hättest, wäre ich definitiv sauer.«

»Dem ... *was*? Tut mir leid, ich bin manchmal zu begeistert, da mache ich drei Schritte auf einmal.«

»Ist schon okay, du willst mir ja nur helfen. Und ...«

»... du willst dir gern von mir helfen lassen?« Sie schaute wie ein Kätzchen, das ein Schälchen Futter haben wollte.

»Und das ist nett von dir, wollte ich sagen. Aber ja, ich will mir auch von dir helfen lassen. Du bist ...«

»... großartig?«

Jonas lachte. Nessa auch.

Ein gemeinsames Lachen darüber, dass etwas in der Luft lag.

Eine der schönsten Varianten des Lachens.

18

Marlene

Sie befanden sich in Marlenes Umkleide am Set von Hohe Fichten. *Der Star des Films öffnete eine Plastikdose und reichte sie Stella zusammen mit einer Gabel.*

»Iss, Kleines. Dann geht es dir besser.«

»Keinen Appetit.« Stella zupfte an ihrem knapp geschnittenen Försterliesel-Kostüm.

»Danach habe ich dich nicht gefragt. Du sollst essen. Glaub einem Fossil wie mir.«

»Ich will da nicht wieder rein!«

»Dann geh nicht.«

»Ich hab alles versucht.«

»Weiß ich doch.« Marlene hielt Stella die Plastikdose unter die Nase, aber die reagierte nicht darauf.

»Ich hab so getan, als hätte ich keine Lust oder sei gelangweilt, bin ungepflegt hingegangen, sodass ich es selbst schon eklig fand. Ich hab Termine abgesagt oder bin einfach nicht erschienen. Aber er lässt nicht locker. Und gleich muss ich schon wieder ... Dietrich ist unersättlich. Ich muss es beenden. Aber das schaffe ich einfach nicht.«

»Ohne Birnen, Bohnen und Speck ganz bestimmt nicht. Ich treffe wichtige Entscheidungen nur nach einer ordentlichen Portion davon.« Marlene drückte Stella Dose und Gabel in die Hände und setzte sich vor den Spiegel. Ihre Haare brauchten Aufmerksamkeit.

»Diese Drecksau!«

»Das ist er fraglos.«

»Ich mach Schluss. Sonst hört das nie auf.«

»Machst du nicht. Macht nie eine.«

»Nein, oder?«

»Wenn du jetzt nicht endlich etwas isst, schaufle ich es dir rein!«

Stella blickte zur Tür. Sie wollte da jetzt rausgehen und alles hinschmeißen, doch das wollte sie nicht zum ersten Mal. Aber immer hatte sie der Mut verlassen.

Sie zwang sich, etwas zu essen, denn es war nie gut, Marlene zu verärgern. Sie war wie eine Mutter für alle am Set und konnte streng sein, wenn es nicht nach ihren Vorstellungen lief.

Es schmeckte Stella nicht. Birnen, Bohnen und Speck, wer kam bitte auf diese Kombination?

»Du würdest keine großen Rollen mehr bekommen, so viel ist sicher.« Marlene zog ihren Lidstrich nach. »Kleine vielleicht, mittlere wohl auch, aber Dietrich würde dafür sorgen, dass du niemals eine Hauptrolle ergatterst. Wenn der Stolz eines Mannes wie er verletzt ist, dann kennt er nur noch Rache. Einen Dietrich Quaste verlässt man nicht, ein Dietrich Quaste entledigt sich einer Frau, wenn er genug von ihr hat.«

Stella aß weiter, gewöhnte sich an den Geschmack.

»Dabei verdienst du die großen Rollen, Kleines. Du bist nämlich gut, sehr gut. Aber sag bloß niemandem, dass ich das gesagt habe. Ich würde es abstreiten!«

Stella blickte zur Tür. »Ich würde niemals ein richtiger Star werden …«

»Die halten alle zusammen, ich sag es dir. Dieses ganze Pack. Da hackt eine Krähe der anderen kein Auge aus. Reichst du mir mal den Haarkranz mit den Alpenveilchen?«

Stella nahm schnell noch eine Gabel voll, bevor sie Marlenes Wunsch nachkam.

Es klopfte an der Tür. Ohne eine Antwort abzuwarten, wurde sie geöffnet, und Dietrich Quaste blickte in die Umkleide.

»Stella, kommst du bitte. Ich warte schon auf dich. Es ist sehr wichtig.«

»Ich muss noch aufessen.«

»Das musst du nicht. Du kommst jetzt sofort! Was ist denn das für ein Benehmen?«

Stella nahm eine weitere Gabel. »Beim Essen soll man nicht hetzen!«

»Das wird Konsequenzen haben, das schwöre ich dir!« Er verließ die Umkleide und schlug die Tür hinter sich zu.

Stellas Puls raste, aber sie aß langsam weiter.

»Geht es dir gut?«, fragte Marlene.

»Gut nicht, ich bin wütend. Aber ich fühle mich stark.«

»Das macht das Essen. Hätten Cäsars Truppen Birnen, Bohnen und Speck gehabt, sie hätten den ganzen Erdball erobert.«

Stella hatte die ganze Dose leer gegessen und reichte sie Marlene mit der Gabel darin zurück. »Danke dir, das habe ich gebraucht.«

»Und jetzt?«

»Gehe ich zu Dietrich.«

»Mach die Augen zu und denk an England.«

Stella nickte. Dann ging sie, ohne anzuklopfen, in Dietrich Quastes Büro.

»Zieh dich schnell aus«, sagte dieser, als sie die Tür hinter sich schloss. »Und beug dich über das Sofa. Ich habe nicht viel Zeit.«

Aber Stella zog sich nicht aus.

»Es ist vorbei.«

»Was?« Quaste knöpfte gerade seinen Hosenstall auf.

»Es ist vorbei.«

»Das hast du nicht zu bestimmen, du Göre! Ich habe dich gemacht, und ich kann dich auch wieder zerstören, einfach so, mit einem Fingerschnipsen. Also mach dich nackig und die Beine breit.« Er zog seine Hose herunter.

»Es ist vorbei, Herr Quaste. Und es gibt nichts, was Sie daran ändern können. Völlig egal, was das für meine Karriere bedeutet.«

»Was zum Teufel ist denn plötzlich mit dir los?«

Mit dieser Frage hatte Stella nicht gerechnet. Aber als ihr die passende Antwort einfiel, musste sie laut lachen, was Dietrich Quaste nur noch wütender werden ließ.

»Birnen, Bohnen und Speck!«

19

Gustaf

Jonas liebte die dunklen Morgenstunden, wenn die Welt noch schlief und er sich in der Stille bewegen konnte wie in einem menschenleeren Filmset.

An der Bushaltestelle legte er eine Packung gebrannte Mandeln auf den linken Hartplastiksitz, denn Abwechslung musste weiterhin sein. Ganz besonders für Bentje, bei der jeder Tag gleich abzulaufen schien.

Ein wenig wehmütig blickte Jonas zum Weg durch die Dünen, der zur *Krabbe* führte und von einer Straßenlaterne in blasses Gelb getaucht wurde. Stella hatte überraschenderweise nichts dagegen gehabt, dass er heute einen Ausflug mit Nessa unternahm, statt sich mit ihr durch die Zettel zu arbeiten – weil sie dachte, dass Jonas' Motivation *im Amourösen* läge, wie sie sich ausdrückte. »Schnapp sie dir, Tiger«, hatte sie mit einem Augenzwinkern gesagt, als er die *Krabbe* verließ.

Das Hupen riss Jonas aus seinen Gedanken. Nessa ließ das Seitenfenster herunterfahren. »Alles einsteigen!«

Es war gleichermaßen aufregend wie beunruhigend, wieder so nah neben Nessa zu sitzen. Jonas befürchtete, etwas Peinliches zu machen oder zu wenig zu machen. Er gestattete sich einen Blick zu ihr und ein Lächeln.

»Hab ich mich eigentlich schon bedankt? Für deine ganze Hilfe?«

»Ich glaub nicht, brauchst du aber auch nicht. Ich mach das gern.«

»Auch wenn jemand etwas gern macht, kann man sich dafür bedanken. Aber es ist echt prima, dass du es gern machst. Dann kann ich mein Geschenk für dich im Rucksack lassen.«

»Du hast ein Geschenk?! Für mich?«

»Na ja, ja, aber jetzt kann ich es mir sparen. Dank dir dafür!«

»Mir ist gerade klar geworden, wie sehr es mich verletzt, dass du dich erst jetzt bedankst. Es sticht richtig. Hier!« Nessa tippte auf ihren Oberschenkel. »Und hier.« Sie zeigte mit einer Hand auf ihre Brust. »Da auch.« Sie hielt ihren kleinen Finger in die Höhe.

»Sicher auch da.« Jonas deutete grinsend auf ihre Stirn.

»Bist du wirklich der Mann, der heute zu Philipp Dor gefahren werden will?«

Jonas zog den Reißverschluss seines Rucksacks auf. »Ich bin auf jeden Fall der Mann, der einen original Indiana-Jones-Hut für dich bestellt hat. Einen braunen Fedora. Der Hut des berühmtesten Archäologen der Welt für eine zukünftige Archäologin. Müsste für deinen Dickschädel passen. Darf ich ...?«

Nessa nickte, und er setzte ihn ihr auf.

Er war zu groß.

Sie kontrollierte den Sitz im Rückspiegel.

»Das ist echt so nett von dir. Du schenkst mir einen Hut, mit dem ich megabescheuert aussehe. Du bist ein totaler Schatz.«

»Ich ... also ... ich kann ihn umtauschen, wenn du willst.«

Nessa prustete los. »Nee, ich find das super so.« Sie schob die Krempe etwas höher und betrachtete sich erneut im Spiegel. »Sieht irgendwie verwegen aus.«

»Geradezu abenteuerlich.«

»Du bist also gar nicht der grummelige, menschenfeindliche Griesgram, für den ich dich immer gehalten habe.«

»Das ist nur mein Werktags-Ich. Am Wochenende bin ich ein Heiliger.«

»Na, ich hoffe doch nicht!« Sie lachte.

»Aber wenn ich nach meinem Vater komme, werde ich mit den Jahren definitiv noch bedeutend grummeliger werden.« Er blickte wieder zu ihr. »Wie ist das eigentlich mit deinem Vater und deiner Mutter? Du erzählst nie was von ihnen.«

Nessas Hände umfassten das Lenkrad so fest, dass ihre Knöchel weiß hervortraten. In ihrem Gesicht war keine Spur des Lachens mehr zu finden.

»Man muss nicht über alles reden. Manches reißt auf, wenn man darüber spricht.«

»Wie eine Wunde?« Er suchte in ihren Zügen nach einer Antwort, die mehr verriet als ihre Worte.

»Guck auf die Straße, Jonas!«

»Sagt man das nicht normalerweise zu der Person, die am Steuer sitzt?«

»In diesem Wagen sitzen aber keine normalen Leute.« Ein kleines Lächeln stahl sich auf ihr Gesicht.

Nessa fuhr ungefähr so, wie sie dachte. Die vielen Schlenker schlugen Jonas auf den Magen, aber er ließ es sich nicht anmerken. Trotzdem konnte er nicht verhindern, dass er sich in einer ganz besonders schwungvoll genommenen Kurve am Haltegriff festkrallte.

»Warum machst du das eigentlich?«, fragte Nessa irgendwann.

»Was meinst du?« Jonas nahm die Hand vom Griff.

»Das mit den Autobiografien.«

»Ach so … Um Geld zu verdienen.«

»Aber wenn man so gut schreibt, dass man für andere Autobiografien verfassen kann, warum bringt man dann nicht seine eigenen Geschichten aufs Papier? Oder sein eigenes Leben?«

»Weil das keiner lesen will.«

»Hast du es denn versucht?«

»Ich habe drei Kladden voller Anfänge, aber keine einzige mit Enden.«

Nessa lachte – auf eine sehr freundliche Art. »Findest du nicht, dass das unser Leben gut beschreibt? Also mit einem Unterschied?«

»Eine ganze Menge Anfänge, aber nur ein Ende?«

»Irgendwie ist es doch so, oder? Wann hat man schon mal das Gefühl, dass etwas völlig vorbei ist und da nicht noch was kommt, und sei es nur eine Erinnerung, ein Epilog, ein Postskriptum, einfach irgendwas.«

»Du meinst also, wir verlassen die Welt mit vielen offenen Enden?«

»Man muss mit offenen Enden leben lernen. Davon bin ich fest überzeugt. Auch mit offenen Anfängen übrigens. Aber darüber reden wir ein andermal. Jetzt muss ich hier die Ausfahrt nehmen.«

Musste sie nicht, eigentlich wäre es die dritte gewesen, aber so kamen sie auch irgendwann an ihr Ziel.

Jonas kannte die Formulierung *Irgendwo im Nirgendwo*. Aber erst als er nach fünf Kilometern Feldweg durchgeschüttelt aus dem Corsa stieg, kam sie ihm mal wirklich passend vor.

»Sprich Philipp Dor besser nicht darauf an, dass er sich bei mir gemeldet hat. Das muss ihn viel Überwindung gekostet haben.«

»Kein Problem.«

Vom rot geziegelten Bauernhof kamen ein junger Cocker Spaniel, ein an der Schnauze schon ergrauter Schäferhund und etwas, das aussah wie eine Kreuzung aus Wischmopp und Stahlschwamm, bellend auf sie zugelaufen. Aufgrund des freudigen Wedelns der drei wirkte es jedoch nicht sonderlich Angst einflößend. Jonas konnte nicht anders, als ihnen ein paar Streicheleinheiten zu geben.

»Komm, wir sind spät dran.« Nessa ging auf das Haupthaus zu. Zwei weitere Flügel gehörten zum Hof, sodass das Anwesen eine U-Form aufwies. Ein großer Nutzgarten verlief dahinter, in dem Arbeiterinnen und Arbeiter Unkraut zupften, Kräuter schnitten oder umgruben. Jonas winkte ihnen freundlich zu.

Eine rothaarige Frau Anfang fünfzig erhob sich aus einem der Beete und kam auf ihn zu, erst langsam, fast stockend, dann immer schneller. Als sie vor ihm stand, nahm sie zitternd sein Gesicht in die Hände, Tränen rannen aus ihren Augen. Sie schüttelte unentwegt den Kopf und biss sich auf die Lippe.

Jonas fühlte sich von der Situation völlig überfordert. »Kann ich Ihnen irgendwie helfen?«, fragte er zögerlich. Das brach den Bann, und die Frau rannte fort ins Haupthaus.

Nur Sekunden später trat dort ein Mann aus der Tür. Jonas schätzte ihn auf gut siebzig. Die weißen Haare hatte er zu einem lockeren Dutt gebunden, und auch der Bart erinnerte an Flower-Power. Sein Blaumann wies einige Erdflecken auf und war an mehreren Stellen geflickt. Als er Jonas erblickte, wirkte er fassungslos, als sei er gegen eine Wand gelaufen.

»*Sie* sind der Ghostwriter?«

»Jonas Engelbaum, freut mich sehr, und danke, dass

Sie sich die Zeit nehmen.« Jonas trat mit ausgestreckter Hand auf ihn zu.

Sie blieb ungeschüttelt. »Wie hat Stella *Sie* gefunden?«

»Über meine Anzeige. Mein Slogan und vielleicht auch mein Lächeln auf dem Foto haben sie überzeugt.«

»Hat sie Ihnen das so gesagt?«

Jonas schüttelte unsicher den Kopf. »Darf ich fragen, warum das wichtig ist?«

Der Mann blickte an ihm vorbei. »Ist alles in Ordnung, Ihr könnt weitermachen.«

Erst jetzt bemerkte Jonas, dass die Arbeit im Nutzgarten eingestellt worden war und alle in seine Richtung blickten.

»Kommen Sie erst mal rein.« Der Blick des Mannes schweifte zu Nessa.

»Ich bin Nessa, wir hatten telefoniert.«

»Wenn ich das gewusst hätte ... Nun gut, jetzt ist es eh zu spät.«

Er ging ins Haus und zündete sich auf dem Weg ins Wohnzimmer eine filterlose Zigarette an. Am alten Holztisch goss er sich einen Klaren aus einer Flasche ohne Etikett ein – seinen Gästen bot er nichts an. Die Wände hingen voller Fotos, auf vielen formten die Abgebildeten mit ihren Fingern ein Herz oder winkten lachend in die Linse.

Die Bilder strahlten so viel Wärme und Liebe aus, dass Philipp Dor noch kühler wirkte. Augenkontakt vermied er, blickte stattdessen in die durchsichtige Flüssigkeit in seinem Glas.

»Was wollen Sie wissen?«

»Nur ein paar Kleinigkeiten, weil Stella manchmal die Erinnerung im Stich lässt.«

»Manchmal schützt sie einen dadurch auch. Lassen Sie es uns schnell durchziehen. Ich weiß eigentlich gar nicht, warum ich mich auf das hier eingelassen habe.«

Rasch klappte Jonas sein Notebook auf, stellte das Handy auf Diktierfunktion und legte es auf den Tisch. Nessa saß ganz still neben ihm, was sich ausgesprochen untypisch anfühlte. Aber sie spürte wohl, dass ein falsches Wort zu einem Abbruch führen konnte. Sie bewegten sich auf dünnem Eis – und es knackte schon.

Philipp Dor nahm einen weiteren Schluck. Danach schüttelte er sich, als hätte ihn jemand mit einem Kübel Eiswasser übergossen.

Jonas räusperte sich. »Stella hat mir erzählt, wie Sie beide sich kennengelernt haben. Superromantisch, Liebe auf den ersten Blick in Paris, ein gemeinsamer Moment vor Sacré-Cœur.«

Philipp Dor sog tief die Luft ein. »So erinnert sie das? Na, wenn das für Stella romantisch war ... Sie war ja wegen dieses Films mit der Badenden in Paris.«

»Die Badende von St. Peter-Ording.«

»Genau, offen gesagt, ziemlicher Mist. Weshalb der überhaupt in Frankreich gezeigt wurde, ist mir ein Rätsel. Offiziell lief das Ganze unter Premiere, aber es war so gut wie niemand da.«

»Die Filmfirma hatte Stella doch sogar extra ein Chanel-Kostüm gestellt.«

Philipp schüttelte den Kopf. »Eine Freundin von Stella hatte eins nachgeschneidert, auf Grundlage eines kleinen Fotos in einer Frauenzeitschrift. Dementsprechend sah das auch aus. Ich war durch puren Zufall in diesem Kino, weil ich eine Französin mit Kultur beeindrucken wollte. Nach der Hälfte des Films verließ sie den Saal, und ich ließ sie ziehen. Der Film war schlecht, aber mich da einfach sitzen zu lassen, war sehr affektiert. Stella war auf jeden Fall total enttäuscht von der ganzen Nummer, sie musste sich sogar eine Eintrittskarte kaufen und wurde nicht mal offiziell vorgestellt. Kein Wunder, dass sie sich besinnungslos betrunken hat. Nach dem Film konnte sie sich kaum noch auf den Beinen halten, und ich stützte sie. Wir kamen bis in die nächste Seitengasse, wo sie sich ... na ja, das können Sie sich ja denken. Bis zu Sacré-Cœur hochzugehen, daran war nun wirklich nicht zu denken.«

»Dann haben Sie die Nacht zusammen verbracht.«

»Das stimmt.«

»Stella erzählte, wie beeindruckt sie war, dass Sie nicht versucht haben, ihre Situation auszunutzen.«

»Wenn ich das ausgenutzt hätte, wäre ich ein Vergewaltiger. Kaum waren wir in meinem Apartment, warf Stella sich aufs Bett und schlief ein. Ich habe noch versucht, sie wach zu rütteln, damit sie etwas isst und trinkt, aber keine Chance. Also habe ich ihr die Schuhe ausgezogen und selbst auf dem Sofa geschlafen. Das war unser ganzer romantischer Abend. Wir haben kaum drei Worte miteinander geredet.«

»Und wie ging es mit Ihnen weiter?«

»Am nächsten Morgen brachte ich sie zum Gare du Nord. Wiedergesehen haben wir uns dann erst zwei Wochen später, als sie mich einlud, sie beim Dreh zu besuchen. Da erst verliebte ich mich. In diese starrsinnige, hochnäsige, zickige und wundervolle Frau. Stella strahlte ein Licht aus, das sie selbst nicht begriff. Eine tiefe Empfindsamkeit, eine Liebe für die Welt.« Ein Lächeln huschte kurz über sein Gesicht.

»Und ein halbes Jahr später haben Sie geheiratet.«

»Nein, ein Dreivierteljahr später haben wir uns verlobt. Geheiratet haben wir dann weitere vier Monate später. Da geht aber wirklich einiges durcheinander in Stellas Erinnerung.«

Die Tür öffnete sich, und die rothaarige Frau trat ein, ihre Wangen feucht von Tränen, die Augen gerötet.

»Kleines, beruhig dich.« Philipp stand auf, die Arme ausgebreitet.

Aber sie schlang sich um Jonas' Hals, was diesen abermals überrumpelte. »Sag nichts!«, flüsterte sie mit warmem Atem in sein Ohr. »Ich will deine Stimme nicht hören.«

Philipp trat neben sie und legte ihr eine Hand auf die Schulter. »Du weißt, dass er ...«

»Lass mir diesen einen Moment, Papa.« Sie löste die Umarmung leicht, um Jonas anzusehen. Dann übersäte sie sein Gesicht plötzlich mit Küssen, drückte sich danach ganz fest an ihn, als wolle sie ihre Verbindung nie wieder lösen.

Jonas spürte, dass in ihr ein Schmerz lebte, der ihm nur allzu vertraut war. Er wühlte ihn auf, ließ sein Herz rasen, seinen Atem kurz werden. Jonas versteifte sich, wollte die Frau zuerst von sich fortdrücken, diesen Schmerz nicht mehr fühlen, aber dann nahm er ihre Tränen an seiner Halsbeuge wahr, und er umarmte sie mit einem Mal ebenfalls.

Es dauert lange, bis sie sich wieder voneinander lösten.

»Danke«, hauchte sie. »Das war ein so unerwartetes Geschenk.« Mit dem Handrücken wischte sie sich die Tränen aus dem Gesicht. Dann ging sie ohne ein weiteres Wort hinaus.

Jonas blickte ihr hinterher.

»Sie ist Marlene, oder?«, fragte er.

Philipp nickte und setzte sich wieder. »Sie wollen sicher wissen, was das sollte. Was hat Ihnen Stella über den Tod von Gustaf erzählt?«

Auch Jonas und Nessa nahmen wieder Platz, unter der Tischplatte ergriff sie behutsam seine Hand.

»Ein Badeunfall im Sommer. Gustaf erlitt einen Hitzschlag, wurde bewusstlos und trieb zu lange kopfunter im Wasser. Stella konnte ihn nicht retten, obwohl sie in seiner Nähe war, gut aufgepasst hat und Erfahrung als Rettungsschwimmerin besaß.«

Philipp fuhr sich mit der Hand über die Stirn, knetete diese geradezu. »Nein.«

»Wie, nein?«

»Das war auch anders.«

»Was war denn anders?«

Philipp öffnete den Mund, schloss ihn dann aber wieder. Versuchte es noch einmal. Schließlich rang er sich zu einer Antwort durch. »Eigentlich alles.«

»Erzählen Sie es mir?«

»Hören Sie, ich will darüber eigentlich nicht sprechen. Es tut immer noch weh, wird es immer. Aber ich kann das so nicht stehen lassen. Es ist falsch.« Er senkte den Kopf, und als er ihn wieder hob, war es, als säße dort ein viel älterer Mann, mit zerbrechlicheren Knochen, fahlerer Hautfarbe und kaum noch Luft in der Lunge.

»Nach Gustafs Tod fing Stella damit an, die Geschichte umzuschreiben. Statt die Schuld ... Nein, es gibt keine Schuld, es ist ... einfach passiert. Unzählige Dinge haben dazu geführt. Und wäre nur eine Sache anders gewesen, wäre unser Gustaf heute noch am Leben.« Er stand auf und blickte aus dem Fenster, so gebannt, als sähe er dort draußen das Meer mit seinem Sohn darin. »Stella sonnte sich am Strand, ich war gerade Eis holen. Gustaf ging ins Wasser, wie er es schon etliche Male getan hatte. Er wusste, wie weit er hineingehen durfte, und war ein guter Schwimmer. Stella ging eigentlich nie ins Wasser, sie sonnte sich lieber.«

»Aber die Rettungsschwimmerausbildung?«

»Besitzt sie nicht. Nur einen Erste-Hilfe-Kurs, doch als es passierte ... hatte sie alles längst vergessen, so wie es vermutlich jedem gegangen wäre. Als sie ihn leblos auf den Wellen treiben sah, war alles längst zu spät. Eine Unterströmung hatte ihn erfasst und zu lange unter Wasser gehalten.« Philipp setzte sich wieder, blickte aber weiter hinaus. »Stella rannte zu Gustaf, zog ihn an den Strand und versuchte panisch, ihn wiederzubeleben, obwohl sie nicht wirklich wusste, wie. Sie heulte und zitterte und schrie. Als der Notarzt kam, wollte sie Gustaf nicht loslassen.« Philipps Brustkorb hob sich ruckartig. »Nach Gustafs Tod gab es in Stellas Leben nichts anderes mehr. Sie redet seitdem über seinen Tod, wir reden hier über sein Leben. Kommen Sie mit.«

Er ging voraus in den Hof, wo weiter betriebsam in den Beeten gearbeitet wurde. Nessa strich Jonas sachte über den Rücken, und sie folgten ihm.

»Marc Aurelius hat sinngemäß gesagt: *Wenn du einen geliebten Menschen verlierst, solltest du ihn ehren, indem du versuchst, ihm ähnlicher zu werden. In deinen Handlungen wird er lebendig bleiben.* Unser Gustaf war ein freundlicher, hilfsbereiter Junge. Er hat sich in der Grundschule immer um die gekümmert, die ausgeschlossen oder als Opfer auserkoren wurden. Das hat mich stets tief beeindruckt und stolz gemacht. Deshalb bin ich nach seinem Tod in diese Fußstapfen getreten.« Er wies auf eine kupferne Plakette am Haus, die von wildem Wein fast komplett überwuchert war. *Heimathafen Gustaf Dor* stand groß darauf. »Das hier ist sein Hof. Hier lebt er weiter. Alle Menschen, die bei uns arbeiten, haben nirgendwo sonst einen Platz gefunden. Ehemalige Drogenkranke, Vertriebene, Menschen mit Vorstrafen, denen keiner eine Chance und einen Platz geben will, denen niemand Vertrauen schenkt. Auf unserem Hof dürfen sie umsonst wohnen und leben, bis der Neustart gelingt. Gustaf hätte ihnen geholfen, aber er kann es nicht mehr, deswegen übernehme ich das nun in seinem Gedenken.«

Philipp ging zwischen den Beeten hindurch und zupfte immer mal wieder ein verdorrtes Blatt ab oder riss einen vertrockneten Strunk heraus. Sie kamen an einer Werkstatt vorbei, in der jemand an einem Plattenspieler herumschraubte, dann an einem Lager, in dem unzählige Weckgläser mit Eingemachtem in Regalen standen. In einem Büro wurde an vier Notebooks gearbeitet.

»Wir sind gleich da.«

Schließlich blieb Philipp an einer Eiche stehen, die schon vor Jahren abgestorben sein musste. Der Baum war dunkelblau angestrichen und mit Stahlträgern abgestützt. In die Rinde waren unzählige Fotos und Zeichnungen von einem Jungen eingelassen. Manche waren in Metall eingefasst, mal schlicht, mal verschnörkelt, andere tief ins Holz versenkt, einige Darstellungen in die Rinde selbst geritzt. Auf fast allen lächelte der Junge.

»Jetzt verstehen Sie«, sagte Philipp. »Ich weiß gar nicht, ob es Stella klar ist.« Seine Stimme wurde mit einem Mal ganz sanft. »Meine arme Stella. Ihre Gedanken fließen manchmal gegen den Strom.«

Jonas trat näher und blickte in die ausdrucksstarken Augen des Jungen. Betrachtete dessen Nase, die geschwungene Form des Mundes, das Kinn.

Er sprach nicht aus, was er dachte. Es drang einfach

nicht aus seinem Herzen empor zu seinen Lippen. Es war viel zu schwer dafür.

Daher war es Nessa, die es flüsternd sagte. »Gustaf sieht aus wie du.«

20

Im Dunkel

Es gibt ein Schweigen, das aus Vertrautheit entsteht. Dann gibt es eines, das in Schmerz wurzelt. Das Schweigen in Nessas altem Wagen wiederum zeugte von Fassungslosigkeit.

Die Zeit knetet Gesichter, sie lässt den Babyspeck dahinschmelzen, macht Nasen breiter, schiebt Augenbrauen näher zusammen, drückt Wangenknochen heraus oder ein Kinn hinein. Man wusste im Vorhinein nie, was dabei herauskam. Aber im Rückblick erkannte man das Kind im Erwachsenen. Jonas sah nicht aus wie Gustaf, denn es hatte nie einen neunzehnjährigen Gustaf gegeben. Aber er sah so aus, wie Gustaf hätte aussehen können.

Als Nessa vor der Düne parkte, hinter der Stellas Strandpavillon lag, nahm sie erneut Jonas' Hand. »Soll ich mitkommen? Ist besser, wenn ich mitkomme, oder?« Sie schnallte sich ab.

»Nein, ich glaub, das ist nur was zwischen Stella und mir.«

»Du kannst mich danach anrufen! Oder wir treffen uns. Ich kann auch hier auf dich warten.«

Jonas drückte sanft ihre Hand. »Das ist lieb von dir. Aber du musst nicht warten.«

»Meldest du dich?«

Jonas zog den Reißverschluss seines Anoraks ganz zu. »Ich melde mich, versprochen.«

Er hatte schon den Türgriff in der Hand, als Nessa sich herüberbeugte und ihm einen Kuss gab. »Der soll Glück bringen.«

»Danke.«

»Für Küsse muss man sich nicht bedanken.«

»Danke, dass du für mich da bist.«

»Mach ich gern. Sehr gern sogar.«

Mit dem Anflug eines Lächelns stieg Jonas aus.

Hinter der Düne frischte der Wind auf, jagte umher, als müsse er unbedingt etwas umreißen. Der Abend dämmerte schon über der Küste. Sonnenuntergang Nr. 2, falls Jonas sich nicht täuschte. Ohne Gold.

Er legte sich erste Worte zurecht und legte sie dann wieder zur Seite.

Als Jonas sich der *Krabbe* näherte, hörte er ein Bellen.

Guter Junge klang ängstlich und verwirrt. Jonas rannte.

Die Tür stand offen.

Stella zog sich gerade hastig ihren Mantel an. »Er ist ohne Paul hier aufgetaucht! Das hat er noch nie getan. Paul muss was passiert sein. Kommen Sie, wir müssen ihn suchen!« Pauls Namen rufend, rannte sie hinaus.

Guter Junge blickte ihr bellend hinterher. Jonas kniete sich zu ihm. »Wo ist dein Herrchen? Bring mich zu deinem Herrchen!«

Der Golden Retriever sprintete hinaus und über den Strand. Gefolgt von Jonas. »Er hat eine Spur!«

Schnell war Jonas außer Puste, hatte Sorge, zurückbleiben zu müssen, aber dann drehte Guter Junge sich im Kreis und kam wieder zu ihm, drehte sich wieder um sich selbst und rannte Richtung Meer, wo er sich im Wasser wälzte.

Guter Junge war nicht Lassie.

Durch die Verfolgung des Golden Retrievers hatte

Jonas Stella aus dem Blick verloren, jetzt suchte er den dunkler werdenden Strand nach ihr ab.

Sie stand hüfthoch in den Wellen.

Der Wind trug plötzlich ihre Stimme zu Jonas. »Nicht schon wieder! Nicht noch einmal!«

»Kommen Sie aus dem Wasser!«, rief Jonas. »Die Flut steigt schnell!«

Stella wiederholte ihre Worte.

Auch Jonas rief, an der Brandung stehend, noch einmal, aber Stella nahm ihn nicht wahr, also musste auch er ins Meer. Das Wasser war eiskalt und drang sofort durch den Jeansstoff zu seiner Haut.

»Stella! Bitte!« Jonas erreichte sie endlich und packte ihre Schultern.

Stella zuckte zusammen, stieß einen spitzen Schrei aus und starrte ihn aus großen Augen an.

»Sie müssen aus dem Wasser raus! Falls Paul im Meer ist, werden wir ihn nicht sehen können, nicht bei dem wenigen Licht. Aber er ist sicher am Strand.«

Stella blickte ihn verständnislos an, doch dann nickte sie langsam. »Ja, ja ... Paul ... am Strand.«

Jonas führte sie aus der Brandung hinaus, spürte ihr Zittern, Stellas ganzer Körper zuckte. Zurück am Ufer, zog er seinen Anorak aus und nötigte Stella, diesen zu tragen.

Guter Junge sprang an Stella hoch, doch sie schien ihn nicht zu bemerken.

»Was, wenn er tot ist? Ich habe nie mit ihm ...«

»Er ist nicht tot! Wir finden ihn.« Jonas hatte diese Sätze bereits in unzähligen Fernsehserien gehört. Sie gaben Sicherheit, schienen zu diesem Moment zu passen. Wenn er sie aussprach, machte er etwas richtig. Auch wenn es sich ganz und gar nicht so anfühlte.

Rasch suchte er mit dem Blick den Strand ab, solange

in der Dämmerung noch scherenschnittartige Schemen zu erkennen waren.

»Da!« Jonas zeigte auf den leblosen Körper und rannte hin, stolperte fast im weichen Sand und über Guter Junge, der viel zu nah bei ihm lief und weiterhin unentwegt bellte.

»Paul! Wir sind gleich da!«

Es war nicht Paul.

Sondern nur ein umgestürzter Mülleimer, dessen Inhalt sich entleert hatte und nun vom Wind auf dem ganzen Strand verteilt wurde. Riesiges Konfetti im Dunkel der heraufziehenden Nacht. Ohne Farbe, nur Graustufen.

Plötzlich war da eine leise Stimme.

»Frau Burowski? Frau Burowski?«

Stella kam atemlos bei Jonas an. »Das ist Pauls Stimme!«

Die Worte verstummten, doch nun kannten sie die ungefähre Richtung.

Trotzdem dauerte es noch lange zehn Minuten, bis sie ihn fanden. Guter Junge war zuerst bei ihm, bellte laut vor Freude und leckte seinem Herrchen einmal quer übers Gesicht und danach gleich noch mal.

Paul trug nichts außer einer neongrünen Badehose und seinem Nordwester. Er war mit einem Bein in ein Loch geraten, das ein übereifriges Kind ausgehoben haben musste, sicher einen halben Meter tief, und hatte sich den Fuß verstaucht. Nun kam er nicht mehr heraus.

»Mein Hals!«, sagte Paul, als er sie kommen sah. »Verhakt! Da unten!«

Die Flut war schon bei ihm angekommen. Schnell zogen sie ihn zu zweit heraus. Sie mussten ihn stützen, denn auftreten konnte er mit dem rechten Fuß nicht mehr.

»Frau Dor, Sie sind wirklich gekommen ...«

»Guter Junge hat uns geholt, um dich zu finden!«

Paul blickte zu seinem Hund, der jetzt vor ihnen hertrottete, als wäre nichts passiert. »Wahrscheinlich ist er eher zu Ihnen gelaufen, weil es da manchmal etwas zu fressen für ihn gibt.«

»So einer ist er nicht«, erwiderte Stella. »Er ist doch ein guter Junge.«

Mit dem humpelnden Paul im Schlepptau war der Weg zur *Krabbe* lang, und sie mussten mehrmals haltmachen. Die Treppenstufen, auf denen Paul sich niederlassen konnte, waren eine Erlösung.

»Du stehst ja am Fenster, Stella.«

Jonas blickte hinauf. Tatsächlich, da stand Stella, zumindest in Öl.

»So behalte ich alles im Blick!«, erklärte Stella. »Deswegen haben wir drei dich auch gefunden.«

»Ich mag das Gemälde schon seit vielen Jahren. Das weißt du ja.« Guter Junge schmiegte sich an Pauls Seite.

»Wir rufen jetzt den Notarzt. Der bringt dich ins Krankenhaus. Die kennen dich da ja schon und werden sich gut um dich kümmern.«

»Tanzt du vorher mit mir? Das täte mir sehr gefallen.«

»Ein andermal, Paul.«

Er nickte. »Ich frage wieder.«

»Das vergisst du nie.«

»Wer ist eigentlich Frau Burowski?«, erkundigte sich Jonas bei Paul, während er sein Handy aus der Seitentasche des Anoraks zog, den Stella noch trug.

»Meine alte Grundschullehrerin. Eine sehr freundliche Dame. Wieso?«

»Nur so.«

»Woher kennen Sie denn Frau Burowski?«

»Ich habe ihren Namen von einem guten Freund gehört.«

21

Alles gut

In die Ecke des großen Wandkalenders hatte Paul stolz »23« geschrieben, denn seit so vielen Jahren arbeitete er schon als Pförtner und Hausmeister in der Brauerei. Für jeden, der an seiner verglasten Loge – er nannte sie das Aquarium – vorbeikam, hatte er ein warmes Wort parat. Wer wollte, bekam auch einen Schnack.

Und wen er besonders mochte, dem bot er auch eine seiner Salmiakpastillen aus Finnland an. Die ließ er sich extra zuschicken.

Paul hatte in den letzten Wochen immer mal wieder einen Namen oder ein Wort vergessen, aber wer tat das nicht? Er hatte sich angewöhnt, zu lächeln und es auf das Alter zu schieben. Manchmal machte er einen Witz daraus. Es sind ja noch genug Wörter für mich da!

»Guten Morgen, Paul.«

»Guten Morgen, Herr ... Generaldirektor.« Paul lachte.

Der Mann lachte ebenfalls.

Es gab in der Brauerei keinen Generaldirektor.

Pauls Hund lag wie immer in seiner Ecke auf dem zerschlissenen alten Frotteehandtuch, das Paul nicht waschen durfte. Vor Jahren hatte er es einmal gewagt und danach einen sehr unglücklichen Golden Retriever gehabt, der sich unentwegt an dem Handtuch rieb, bis es nach Wochen endlich wieder angemessen stank.

»Guten Morgen, Paul.«

»Guten Morgen, Frau ... Chefin.«

»Schön wär's!« Wieder ein Lachen. Es wurde viel gelacht bei Paul.

Ab Viertel nach acht waren alle da.

Jetzt hieß es für Paul die Liste abarbeiten.

Auf ihr stand: eine defekte Birne im Vorratsraum für Büromaterial austauschen, die rechte Toilette für Gäste überprüfen (sie machte immer wieder Ärger, nie eine der anderen), das Parkett im Seminarraum ölen (eine Arbeit, die Paul sehr mochte, man schaffte so viel und sah es auch).

Schon mittags hatte er alles erledigt.

In seinem Henkelmann befand sich heute Gulasch mit Salzkartoffeln, wie jeden zweiten Donnerstag.

Für seinen Hund hatte er die Abschnitte eingepackt.

Der witterte das Essen sofort und kam hechelnd und freudig mit dem Schwanz schlagend zu ihm.

»Du bekommst zuerst, mein guter ...«

Der Name seines Hundes war fort.

Paul suchte ihn überall in seinem Kopf, denn diesen Namen konnte er doch nicht vergessen haben. Sie waren jeden Tag zusammen, jede Stunde, der Hund war sein bester Freund. Seit er ihn aus dem Tierheim geholt hatte, gehörten sie zusammen. Er war das einzige Wesen auf dieser Welt, dem Paul alles anvertrauen konnte, sogar seine lahmen Witze.

Der Golden Retriever legte den Kopf schief.

»Hier für dich, mein guter ... Junge.«

Dem Hund machte es nichts aus, dass Paul seinen Namen nicht aussprach. Er spürte die Liebe zu ihm in jedem von Pauls Worten. Heute aber auch viel Traurigkeit. Weswegen er nach dem Fressen – denn Fressen ging immer vor – seine Pfoten auf Pauls Knie stellte und ihm das ganze Gesicht abschleckte.

»Guter Junge«, sagte Paul noch einmal. War das nicht immer schon sein Name gewesen?

Ganz bestimmt sogar.
Der Hund freute sich doch so, wenn er es sagte.
Also alles gut.
Paul hatte diesen Tag längst vergessen.
Drei Monate später wurde er entlassen.

22

Chaostheorie

Jonas hatte den großen Gästeparkplatz der *Krabbe* bisher kaum wahrgenommen, da eine Schranke mit rotem Betreten-verboten-Schild die Einfahrt versperrte. Stella hatte sie einfach hochgehoben, damit der Rettungswagen auf den Beton fahren konnte, durch den sich bereits jede Menge Dünengras und Strandhafer den Weg gebahnt hatten. Die Glühbirne der einzigen Straßenlaterne hätte schon vor vielen Jahren ihren Geist aufgeben sollen, aber sie weigerte sich, einfach dahinzuscheiden, und leuchtete tapfer weiter. Niemand bei der Verwaltung hatte daran gedacht, die Stromleitung zu kappen. Sie schickte nur einmal im Jahr jemanden, um das Verbotsschild an der Schranke zu reinigen.

Nachdem der Notarztwagen mit Paul an Bord abgefahren war, geschah etwas Ungewöhnliches.

Stella fiel Jonas im gelben Schein der einsamen Laterne um den Hals, während die Nacht alles ringsum mit schwarzem Samt überzog.

»Wir haben ihn gerettet, Jonas! Er hat überlebt! Wegen uns!« Sie schnappte nach Luft. »Die Stelle, wo wir ihn gefunden haben, wird komplett von der Flut überspült. Sicher auf einen Meter Höhe!«

Gefühle haben eine unordentliche Natur. Sie gehören zum Chaos im Universum. Das lässt sie manchmal abrupt hervorkommen. Und so tauchte mitten in der Freude über

Pauls Rettung plötzlich eine Wut in Jonas auf. Sie hielt es nicht für angemessen, dass Stella nun so glücklich war, nach dem, was sie getan hatte. Normalerweise hätte Jonas diese Wut eingepackt und zu einem späteren Zeitpunkt in Seide eingeschlagen präsentiert, aber heute fehlte ihm die Kraft dafür.

»Warum haben Sie es mir nicht erzählt?«

»Was meinen Sie? Dass Paul fast gestorben wäre? Das habe ich doch gerade. Lassen Sie uns in die *Krabbe* gehen, mir wird kalt.« Sie hakte sich bei ihm unter.

Auch Jonas fröstelte in seiner durchnässten Kleidung, doch die Wut stellte selbst das in den Hintergrund. »Dass ich aussehe wie Gustaf, meine ich!«

Stella versteifte sich. »Was reden Sie denn für einen Unsinn?«

»Ich sehe aus wie Ihr toter Sohn.«

»Sie sehen überhaupt nicht aus wie er. Was für eine absurde Idee!«

»Ich habe Fotos gesehen. Es war, als würde ich in mein Familienalbum gucken.«

Stella löste sich von ihm, trat zurück über den pockennarbigen Beton. »Wo haben Sie Fotos von Gustaf gesehen?«

»Das ist doch egal. Warum haben Sie mir das nicht gesagt?«

»*Wo* haben Sie Fotos von ihm gesehen?«

Der Lichtkegel schien kleiner zu werden, die Dunkelheit den Kreis enger um sie zu schließen.

Stellas Abstreiten machte Jonas noch wütender. Dieses dreiste Lügen war so respektlos, ja beleidigend.

»Ich war bei Ihrem Ex-Mann, um dort ...«

Stella hob den Zeigefinger und richtete ihn gegen Jonas, als wäre er eine Stichwaffe. »Sie haben nicht mit

Philipp zu sprechen! Das habe ich Ihnen nicht erlaubt! Das ist eine Unverschämtheit! Ein unfassbarer Vertrauensbruch!«

»Er hat mir auch erzählt, was damals wirklich mit Gustaf passiert ist.«

»Das ist alles so falsch! *Sie* sind so falsch!« Stella stach mit ihrem Finger auf Jonas' Brust ein. »Sie sind ein hundsmiserabler Biograf, wissen Sie das? Andere schießen Fotos, um ein Haus korrekt zu beschreiben, oder legen Lebenskalender an, um zeitlich alles richtig darzustellen. Echte Biografen arbeiten mit Fragenkatalogen, mit denen die richtigen Impulse gesetzt werden. Sie machen nichts davon! Sie sind ein elender Stümper!«

»Und Sie erzählen Lügen über Ihr Leben!«

Stellas Stimme schraubte sich empor. »Wissen Sie, was Sie sind? Sie sind *entlassen!* Ich will nichts mehr von Ihnen hören. Und wagen Sie es ja nicht, nach Ihrem Honorar zu fragen! Keinen Pfennig bekommen Sie von mir!«

»Das heißt jetzt *Cent!*«

»Sie sind ein albernes, lächerliches Kind! Sonst nichts!«

Es gehört zu den großen Merkwürdigkeiten, dass die Liebe zu einem Menschen der Wut auf ihn besondere Wucht verleiht. Man ist nämlich nicht nur wütend über das, was gerade geschehen ist, sondern auch darüber, dass man wütend auf einen Menschen ist, den man doch liebt. Wütend, dass dieser geliebte Mensch einen überhaupt wütend auf ihn gemacht hat. Und vor allem wütend, dass Liebe nicht reicht, um Wut ein für alle Mal unmöglich zu machen.

»Ein albernes, lächerliches Kind, das aussieht wie Ihr Sohn ...« Jonas sagte es mehr zu sich selbst.

Aber Stella hatte es gehört, und ihr Gesicht wurde so

rot vor Empörung, dass es selbst im gelben Licht der Straßenlaterne zu erkennen war.

Ansatzlos ohrfeigte sie ihn.

»Sie haben nichts von meinem Gustaf!«

Dann verschwand sie im Dunkel. Jonas hörte kein Fluchen, kein Heulen, er hörte nichts.

Stella Dor verschwand einfach aus seinem Leben.

Mit immer noch nasser Kleidung ging er durch die Nacht zurück zum Ort, wo ihn das surrende Licht der Bushaltestelle empfing, an dem sich allerlei Insekten tummelten. Keines von ihnen fand, was es suchte.

Die Mandeln waren fort, stattdessen lag ein gefaltetes Schiffchen auf dem Sitz. Erst bei genauerem Hinsehen erkannte Jonas, dass das Papier beschrieben war. Vorsichtig faltete er es auseinander.

Danke für die gebrannten Mandeln! Ich hatte ganz vergessen, wie gut die schmecken. Unglaublich, oder? Wie kann so etwas passieren?
Als ich sie aß, kehrten sogar Erinnerungen an meine Kindheit zurück, an die Tage, wenn es auf den Rummel ging. An die weiße Tüte mit den noch warmen Mandeln und an den Moment, wenn man das süße Karamell durchbeißt und die Mandel schmeckt. Ich hatte immer Sorge, einen meiner Milchzähne zu verlieren. Aber gegessen habe ich sie trotzdem! Die kleine Angst war es wert. Wir machen es uns nicht wirklich klar, aber wir tragen das ganze Leben Momente unserer Kindheit in uns. Und manche davon sind genauso süß wie gebrannte Mandeln.

Jonas sah auf, und in der Dunkelheit stieg eine Erinnerung in ihm auf.

Am letzten Tag vor dem Krankenhaus waren seine Eltern mit ihm auf die Kirmes gegangen – und Jonas hatte unbedingt gebrannte Mandeln gewollt. Sein Vater war dagegen, der Junge solle nicht so viel Süßes essen. Außerdem hätte er danach immer klebrige Pfoten.

»Und wenn du auch eine Tüte bekommst? Ganz allein für dich?«, hatte Jonas' Mutter ihn gefragt.

»Das wäre Bestechung!«, hatte sein Vater gespielt empört geantwortet.

»Also ja.«

Kurz danach hatten zwei Engelbaums klebrige Pfoten – und glückliche Gesichter.

Die Erinnerung wärmte Jonas und hüllte ihn an diesem kalten Abend ein wie eine weiche Decke. Das hatte er sehr dringend gebraucht.

Bentjes Nachricht endete mit den Worten:

Passen Sie gut auf sich auf, es ist Sturmflut angesagt!

Jonas blickte Richtung Meer. Mit einem Mal klangen das Rauschen der Brandung, das Aufbäumen der Wellen und das harte Pfeifen des Windes viel bedrohlicher.

23

Besuch

Zurück in der Ferienpension Ebbe & Flut, begann Jonas zu packen.

Als er fertig war, ließ er sich rücklings aufs Bett fallen, während der Wind an seinem Fenster rüttelte. Er reckte den Kopf, um ein Spannungsgefühl loszuwerden. Was ihm nicht glückte. Jonas wusste, warum. Die Ursache lag zu tief im Inneren.

Er betrachtete die Zimmerdecke, entdeckte Risse und Spinnweben, während Wind und Regen draußen immer heftiger wüteten.

Vielleicht hatte Stella recht, und dieser Job war eine Nummer zu groß für ihn. All das, was sie an Methoden erwähnt hatte, kannte er nicht einmal, und der Besuch bei ihrem Ex-Mann mochte tatsächlich ein Vertrauensbruch sein, der nicht hätte vorkommen dürfen. Eigentlich behauptete er nur, eine Autobiografie schreiben zu können. Mit nichts konnte er das belegen, und er hatte sich kein bisschen darauf vorbereitet. Blauäugig war er hierhergefahren.

Wo Stella Dor die Geschichte ihres Lebens in seine Hände gelegt hatte.

Etwas unglaublich Wertvolles.

Was hatte sie denn noch außer dieser? Zumindest benahm Stella sich, als wäre sie längst im Epilog ihres Lebens angekommen.

Trotzdem entschuldigte all das nicht, dass sie ihm nichts von seiner Ähnlichkeit mit ihrem toten Sohn erzählt hatte. Und dass allein diese der Grund dafür war, dass sie ihn beauftragt hatte. Eigentlich wollte sie nur Gustaf ihr Leben erzählen.

Jonas stand auf und hielt in seinem Notebook fest, was er an diesem langen Tag alles erfahren hatte. Philipps Version der Ereignisse setzte er kursiv, schließlich passte sie nicht zu der von Stella. Er wusste nicht, was er damit anfangen sollte.

Aber aufschreiben wollte er sie.

Doch dann schloss er das Notebook und schüttelte den Kopf. Was machte er da bloß? Es war vorbei, morgen würde er abreisen und das nächste Jahr bei seinem Vater im Restaurant arbeiten.

Er ging ins Bett.

Und dachte an den nächsten Tag.

Manchmal sah an diesem alles besser aus. In anderen Fällen erkannte man bei Tageslicht das ganze Unglück erst richtig.

Als Jonas die Augen schloss, versuchte er sich den Geschmack von gebrannten Mandeln im Mund vorzustellen.

Da er keinen Wecker gestellt hatte, kitzelten ihn am nächsten Morgen die Sonnenstrahlen am Ohr wach. Ein Blick aufs Handy verriet ihm, dass die Frühstückszeit schon vorbei war und er sich beeilen musste, falls er auf dem Gnadenweg noch etwas von den Schwestern bekommen wollte.

Als er das ebenso enge wie steile Treppenhaus mit den weiß lackierten Holzstufen hinunterrannte, erschien Imke plötzlich in der Tür zum Frühstücksraum, die spitze Nase gerümpft.

»Sie sind spät.«

Britta erschien neben ihr. »Wir haben Ihren Platz ausnahmsweise noch nicht abgedeckt!«

»Aber Eierspeisen gibt es jetzt keine mehr.«

Britta senkte die Stimme. »Sie haben einen Gast.«

Mit einem Mal war Jonas hellwach. »Ist sie extra hierhergekommen?«

Beide schüttelten den Kopf und machten den Weg frei, beobachteten Jonas dabei aber ganz genau. Dieser versuchte, sich zu sammeln, und überlegte, was er zu Stella sagen sollte. Sich entschuldigen? Eine Entschuldigung verlangen? Eins nach dem anderen? Falls ja: in welcher Reihenfolge?

Aber am Tisch saß nicht Stella Dor.

Auch keine andere Frau.

Sondern ein Mann, groß gewachsen und füllig. Er erhob sich tapsig und unbeholfen, die Hand ausgestreckt, ein unsicheres Lächeln auf den Lippen.

»Papa, was machst du denn hier?«

»Hallo, mein Junge.« Er schüttelte ihm die Hand. Andreas Engelbaum konnte seinen Sohn nicht umarmen, er hatte von seinem Vater nie gelernt, wie das ging. Stattdessen legte er nun seine zweite Hand auf die von Jonas' und umarmte ihn auf diese Weise. »Es ist schön, dich zu sehen.«

Seine Frau hatte ihn immer *Büffel* genannt, weil er groß und haarig und gutmütig war. Er aber hatte sich nie wie einer gefühlt. Am wenigsten, als sie gestorben war und all seine Fülle und all sein Wille nicht ausgereicht hatten, um sie zu retten.

»Tee? Wie immer?«, fragte Imke, die plötzlich neben Jonas stand.

»Äh ja, für meinen Vater bitte auch.«

»Er hat schon, wir wissen schließlich, was sich gehört.« Imke lächelte. »Man sieht sofort die Verwandtschaft.«

Das tat man nicht. Niemand sah sie, nicht einmal sie selbst, und beide hatten eingehend danach gesucht, um einen Beweis zu finden, dass sie einander auf irgendeine Weise glichen. Aber da war nichts. Von seinem Vater hatte er nur eine gelegentlich auftretende Links-rechts-Schwäche, Weitsichtigkeit und einen hohen Spann.

»Komm, lass uns was frühstücken.« Jonas' Vater setzte sich und wies einladend auf den Platz gegenüber. »Du hast sicher ein paar Fragen.« Wenn er unsicher war, zupfte er immer an seinem rechten Ohrläppchen. Wie jetzt. Es sah schon ganz rot aus.

»Papa, ich ... ich freu mich echt, dich zu sehen. Obwohl es ein schlechter Tag dafür ist.«

»Was ist denn los, Junge?«

Jonas winkte ab. »Läuft gerade nicht so gut. Aber wird schon wieder.« Wie schal Worte schmeckten, wenn man selbst nicht an sie glaubte.

»So, Ihr Tee!« Imke stellte ihn auf den Tisch. »Schön heiß.« Sie blieb stehen und wartete, dass getrunken wurde. Das machte sie sonst nie.

»Der ist sehr gut, Ihr Tee.« Andreas Engelbaum nickte freundlich. Dann wandte er sich wieder an Jonas. »Kann ich dich irgendwie unterstützen? Also bei deinem Problem?«

»Nein, ich wollte heute eigentlich ...« Er nahm einen Schluck. »Ist was zu Hause passiert? Oder warum bist du hergekommen?« Erst jetzt fiel ihm auf, dass Imke immer noch am Tisch stand. »Ich find den Tee auch prima.«

Mit einem zufriedenen Lächeln ging sie.

Andreas Engelbaum faltete seine Hände wie zum Gebet, obwohl er seinen Glauben längst verloren hatte. Den letzten Rest, als Monika ihn so früh verlassen musste. Die Verschränkung der Finger fühlte sich trotzdem richtig an. Als wäre es ein magisches Ritual, das keinen Gott benötigte.

»Jonas, ich ...«

»Papa, nicht. Es ist so gar nicht der richtige Zeitpunkt.«

»Ich musste es deiner Mutter versprechen! Im Krankenhaus. An ihrem Bett. Zwei Tage bevor ...«

»Das weiß ich doch.«

»Es war ihr so wichtig, deshalb ist es mir jetzt so wichtig. Das bin ich ihr schuldig. Kannst du das nicht verstehen?«

Jonas nahm noch einen Schluck Tee, um wenigstens ein paar Sekunden Zeit zum Nachdenken zu gewinnen. »Der Zeitpunkt muss passen. Und gerade tut er das nicht.«

»Das hat er noch nie, Jonas. Und wird er auch nie. Also nie völlig. Wenn du den Film siehst, *ist* es der richtige Moment.«

Britta tauchte neben ihnen auf. »Wir haben noch extra Eier für Sie gekocht.« Sie stellte zwei in Porzellaneierbechern mit kleinen Stoffwärmern in Form von Hühnern auf den Tisch.

»Vielen Dank, das ist ausgesprochen nett von Ihnen.« Andreas Engelbaum schenkte ihr ein Lächeln.

»Ja, danke«, sagte auch Jonas.

Nur langsam ging Britta fort.

Jonas sah wieder zu seinem Vater. »Gib mir noch ein bisschen Zeit. Ich bin bald wieder zu Hause, dann habe ich einen klaren Kopf.«

»Weißt du, was damals eine der Krankenschwestern im St. Hildegardis zu mir gesagt hat?«

»Können wir ein andermal darüber reden? Bitte? Hier

ist echt nicht der richtige Ort.« Aus den Augenwinkeln sah Jonas, dass Imke und Britta unbeweglich am Ende des Frühstücksraums standen und lauschten. Durch ihre gelben Schürzen verschmolzen sie geradezu mit der Tapete.

»Das kann ich dir nicht ersparen und will es auch nicht. Die Schwester hat mir erzählt, was die meisten Menschen am Ende ihres Lebens erkennen: dass sie besser weniger gearbeitet und mehr Zeit mit ihren Lieben verbracht hätten. Dass sie ihre Gesundheit mehr hätten schätzen sollen, als sie diese noch hatten.« Er senkte den Blick. »Noch bin ich gesund und kann mit dem Menschen, der mir auf der ganzen Welt am liebsten ist, den Film schauen.« Andreas' Augen wurden glasig, aber der Büffel weinte nie. Er wollte immer stark sein, keine Schwäche zeigen, weshalb er alle Tränen in sich verschloss. Dabei wurden sie vom Dunkel konserviert, über Jahre und Jahrzehnte hinweg.

Nur beim Tod seiner Frau hatte er geweint und später, während des Trauerzugs, die Beerdigung gerade noch rechtzeitig verlassen. Jonas stand dadurch allein mit seinen Großeltern am Grab, um die Kondolenzen entgegenzunehmen. Während der Büffel hinter einem Gartenabfallcontainer kauerte, wo die Weinkrämpfe ihn durchschüttelten.

»Ich habe das Restaurant geschlossen, damit wir jetzt Zeit dafür haben. Das ist wichtig für uns, Junge. Es sind die letzten Worte deiner Mutter. Wir müssen sie sprechen lassen. Und wir müssen ihr zuhören. Das kann keiner von uns allein. Das können wir nur zusammen.«

Jonas bekam keine Luft mehr, schnell stand er auf. »Lass uns ein andermal weiterreden. Wenn ich wieder zu Hause bin.« Er schob seinem Vater das Ei hin.

»Ich bleibe hier, bis wir den Film gesehen haben. Gerade ist nichts wichtiger als das, Junge.«

Mit gesenktem Kopf verließ Jonas das Frühstückszimmer.

Büffel mochten nur sehr selten weinen, bei Jonas war es nicht viel anders. Und auch er tat es lieber allein.

An diesem Tag ging er dafür an den Rand des Meeres, dessen Wasser so salzig war, als wären schon unzählige Tränen hineingeweint worden.

Stella saß seit zwei Stunden am Esstisch, eine braune Keramiktasse mit kaltem Milchkaffee vor sich.

Es war nie ganz still in der *Krabbe*, der Wind rieb sich immer irgendwo am Haus, das Meer säuselte oder rauschte in der Ferne. Aber jetzt herrschte Stille, gefüllt mit Ungesagtem.

Stella blickte auf die verbliebenen Zettel, Markierungen für Erinnerungen, die darauf warteten, in der Sicherheit zweier Buchdeckel Unterschlupf zu finden. In ihrer Wut am gestrigen Abend hatte sie geplant, sich einfach einen Computer zu kaufen und ihr Leben selbst aufzuschreiben.

Aber als das Adrenalin abebbte, wurde ihr klar, dass es schon eine Leistung wäre, wenn sie überhaupt den Einschaltknopf fände.

Stella stand auf und ging vor die Tür, ohne sich einen Mantel überzuziehen, trotz des frischen Wetters. Der Strand war leer, nur ein paar vertrocknete Algen wurden über ihn geblasen, als wären sie Tumbleweeds in einem Western.

Neben der *Krabbe* befand sich ein Verschlag, in dem früher die Terrassenmöbel für den Winter eingelagert wurden. Das verrostete Vorhängeschloss war nur noch Deko, mit einem Dreh hatte Stella es gelöst und die weiß lackierte Holztür geöffnet, deren Farbe an vielen Stellen abgeplatzt war. Elektrisches Licht gab es im Inneren keines, nur ein bisschen Tageslicht, das sich zwischen den Holzlatten hindurchquetschte. Ein paar Tische, Stühle und Aschenbecher hatte Stella behalten, außerdem die große Kühltruhe, in der früher Eiswürfel gelagert worden waren. Sie war damals an den Strom angeschlossen gewesen, erhielt aber schon lange keinen mehr. Zwei schwere metallene Schirmständer lagen darauf.

Um den Inhalt zu sichern.

Zielstrebig machte sie sich ans Werk. Stella brauchte alle Kraft in ihren dünnen Armen, um die Ständer herunterzuheben.

Staub wirbelte auf, als sie die Klappe öffnete, und ein unangenehmer, dumpfer Plastikgeruch entwich aus der Truhe. Eine einzelne Tüte mit dem Logo eines Discounters lag darin, dessen Design sich seitdem schon mehrfach geändert hatte.

Stella blickte die Tüte so ängstlich an, als wäre sie ein wildes Tier, das sie anspringen, beißen, verletzen konnte.

Dann zog sie sie vorsichtig heraus und holte den Inhalt hervor.

Das erste Mal seit einem Vierteljahrhundert.

Ein dunkelgrünes Fotoalbum aus gepolstertem Kunstleder. *»Open the Dor«* hatte Philipp damals mit schwarzem Filzstift daraufgeschrieben, wofür Stella mit ihm geschimpft hatte.

Sie nahm einen der gestapelten Stühle und stellte ihn nahe der geöffneten Tür auf, sodass sie genug Licht bekam.

Dann setzte sie sich hin, um ihrem Sohn in die Augen zu blicken.

24

Im Bauch des Wals

Als Jonas nach einem Tag des Herumirrens am Abend bei der Fahrradstation Kettenesel ankam, waren deren Schaufenster mit Zeitungspapier verhängt. Von innen drang jedoch ein schwaches Licht hindurch, was darauf schließen ließ, dass jemand da war.

Genauer gesagt Nessa, denn gleich würde ihr Freitags-Date beginnen.

Jonas hatte heute mehrfach eine Absage in sein Handy getippt, aber sie doch immer wieder gelöscht.

Abschied nahm man von Angesicht zu Angesicht.

Als er die Hand hob, um an die Tür zu klopfen, fühlte sie sich viel zu schwer an, und er ließ sie sinken.

Es gab keinen richtigen Zeitpunkt im Falschen.

Plötzlich wurde die Tür geöffnet. Nessa trug den großen Fedora, den Jonas ihr geschenkt hatte. Wie auch immer sie es hinbekommen hatte, heute schien er zu passen. »Ich hab deine Silhouette gesehen, komm rein.«

Jonas zögerte. »Ich ...«

»Komm schon rein, worauf wartest du? Oder willst du noch länger im Kalten stehen?«

Er trat ein.

»Warum ist es hier so ... blau?« Jetzt erst sah er Nessa richtig an. »Und warum hast du Algen umhängen?«

Sie drehte sich um die eigene Achse. »Sind aus Plastik. Ich hatte heute eine Idee und etwas zu viel Zeit.«

In der Ecke des Raums befand sich eine Standleuchte, vor deren Birne Nessa eine blaue Folie geklebt hatte.

Aber das war bei Weitem nicht das Ungewöhnlichste in dem Raum, in dem immer noch keine Räder standen. In einer Ecke formten Decken eine Art mannshohen Schlauch, in dem viele Kissen rund um eine Campinglampe lagen.

Nessa sah ihn mit hochgezogenen Augenbrauen erwartungsvoll an.

»Ähm ... Ist es schlimm, dass ich nicht draufkomme?« Sein Blick folgte Nessa, die sich auf die Kissen setzte und dann nach oben deutete. »Was ist das?«

Er trat langsam zu ihr. »Ein Zelt? Es sieht auf jeden Fall sehr gemütlich aus.«

»Was hängt da und da?«

Jonas legte den Kopf schief. »Pappteller, auf die ein schwarzer Punkt gemalt ist?«

»Das sind ganz eindeutig *Augen!* Und was hängt da über dem Eingang zum sogenannten Zelt?«

»Weiße Schnüre?«

»Barten. Wie bei allen Bartenwalen.« Sie grinste. »Herzlich willkommen im Wal, Jonas!«

»Das ist gleichermaßen süß wie schwer veräppelnd.« Er musste grinsen.

»Ja, oder? Komm, setz dich. Es gibt Fisch und Algen, wie man es im Bauch eines Wals erwarten würde.« Sie zog einen Teller mit Sushi nach vorne. »Wir haben keinen Japaner im Ort, deshalb habe ich Kostas vom *Dionysos* überredet, was zu zaubern. Ein paar sind mit Gyros gefüllt, und das da ist kein Wasabi, sondern Zaziki, aber in einem Wal muss man halt nehmen, was man kriegen kann.«

»Du bist echt ...«

»... wunderbar? Einzigartig? Anbetungswürdig?«

»... merkwürdig.«

»Ist ein Anfang. Setzt du dich jetzt zu mir, oder muss ich alles allein essen?«

Jonas hockte sich neben Nessa auf ein Kissen – und wunderte sich über die merkwürdigen Klänge. Im Hintergrund lief nämlich hawaiianisches Meeresrauschen aus einem Bluetooth-Lautsprecher. Zuerst hatte Nessa es mit Walgesängen probiert, aber das war ihr nach kurzer Zeit tierisch auf die Nerven gegangen. Eigentlich wollte sie noch Lichter an die Decke hängen, die den Sternenhimmel auf hoher See darstellen sollten, aber die alte Christbaumkette hatte einen Wackelkontakt, deshalb blieb sie in der Kiste mit dem Weihnachtskram.

»Das ist echt lieb von dir.«

»*Merkwürdig* lieb?«

»Nein, nur lieb. Allerdings ein bisschen merkwürdig, dass du das für mich gemacht hast.«

»Wird schon seinen Grund haben.«

Jonas hatte zwar keinen Appetit, aber er nahm trotzdem ein Stück Sushi. Wenn er sich nicht täuschte, war der Inhalt Moussaka.

Mit jedem Bissen entspannte er sich ein wenig mehr, und es war, als würde er mit jedem Stückchen die Schwere des Tags herunterschlucken. Zugleich machte sich aber Wehmut in seinem Magen breit, und er fragte sich, wie er es Nessa beibringen konnte, dass er morgen abreisen würde. Vielleicht wäre es mit einem Geständnis über seine Gefühle leichter zu verdauen, auch wenn ihm so was nie leicht von der Zunge ging. Deswegen konnte er ihr dabei nicht in die Augen schauen. »Du bist echt das Beste, was mir hier passiert ist. Mit Abstand.«

Nessa schwieg und nahm sich auch ein griechisches Sushi.

Jonas ergriff zärtlich ihre Hand. »Danke. Für alles. Tut mir gerade richtig gut.«

»Das ist schön.«

»Macht es aber nicht leichter, dir etwas zu erzählen.«

Nessa setzte sich aufrecht hin. »Was denn?«

»Wegen Stella ...«

Dann erzählte Jonas, dass er nun arbeitslos war und es keinen Grund mehr gab, seinen Aufenthalt hier zu verlängern.

»Wie lange bleibst du noch?«

»Bis ... morgen.«

»Nein.«

»Wie nein?«

»Das geht nicht. Wir sind erst bei Date Nummer eins.«

»Wie viele sind denn nötig, bevor ich fahren darf?«

»Vier. Nein, fünf. Das ist hier an der Küste Gesetz.«

»Nessa, es tut mir wirklich leid, aber mein Vater ...«

»Stella ist eine launische alte Frau! Sie überlegt es sich bestimmt wieder anders. Das Wetter an der See ändert sich schnell, du wirst sehen.«

»Es geht ja nicht nur um das, was Stella will. Das mit ihrem Sohn ist so ... merkwürdig. Ich fühle mich damit nicht wohl.«

Nessa griff nach einer Weinflasche und goss zwei Gläser bis obenhin voll. Kostas hatte extra zwei Flaschen seines Lieblingsweins, eines Assyrtiko aus Santorin, spendiert. Bevor sie sprach, nahm sie einen großen Schluck, und Jonas tat es ihr gleich. »Weißt du eigentlich, wie fragwürdig Erinnerungen sind? Ich habe gelesen, dass man sich nur einmal an eine Begebenheit erinnert und ab da immer nur an die vorhergehende Erinnerung. Wie bei einer Kopie von einer Kopie von einer Kopie. Da ist es doch kein bisschen verwunderlich, dass Stella gar nicht begriffen hat, wie ähnlich du Gustaf siehst, weil ihr Unterbewusstsein die Zügel in der Hand hatte.«

»Könnte tatsächlich sein, dass sie sich nicht mehr an Gustafs Gesicht erinnern kann. Schließlich gibt es keine Fotos von ihm in der *Krabbe*.«

»Siehst du! Trink noch was. Und iss bitte die Sushi mit Gyros, davon bekomm ich echt keins runter.«

Nach zwei Flaschen Assyrtiko lagen sie rücklings nebeneinander auf den Kissen und blickten durch die Barten des Wals hinaus in den meeresblau beleuchteten Fahrradladen. Der Alkohol hatte die Gedanken und Träume in ihnen gelockert.

So kam es, dass Nessa plötzlich sagte: »Falls wir zusammen wären, also rein hypothetisch, könnten wir gemeinsame Erinnerungen machen. Ist dass das richtige Wort? Machen?«

»Erleben? Erschaffen?« Jonas drehte sich zu Nessa und schaute in ihr schönes Gesicht, das auf der einen Seite blau und auf der anderen in warmem Weiß angestrahlt wurde.

»Wichtig wäre auf jeden Fall, sie sofort zu dokumentieren und sich auf eine korrekte gemeinsame Version zu einigen.«

»Jeder bekäme einen Stempel und müsste die Erinnerung damit freigeben, mit Ort und Datum, sonst dürfte sie nicht ordnungsgemäß abgelegt werden.«

»Meiner wäre blau«, sagte Nessa schnell.

»Geht leider nicht, Blau ist meine Lieblingsfarbe.«

»Pech, ich hab's zuerst gesagt.«

»Wir sind hier doch nicht in der Schulpause, wo es heißt: Wer's zuerst sagt, dem gehört's.«

»Doch, schon. Definitiv. Und ich hab's zuerst gesagt. Mein Stempel wird blau. Deiner kann violett sein.«

»Das fängt ja schon gut an. Diese gemeinsame Erinnerung hier werde ich definitiv nicht abstempeln.«

»Sei mal nicht so ...« Nessa rutschte etwas näher.

»Wehret den Anfängen!«

»Wir könnten ja beide blaue Stempel haben. Wären schließlich gemeinsame Erinnerungen.«

»Okay, das gefällt mir. Ich bin bereit, mit dir zu stempeln.«

Nessa lachte. »Klingt voll anzüglich und gleichzeitig superunsexy.«

»Das soll mir erst mal einer nachmachen. War mein abgebrochenes Germanistikstudium doch zu was nutze.«

Dann sahen sie sich an, lächelten und küssten sich. Und da es so schön war, machten sie gleich damit weiter.

Erst als sie sich wieder voneinander lösten, merkte Jonas, dass die Leichtigkeit der Küsse alles schwerer machte. Seine Zeit hier war unwiderruflich vorbei. Wenn nicht morgen, dann eben übermorgen, vielleicht auch erst in drei Tagen. Aber auf jeden Fall bald.

»Wären wir doch bloß nie zu Philipp Dor gefahren. Hätte er sich doch nie von sich aus bereit erklärt, mit mir zu sprechen. Alles wäre gut gewesen!«

Nessa setzte sich auf und räusperte sich. »Mach dir keine Vorwürfe. Er hat ja regelrecht darum gebeten. Dich trifft da echt keine Schuld.« Sie griff ihr Handy. »Ich mach uns mal Musik an, das Wellenrauschen ist auf Dauer ziemlich einschläfernd. Keine Ahnung, wie die Schiffbrüchigen das in den Walbäuchen aushalten.« Sie legte das Handy auf ein Kissen und stand mühsam und leicht schwankend auf. »Bin gleich wieder da, muss mich nur kurz ... frisch machen.«

Wahrscheinlich lag es an dem wenigen Licht im Raum – oder an zu viel Assyrtiko –, dass Nessa keine Playlist, sondern aus Versehen ihre letzte Audioaufnahme gestartet hatte.

Sie war schon in der Toilette verschwunden und hatte die Tür verriegelt, als eine Stimme aus der Mailbox erklang.

»Hier ist Philipp Dor. Sie hören nicht auf, oder? Ich will wirklich nicht mit diesem Biografen sprechen; da Sie sonst allerdings keine Ruhe geben, kommen Sie eben mit ihm her. Aber er soll es kurz machen! Und erwarten Sie bloß keinen warmen Empfang. Sie nötigen mich mit Ihrem Telefonterror, das ist Ihnen wohl klar. Ich weiß nicht, warum Ihnen die Sache so wichtig ist. Glauben Sie mir, aus dieser ganzen Autobiografiegeschichte erwächst nichts Gutes. Aber Sie wollen meine Warnung ja nicht hören.«

Es piepste.

Jonas' Herz schlug hart in seiner Brust. Er blickte in die Dunkelheit, in der Nessa verschwunden war. Dann stand er auf und verließ den Wal.

Eine falsche Erinnerung war das eine. Aber eine solche Lüge etwas ganz anderes. Sie war wie Treibsand. Nichts, worauf man eine Beziehung aufbauen konnte.

Es war Zeit, diesen Ort für immer zu verlassen.

So schnell wie möglich.

25

Zuhause

Erst war da das Rauschen gewesen, ein immer lauter werdendes Brausen, die fliehenden Vogelschwärme, die Panik, dann die Welle, nein, das Wort war zu schwach, die Flut, das Chaos. So viel Chaos. So viele Schreie, verzerrt vor Angst.

Sie hielt sich irgendwo fest. War es ein Baumstamm? Wo sollte der herkommen? Eher ein Tisch, ja, das war es. Zu glatt und rutschig und schwankend, um sich auf ihn zu wuchten, also festhalten, solange es geht. Atmen und kein Wasser schlucken. Und auf ein Wunder hoffen.

Dann die Hände, die sie herausziehen. Filmriss, das Lager, Zelte, fremde Sprachen. Feldbetten und Nahrung, nur unbekannte Gesichter, sie fühlt sich so hilflos wie noch nie.

Ein Bus, der sie zu einem Flugzeug bringt. Viele Stunden in der Luft.

Sie landet in einem kalten Land. Eine Frau empfängt sie, eine Betreuerin, die Englisch spricht. Sie hat müde blaue Augen. Ihr Rollkragenpullover ist quer gestreift.

»Wo bin ich hier?«, fragt das Mädchen.

Die Betreuerin sagt es ihr.

»Wo sind meine Eltern, meine Geschwister?«

»Du musst jetzt stark sein«, antwortet die Betreuerin. »Schaffst du das?«

Das Mädchen nickt. Stark sein musste sie immer schon. Das kann sie.

»Erinnerst du dich an die Flut?«, fragt die Betreuerin.

»Ja, ist das Wasser wieder weg? Kann ich nach Hause zu meiner Familie?«

»Sehr viele Menschen sind gestorben, und dein Heimatdorf wurde vollständig zerstört.«

»Auch unser Haus?« Das Mädchen fröstelt, obwohl die Sonne scheint. Eine schwache Sonne.

Die Betreuerin nickt. »Wir müssen fahren, ich erzähle dir gleich mehr.«

Ein ungewohntes Auto, fremde Straßen, merkwürdige Gebäude. Sie halten an einem Strand. Nessa will nicht aussteigen, das Wasser macht ihr Angst. Kommt heute noch eine Flut?

»Alles gut«, sagt die Betreuerin. »Hier bist du sicher.« Sie nimmt sie bei der Hand und führt sie zu einem Haus.

Nessa entdeckt einen Vorgarten mit einer einbetonierten Kinderschaukel. Sie hat keinen Kratzer, sieht brandneu aus.

»Setz dich«, sagt die Betreuerin. »Schaukel etwas.«

»Ich will nach Hause«, erwidert das Mädchen. Sie mag nicht schaukeln.

»Dein Zuhause gibt es nicht mehr. Und auch deine Familie nicht, deshalb haben wir versucht, eine neue für dich zu finden.«

»Ich will keine neue! Ich will meine!«

»Ich weiß.«

»Was ist denn mit meiner Mama passiert? Und mit meinem Papa und meinen Brüdern und meinen Schwestern?«

»Das werden wir wohl nie genau erfahren.«

»Ich will das aber wissen! Und ich will nach Hause und meinen rosa Panda holen und meine Glitzertasse und das Foto von uns allen, das in der Küche an der Wand hängt.«

»Alles weg«, sagt die Betreuerin. »Dein ganzes bisheriges Leben ist weg, es ist nichts mehr davon da. Egal, wie sehr du auch suchen würdest. Heute fängt ein neues Leben an. Du hast doch gesagt, dass du stark sein kannst.«

»Ich will aber nicht stark sein! Ich will meine Mama!«

»Komm, ich stell dir jemanden vor.«

Sie geht zur Haustür und klingelt. Ein Ehepaar öffnet, sie lächeln freundlich. Die Frau hält einen Plüschhasen in der Hand, der Mann eine große Tafel Schokolade mit Nüssen.

»Das sind Helge und Sabine. Sie werden sich um dich kümmern. Erst mal für ein paar Wochen, und wenn alles gut läuft und ihr euch mögt, vielleicht für immer. Dann werden sie deine neuen Eltern.«

»Sie sind nicht meine Eltern! Ich habe Eltern! Ich mag die da nicht! Ich will jetzt endlich wieder nach Hause!«

»Sie müssen Geduld haben«, sagt die Betreuerin zu Helge und Sabine. »Zeit heilt alle Wunden.«

»Wir haben schon einen schönen Namen für sie ausgewählt«, sagt Sabine.

»Sie soll Nessa heißen«, sagt Helge.

Das Mädchen reißt sich los und rennt davon. Fort von diesen Fremden, fort von diesem Leben, fort von dem grauenvollen Meer.

26

Alte Filme

Im fahlen Schein der Außenlampe kam Jonas an der Ferienpension an. Schweißperlen standen auf seiner Stirn, denn er war schnell gegangen, falls Nessa ihm folgen würde.

Aber das tat sie nicht.

Neben der Eingangstür saß sein Vater mit dicker Winterjacke auf einem Campingstuhl. Ein weiterer lehnte an der rot verklinkerten Hauswand. »Hallo, Junge.«

»Wieder ein ganz schlechter Moment, Papa.«

Sein Vater stand auf und legte eine Pranke auf Jonas' Schulter. »Nein, genau der richtige. Wir machen ihn jetzt zum richtigen Moment. Komm, bringen wir es hinter uns. Das steht schon viel zu lange zwischen uns. Erst wenn es das nicht mehr tut, wird alles besser. Bittere Medizin, ich weiß. Du hast gerade andere Sorgen, auch das weiß ich. Aber wir stapeln jetzt nicht weitere drauf, wir schauen auf etwas, das wirklich wichtig ist. Wir verändern die Perspektive.«

Jonas konnte nicht anders und musste lächeln. »Wie lang hast du an der Rede gefeilt?«

»Hat man ihr das angehört?«

»Ü-ber-haupt nicht ...«

»Dann ist ja gut.« Jetzt lächelte auch der Büffel. »Nimm deinen Klappstuhl. Es sind ein paar Schritte.«

Jonas bemerkte, wie sich eine Gardine im Frühstückszimmer der Pension bewegte und das Fenster leise auf Kipp gestellt wurde.

Es war ihm egal. Morgen war er fort und würde nie zurückkehren.

»Wieso schauen wir uns Mamas Film nicht hier an?«

Der Büffel schnallte sich einen Rucksack um. »Das hätte nicht zu ihr gepasst.«

»Wir können auch mein Tandem nehmen. Ich würde gerne mal zu zweit drauf fahren.«

Sein Vater strich sich über den Bart. »Auf dein Risiko. Und ich lenke!«

Die wenigen, die Jonas und seinen Vater auf dem Tandem sahen – eine Hand am Lenker, in der anderen die Campingstühle –, hielten sie für zwei Betrunkene, anders war ihr wilder Fahrradslalom, der Laternen, Sitzbänke und Mülleimer auf der Strandpromenade nur knapp verfehlte, schließlich nicht zu erklären.

Aber irgendwann hatten sie ihren Rhythmus gefunden. Jonas tat es gut, sich den Wind um Nase und Ohren pfeifen zu lassen, obwohl sie so schneller kalt wurden.

»Wo fahren wir denn hin?«

»Was hast du gesagt?«

»Wo wir hinfahren?«

»Zu einem Strandabschnitt, der ziemlich verlassen ist.«

»O nein ...«

»Was?«

»Gibt es da zufällig auch einen Strandpavillon?«

»Ja, aber der ist nicht mehr in Benutzung. Ist so ein Schutzzaun drum, wahrscheinlich einsturzgefährdet.«

»Können wir bitte woandershin?«

»Ist schon alles vorbereitet, Junge. Jetzt keinen Rückzieher machen!«

Mit einer Unzahl bunter Wäscheklammern hatte sein Vater vier Bettlaken zu einer großen Leinwand zusammenmontiert und diese zwischen dem verrosteten Hochsitz des Bademeisters und der alten Fahnenstange aufgespannt.

In der *Krabbe* brannte kein Licht, Stella musste schon schlafen.

Nachdem sie die beiden Campingstühle aufgeklappt hatten, holte der Büffel einen kleinen Beamer hervor, den er mit einer Powerbank betrieb. Auch an eine Bluetooth-Box hatte er gedacht. Jonas konnte nicht anders, als beeindruckt zu sein von diesen Fertigkeiten seines Vaters.

Andreas Engelbaum richtete das Bild des Beamers aus. Noch zeigte es nur ein weißes Rechteck.

»Hat es einen besonderen Grund, dass es so groß sein muss?«, fragte Jonas.

Die Muskeln im Rücken seines Vaters verhärteten sich, er schien zu versteinern. Erst jetzt begriff Jonas, dass dieser den Film auch noch nicht gesehen hatte. Und seine tote Frau in voller Größe wiedersehen wollte.

»Als Cutterin hat sie die Leinwand doch geliebt, Junge.«

»Du hast recht. Es würde ihr sehr gefallen. Gut, dass du dir so viele Gedanken gemacht hast, Papa.«

»Am liebsten hätte ich dir den Film in dem alten Kino bei uns in der Nähe gezeigt, aber das ist jetzt ein Museum. Deine Mutter ist da früher ja immer hin. War ein bisschen ihr Wohnzimmer.«

»Jetzt ist das hier ihr Wohnzimmer. Weil wir beide hier sind.«

Ein tiefes Durchatmen. »Das hast du schön gesagt. Soll ich …?«

Jonas fühlte in sich, aber bekam nichts zu packen. War

er bereit? Konnte man für so etwas überhaupt bereit sein? »Kann losgehen. Wir machen das jetzt für Mama.«

Der Büffel nickte, bückte sich und drückte fest einen Knopf.

Monika Engelbaum erschien auf der Leinwand.

Ein Schlauch führte zu ihrem Arm, ein Kabel endete an ihrem Finger. Es piepste, pumpte, tropfte auf der Intensivstation, das Licht war kalt und steril. Displays erzählten in Zahlen und Linien aus Licht eine Geschichte über das wenige Leben, das sich noch in ihr befand. Und darüber, wie es schwand.

Ihr Gesicht war fahl, ja farblos, wirkte ausgedorrt, ihre Haut wie dünnes Pergament, brüchig, sie selbst darin verschwindend. Jonas hatte nicht erwartet, dass ein Bild, dass Farbpunkte auf einer Leinwand ihn so treffen konnten, dass er nach Luft schnappen musste.

»Hallo, mein kleines Krümelmonster, jetzt bist du schon groß, ein erwachsener Jonas ...«

Sie zwang ein Lächeln auf ihr Gesicht, damit sie nicht weinte.

»Und hallo, Büffel, du stehst unserem Jungen gerade sicher bei. Denn so bist du, immer da, wenn man jemanden braucht, der einem den Rücken stärkt. Das macht für mich alles ein bisschen erträglicher. Es ist schrecklich, aber wenigstens bist du für mich da.«

Ein schweres Schlucken. Und noch eines.

»Jonas, du hast meinen Brief jetzt ja schon gelesen und weißt, warum ich nicht wollte, dass du mich als kleiner Junge so

siehst. Damals wäre es zu viel für dich gewesen, aber es ist Teil der Wahrheit. Und ich halte nichts davon, die Augen davor zu verschließen.

Jetzt kann ich richtig Abschied von dir nehmen. Und du von mir. Dass du mich loslassen kannst, das wünsche ich mir. Viele Menschen denken, Festhalten würde einem die meiste Kraft abverlangen, aber es ist das Loslassen. Weißt du, schon Neugeborene können festhalten. Greifen sie deinen Finger, ist er wie in einem Schraubstock. Aber loslassen, das müssen sie erst lernen. Denn loslassen bedeutet Unsicherheit, der Halt fehlt, die Verbindung.«

Sie hob die verkrampfte Hand und öffnete sie langsam, wobei sich ihr Gesicht verzerrte, dann pustete sie hinein.

»Immer wenn meine Kraft es zugelassen hat, hab ich mir Videos von dir angesehen. Die ersten stammten aus der Zeit, als du gerade geboren warst. Und dann wurdest du mit jedem Film etwas älter. So schnell, viel zu schnell, und natürlich genau richtig. Ich hab viel geweint dabei, aber das war richtig so. Wenn ich es nicht getan hätte, wäre etwas sehr falsch gewesen zwischen uns.

Diesen Film hier für dich zusammenzuschneiden, hat mich Kraft gekostet, aber mir zugleich noch mehr Kraft gegeben. Meine letzte Aufgabe wollte ich gut erfüllen. Meinen wichtigsten Schnitt.«

Mit einem Mal erschien ein anderes Krankenhausbett auf der Bettlakenleinwand. Jonas' Mutter lag darin, deutlich jünger, Haarsträhnen klebten an ihrer Stirn. In den Armen hielt sie eine weiße Decke mit einem rotgesichtigen Kind darin, das schon ein wenig Flaum auf dem Kopf trug.

Obwohl sie erschöpft war, lag eine Gelöstheit in ihren Zügen, ein pures, allumfassendes Glück.

Schnitt.

Ein Kinderwagen, das Kind dick eingemummelt darin, nun schon mit mehr Haaren auf dem Kopf und die Augen geöffnet. Seine Mutter schiebt den Wagen ganz schnell und lacht. Jonas strahlt.

Schnitt.

Vor den Bauch seiner Mutter geschnallt, er schaut grimmig unter seiner Bommelmütze hervor, lutscht entschlossen den Daumen, der Wind am Bodensee ist schneidend.

Schnitt.

Jonas läuft tapsig im Schnee, die Winterkleidung so dick, als wäre er ein Astronaut auf Weltraumspaziergang. Kieksend lässt er sich rücklings fallen und macht einen Schnee-Engel. Jetzt fordert er seine Mutter auf, sich neben ihn zu legen. Sie tut es, dann kitzelt sie ihn. Er rappelt sich mühsam auf und wirft einen Schneeball auf sie, trifft sie im Gesicht. Seine Mutter prustet.

Auf seinem Campingstuhl am Strand fühlte Jonas sich schuldig, hätte diesen Schneeball am liebsten ungeschehen gemacht oder seiner Mutter das Gesicht trocken getupft.

Schnitt.

Jonas im Bett, hustend, einen Schal um den Hals, Zwieback auf einem Tellerchen neben sich. Auch eine Tasse mit Kamillentee. Seine Mutter liest ihm etwas vor, *Der kleine Vampir*, den hat er sehr geliebt.

Schnitt.

Weinend beim Baden in einer Wanne mit lila Wasser,

seine Mutter shampooniert ihm die Haare, er heult mit geschlossenen Augen und platscht protestierend ins Wasser.

Schnitt.

In einem zu großen Fußballtrikot als linker Verteidiger bei einem der vielen Spiele, die seine Mannschaft haushoch verliert. Sein einziges Tor, er reckt die Fäuste, springt, brüllt vor Freude. Und rennt zu dem Mann, der alles aufnimmt und die Kamera jetzt zur Seite legt, um seinen Sohn in die Arme zu schließen. Das Bild ist auf die Seite gekippt, aber das macht nichts, man sieht, wie die beiden sich um den Hals fallen.

Jonas blickte hinüber zu seinem Vater. Dieser presste die Fingerspitzen so fest gegen die Schläfen, als hätte er Kopfschmerzen.

Schnitt.

Heiligabend, der Fußboden ist voller zerrissenem Geschenkpapier, Jonas schläft auf dem Sofa, an seine Mutter gekuschelt, die selbst kaum noch die Augen aufhalten kann. Er hat den Mund weit offen und schnarcht leise. Sein Vater legt eine Decke über sie beide und schaltet die Beleuchtung am Weihnachtsbaum aus.

Schnitt.

Bäume, ein Wald, Jonas sammelt Stöcke, ganz lange, schleift sie stolz mit sich. Seine Mutter reicht ihm einen besonders schönen.

Schnitt.

Er liegt im Bett der Eltern, das Lieblingsstofftier, eine weiße Robbe, fest umklammert. Er hat sich so quer gelegt, dass für niemanden sonst mehr Platz ist.

Schnitt.

All seine Geburtstage hintereinander, Torten mit Kerzen in Zahlenform, auspusten, anschneiden, Topfschlagen, Schnitzeljagd im Wohngebiet, Pizza, dann Schokoküsse und verschmierte Münder.

Jonas zuckte auf seinem Campingstuhl zusammen. Für einen Sekundenbruchteil sah seine Mutter aus wie Stella. Eine Narretei des Lichts, ein Scherz der Perspektive. Er drehte den Kopf und blickte zur *Krabbe*, die weiterhin im Dunkel lag. Von der Leinwand maunzte es.

Schnitt.

Mohrle, ihre dicke schwarze Katze, schon lange tot. Der kleine Jonas hebt sie ungelenk hoch, sie streckt abwehrend die Pfoten von sich, aber er knuddelt und küsst sie trotzdem. Seine Mutter löst das arme Tier vorsichtig aus seinem Griff und wird dafür im Gesicht gekratzt.

Es folgten weitere Filmschnipsel, ein Rausch an Erinnerungen und Gefühlen. Manchmal hörte er seinen Vater aufstöhnen, weil es zu viel wurde; der Büffel sank immer tiefer in den klapprigen Campingstuhl.

Vieles hatte Jonas vergessen, vor allem, wie seine Mutter aussah, als sie noch jünger war, ihre Kleidung, ihr wunderbar lautes Lachen, aber auch seine eigene Kinderstimme. Wie hell sie früher war. Oder dass er damals schon genauso ungelenk ging wie sein Vater und die Stirn genauso in Falten legte. Er war sich selbst ein wenig fremd, und doch kam er sich durch diese Momente wieder ganz nah.

Dann war seine Mutter plötzlich wieder im Krankenhaus zu sehen und blickte in die Kamera. Diesmal wurde diese nicht von seinem Vater gehalten, die Perspektive verriet, dass sie sich mit einem Handy filmte, das sie auf ihrem ausklappbaren Tischchen aufgestellt hatte.

»Danke für all das, mein Jonas. Ich habe solches Glück gehabt mit dir. Obwohl dein Zimmer oft wie eine Räuberhöhle aussah, du wirklich nie ins Bett gehen wolltest, wenn man es dir sagte, und es eine Qual war, dich zum Zähneputzen zu bewegen. Das ist hoffentlich besser geworden, sonst hast du heute nämlich keine mehr. Natürlich habe ich mich manchmal auch über dich geärgert, aber jetzt bin ich sogar froh über den Ärger, weil auch unser Ärger zu uns gehört, als Teil eines erfüllten Lebens. Ich würde mich so gerne noch mal über dich ärgern.«

Sie stockte.

»Ich weiß, dass du ein guter Mensch geworden bist, weil du immer einer warst. Du weißt das Richtige vom Falschen zu unterscheiden und versuchst immer, das Richtige zu tun, auch wenn es anstrengend ist. Außerdem kannst du schon deine Schuhe zubinden und halbwegs ordentlich mit Messer und Gabel essen.«

Sie lachte. Der Büffel neben Jonas lachte auch, aber es klang schmerzhaft.

»Außer damals in Köln. Das Gesicht des Kellners werde ich nie vergessen, die Gurke auf seiner ... danke auch dafür!«

Das Lachen verschwand von ihrem Gesicht. Es schien sie zu viel Kraft zu kosten. Mit zittriger Hand griff sie nach einem Zettel mit Stichworten, der auf ihrem Plumeau lag.

»Ich wünsche dir ein gutes Leben, ein gesundes, ein viel längeres, als ich es hatte. Eines mit wenig Schmerz. Ich wünsche dir gute Freunde, es müssen nicht viele sein, aber lass sie in dein Herz schauen, auch wenn das immer ein Risiko ist. Ich wünsche dir, dass du neugierig bleibst, leidenschaftlich, dass du Freude und Glück empfinden kannst. Manchmal macht einem die Welt das sehr schwer, aber gerade dann muss man dafür

sorgen. Und ich wünsche dir, dass du nie vergisst, wie stolz und glücklich du mich gemacht hast. Mich und deinen Vater. Du bist sein kleiner Büffel, und er wird immer dein großer sein. Auf seinen breiten Schultern wirkt die Welt sofort nicht mehr so gefährlich. Das ist … ein Trost für mich.«

Sie senkte den Kopf. Ein Schluchzen war zu hören, dann zog sie die Nase hoch.

»Ich wollte dir noch so viel sagen. Aber dann hab ich dummes Ding meine Notizen gelesen und geweint, und jetzt kann ich sie nicht mehr … Es sind sowieso nie genug Worte, oder? Immer bleibt etwas ungesagt, egal wie viel man redet.«

Sie kniff die Augen zusammen und hustete. Dann blickte sie nochmals in die Kamera.

»Keine Kraft … Ich muss Schluss machen. Ich liebe dich, Jonas. Werde glücklich! Fühl dich umarmt und geküsst! Deine Mama … deine dich immer liebende Mama.«

Die Leinwand wurde schwarz.

Jonas stand auf und beugte sich zu seinem Vater, umarmte ihn. Und sein Vater erwiderte die Umarmung. Er machte das sogar richtig gut. Ganz lange hielt er ihn fest.

Als sie sich wieder voneinander lösten, sah Jonas sein feuchtes Gesicht.

An diesem Abend hatte der Büffel geweint. Es waren viele Tränen gewesen, die er über Jahre aufgespart hatte. Jonas nahm ihn nochmals in den Arm.

Sie hatten noch so viele Umarmungen nachzuholen.

Stella stand an der äußersten Kante der Veranda. Auch sie weinte. Aber niemand umarmte sie. Deshalb schlang sie die Arme um sich selbst.

Ein wenig wärmer fühlte sie sich dadurch, aber nicht weniger allein.

Die Müdigkeit schaffte es erst am frühen Morgen, Jonas die Augen zuzustreichen, nachdem sein Kopf und sein Herz stundenlang nicht zur Ruhe gekommen waren.

Als er aufstand, war die Frühstückszeit längst vorbei und sein Vater auf einem langen Strandspaziergang. Der seit Tagen angekündigte Sturm war immer noch nicht eingetroffen, sondern verharrte über dem Meer wie ein sprungbereiter Wolf.

Jonas machte sich fertig und nahm seinen Koffer. Es war Zeit zu gehen.

Gestern Abend am Strand hatte er jedoch begriffen, wie wichtig es war, Abschied zu nehmen. Auch wenn es schmerzte.

Besonders, wenn es schmerzte.

Das Leben bestand immer aus offenen Enden, nie war eine Geschichte wirklich fertig erzählt, man konnte nur einen Absatz machen, ein Kapitel abschließen, um ein neues leeres Blatt zu beschreiben.

Das war wichtig.

Also schloss er ein letztes Mal das rote Tandem auf und fuhr Richtung *Krabbe*.

Auf dem Weg deponierte er noch eine Packung Salbeibonbons an der Bushaltestelle. Bentje würde sie brauchen, es wurde stetig kühler. Weiter ging es, links das graublaue Meer und der cremefarbene Strand, rechts das Grün, das die Deiche befestigen sollte. Er hatte diese Farben lieben gelernt.

Während Jonas auf dem Sattel saß und seine Beine sich bewegten, spürte er die Traurigkeit nicht, aber mit dem Absteigen war sie augenblicklich da, ein Rucksack voller Kiesel auf seinem Rücken. Die Schritte hoch zum Eingang des Strandpavillons waren schwer.

Da Stella auf sein Klopfen hin nicht öffnete, prüfte Jonas, ob die Tür verschlossen war.

Sie ließ sich ohne Mühe aufdrücken.

Die Zettel kamen ihm heute vor wie die Federn eines Vogels in der Mauser. Viele waren schon fort, aber immer noch war einiges nicht aufgeschrieben. Eine Schande. Was er bis jetzt festgehalten hatte, befand sich auf einem USB-Stick, den er Stella geben würde. Ohne Rechnung. Da keine gute Arbeit geleistet worden war.

Die Reste ihres Frühstücks standen noch auf dem Esstisch. Die Butter weich, der Kaffeerest kalt, die Salamischeiben an den Rändern trocken.

Die Holzbohlen knarzten, als er weiter hineinging.

Dann hörte er es. Zuerst dachte Jonas, es sei der Wind, der jaulend um das Haus strich.

Aber es war ein Schluchzen. Aus dem Badezimmer.

Ein Plätschern verriet, dass Stella in der Wanne saß. Jetzt ließ sie Wasser nachlaufen, doch das Schluchzen hörte nicht auf.

Jonas hatte das starke Bedürfnis, Stella zu trösten, sie in den Arm zu nehmen. Aber das wäre unangemessen, ja geradezu übergriffig. Stella wäre schockiert. Es widerstrebte Jonas, einen weinenden Menschen allein zu lassen, aber heute ging es nicht anders.

Hier würde heute kein Abschied stattfinden. Jonas hatte auf eine hochnäsige Stella gehofft, die ihn aus dem Haus scheuchte. Eine, der er keine Träne nachweinen würde.

Aber der Stella in der Wanne hätte er am liebsten einen heißen Tee gebracht.

Er legte den USB-Stick auf die Küchenzeile und wandte sich zum Gehen.

Erst auf dem Weg hinaus fiel sein Blick auf den kleinen

Fernseher. Ein Standbild war zu sehen, der VHS-Rekorder pausierte. Die Farben der Aufnahme waren verblichen, das Bild war nicht so gestochen scharf wie auf modernen Geräten, aber das Gesicht war unverkennbar.

Ein lachender Junge in Badehose, eine bunte Luftmatratze unter dem Arm.

Weder Jonas noch sein Vater hätten sich gewundert, wenn dieses Gesicht gestern Abend auf den Bettlaken erschienen wäre.

Für einen Moment stand Jonas so erstarrt wie der Junge auf dem Bildschirm.

Aber dessen Lächeln war so offen, so frei, so herzlich, dass Jonas auch ein wenig lächeln musste.

Ich hätte dich gern kennengelernt, dachte er.

»Hältst du kurz mal an?« Jonas stieg aus dem Wagen seines Vaters und ging die wenigen Schritte zur Bushaltestelle.

Ein gefalteter weißer Zettel lag auf dem linken Hartplastiksitz, beschwert von einem dunklen Kiesel.

Mein lieber Freund,

Sie sind so fürsorglich, dafür danke ich Ihnen sehr! Ich hoffe, Sie gehen auch mit sich selbst so fürsorglich um. Es ist merkwürdig, aber meist sind die Menschen, die sich um andere sorgen, mit sich selbst nachlässig – und umgekehrt. Deshalb denken Sie bitte auch an Halsbonbons für sich! Und falls Sie Medizin nehmen müssen, das brav zu tun. Ich weiß, wovon ich rede. Aber falls Sie es doch mal vergessen sollten, vergeben Sie sich dafür. Das ist auch ganz wichtig. Vergebung ist nämlich ebenfalls eine Medizin. Ich sage immer – verzeihen Sie einer alten Frau dieses ulkige Wortspiel –: Wer nicht vergeben kann, der vergibt sich was!

Ihre Bentje

Jonas faltete den Zettel wieder und steckte ihn zusammen mit dem Kiesel ein. Sanft strich er über das Hartplastik. »Auf Wiedersehen, Bentje. Grüß deinen Robert von mir!«

»Hattest du da was verloren?«, fragte sein Vater, als Jonas sich wieder anschnallte.

»Lange Geschichte. Erzähl ich dir irgendwann mal.«

»Die Fahrt dauert eine Weile, musst dich also nicht zurückhalten.« Er startete den Motor, dessen wohlbekannter Klang für Jonas ein Zuhause aus brummenden Tönen war. »Aber gibst du mir vorher die Kekse?«

»Wir haben doch gerade erst gefrühstückt.«

»Ja, stimmt, aber wenn ich Proviant für eine lange Fahrt dabeihab, bekomme ich immer gleich am Anfang Appetit. Das ist Gesetz.«

Imke und Britta hatten ihnen zum Abschied Selbstgebackenes geschenkt. Leuchttürme, Schiffe, Palmen, Sandburgen und Fische – alles mit Schoko- oder Zuckerglasur. Sogar ein Keks in Form eines Wals war dabei.

»Den solltest du essen«, sagte sein Vater, als er ihn aus der Zellophantüte zog. »Das alte Spiel umdrehen. Hier, nimm.«

Jonas grinste und aß. So süß das Gebäck, so bitter die Erinnerung an Nessa im Wal, die es auslöste. Sie war der Beweis, dass er das mit dem Abschiednehmen nicht richtig draufhatte. Sonst wäre jetzt eine Sprachnachricht auf

Nessas Handy. Und selbst die wäre nur die drittbeste Variante gewesen.

»Ist ein netter Ort«, sagte sein Vater, als er wieder halbwegs sprechen konnte und in die Landstraße abbog, die fast schnurgerade durch das flache Land verlief.

»Mir fehlen da die Vergleiche«, erwiderte Jonas.

»Keine Bettenburgen oder Fast-Food-Läden. Stattdessen haben sie da ja diese Bude, *Großmudders Ofen* oder so. Alles sehr lecker dort. Und hausgemacht!«

»Mhm.«

»Die Verkäuferin muss ungefähr in deinem Alter gewesen sein. Ein hübsches Ding, soweit ich das überhaupt noch beurteilen kann. War zwar mit den Gedanken ganz woanders als bei meiner Bestellung, aber sehr bemüht.« Er schaltete einen Gang hoch. »Ich hab ihr nicht gesagt, dass sie die Pommes völlig versalzen und beim Matjesbrötchen die Zwiebeln vergessen hat. Zusammen hat es dann ja geschmeckt!«

Jonas sagte nichts, vielleicht wechselte sein Vater dadurch das Thema.

»Auch die Pension war prima, nicht nur wegen der Kekse. Direkt mit Familienanschluss! Sehr aufmerksam und interessiert, die beiden Schwestern.«

»Auf jeden Fall.« Jonas blickte hinaus. Die Landschaft schien sich nicht zu ändern, als wäre sie auf eine große Trommel gespannt, die stetig gedreht wurde, um den Eindruck zu erwecken, er bewege sich vorwärts, obwohl er an Ort und Stelle blieb.

Sie schwiegen eine Weile, sein Vater stellte das Radio leise an, es lief ein Schlagersender.

»Guckst du ihn dir noch mal an?«, fragte Jonas.

»Vielleicht.«

»Hätte ich nicht gedacht.«

»Also nicht in nächster Zeit. Und wenn, dann ... also, Mama hat eine Version ohne Vor- und Abspann gemacht. Weißt du, mein Fell ist nicht mehr so dick wie früher.«

»Ungewöhnlich für einen Büffel.«

»Ich glaube, allen Büffeln geht es so. Man sieht es ihnen nur nicht an.«

»Auch eine Art, sich zu schützen.«

»Wie meinst du das?«

»Indem man seine Verletzlichkeit nicht zeigt. Kluge Tiere, die Büffel.«

»So habe ich das noch gar nicht gesehen.«

Jonas räusperte sich. »Aber natürlich sind Büffel auch plumpe Tiere, sie denken nur ans Essen und stinken fürchterlich.«

»Sagte der junge Büffel zum alten ...«

»Hey!« Jonas lachte. »Kein Grund, mich zu beleidigen.«

Andreas lachte auch. »Das hast du dir so was von verdient. Und als Strafe musst du jetzt endlich mit der Geschichte zur Bushaltestelle rausrücken.«

Also erzählte Jonas von Bentje, die auf ihren Robert wartete, und danach auch gleich, was er mit Stella erlebt hatte. Und wie es endete.

Dabei übermannte Jonas das Gefühl, sie im Stich gelassen zu haben. Dass er wie Gustaf aussah, machte es nur schlimmer.

Sein Vater beruhigte ihn, aber Jonas hatte den Eindruck, er tat es vor allem, weil er es für seine väterliche Pflicht hielt.

Als sie zu Hause ankamen, war es schon dunkel. Beim Aussteigen war Jonas irritiert, bis er begriff, dass ihm das Rauschen des Meeres fehlte. Die Welt erschien zu leise.

Er hatte den Koffer gerade aus dem Wagen gehoben, als sein Handy klingelte. Ferienpension Ebbe & Flut stand auf dem Display.

»Hallo?«

»Herr Engelbaum? Hier ist Imke Roose.«

»Hab ich was bei Ihnen vergessen?«

»Nein, nein. Es geht um meine Cousine Anke, die hat gerade angerufen. Sie arbeitet im städtischen Krankenhaus. Also eigentlich geht es natürlich nicht um Anke, ach, ich bin ganz durcheinander.«

»Ich verstehe nicht.«

»Stella Dor ist gerade eingeliefert worden. Ich dachte, das könnte Sie interessieren. Soll ich ...«

»Geht es ihr gut?«, unterbrach Jonas sie.

»Man weiß nichts Genaues. Soll ich mich melden, wenn es etwas Neues gibt?«

»Ja, bitte ... egal zu welcher Uhrzeit!«

»Dann weiß ich Bescheid. Ich hoffe, Sie kommen gut an. Tschühüss!«

Jonas blickte zu seinem Vater, der gerade die Haustür aufschloss.

»Papa?«

»Moment, dieser verflixte Schlüssel will wieder nicht ins Schloss. Hab's gleich.«

»Kannst du mich zum Bahnhof fahren?«

27

Sturmflut

Morgens um 8:41 Uhr stand Jonas im beige gestrichenen Flur des Johanniter-Krankenhauses vor Zimmer 72 und probierte Worte aus wie andere Kleidung. In seiner Hand ein Strauß Blumen, die er im Krankenhauskiosk gekauft hatte. Ihre fröhlichen Farben wirkten wie Spott in dieser eintönigen Umgebung. Aber da er gerade nicht wusste, wohin mit seinen Händen, war es gut, etwas zu halten.

Jonas atmete noch einmal tief durch. Er hatte nicht die ganze Nacht in Bahnabteilen verbracht und war dreimal umgestiegen, um jetzt reglos im Flur zu stehen.

Entschlossen trat er ein – und damit viel polternder als geplant.

Es war ein Dreibettzimmer, doch nur Stella lag darin, direkt am Fenster. Sie hatte so lange und laut genörgelt, mit ihren guten Verbindungen zu Lokalpolitikern und finanziellen Wohltätern der Klinik gedroht – die sie gar nicht hatte –, bis man den Blinddarmdurchbruch und die Rippenprellung verlegt hatte.

Als Jonas hereinstürmte, blickte sie auf.

»Stella, ich ... es tut mir so leid.« Er streckte ihr die Blumen entgegen.

Sie setzte sich auf und musterte ihn lange. »Ich ...«

»Sie müssen nichts sagen.«

»Ich will aber. Nur lassen Sie eine alte Frau doch erst einmal etwas über die Lippen bringen.«

»Entschuldigung.«

»Hören Sie auf, sich zu entschuldigen. Jetzt ist mal jemand anderes damit dran.« Stella fuhr sich mit beiden Händen über das Gesicht, das grauer und schlaffer wirkte. »Es ist mir unbegreiflich, und unentschuldbar ist es auch, aber ich hatte tatsächlich das Gesicht meines Jungen vergessen.« Stella blickte Jonas an, als sehe sie ihn zum ersten Mal. »Ihr Foto in der Anzeige ... Sie waren mir auf Anhieb so sympathisch und eigentümlich vertraut. Ich habe dieses Gefühl nicht hinterfragt. Es fühlte sich einfach sehr richtig an, Sie zu beauftragen. Ihnen wollte ich mein Leben erzählen.« Für einen Moment fiel Stellas Maske, und der Schmerz ließ ihre Wangen zucken. »Ich wollte immer wissen, wie mein Junge als Erwachsener ausgesehen hätte ...«

Eine Stille entstand, die Jonas nicht aushielt. »Ich hätte nicht zu Ihrem Ex-Mann ...«

»Kein Wort mehr! Sie haben es nur gut gemeint. Konnten ja nicht ahnen, dass Philipp ein Dummschwätzer vor dem Herrn ist. Schwamm drüber.«

»Und was ich auf dem Parkplatz gesagt habe ...«

Stella stöhnte auf. »Gesprochen in emotionalem Aufruhr! Auch von mir. Betrachten wir es als nicht geschehen. Wir radieren diesen Moment einfach aus.« Sie vollführte eine Geste, als wische sie eine Tafel ab. »So, fort.« Sie klatschte in die Hände. »Kommen Sie, setzen Sie sich zu mir. Möchten Sie Pralinen? Geraldo hat mir eine Packung gebracht. Dabei esse ich so etwas nicht. Hätte ich sonst noch solch eine Figur?«

»Ähm ... Nein?«

»Richtige Antwort! Ich habe Hoffnung für Sie und das andere Geschlecht. Apropos: Wie geht es Ihrer Nessa?«

Jonas rückte einen Stuhl neben das Kopfende von Stellas Bett und setzte sich. »Was ist Ihnen denn eigentlich passiert?«

»Ach, nichts. Nur ein kleiner Schwächeanfall im Badezimmer. Wahrscheinlich habe ich es mit dem heißen Wasser übertrieben. Als ich mir den Bademantel überwarf, wurde mir plötzlich ein wenig schwarz vor Augen, und ich ... also ... Paul hat mich dann gefunden. Wobei, eher Guter Junge. Wie ein Bulldozer ist der ins Badezimmer und hat mich ... also quer durchs Gesicht ... Paul wusste dann nicht, was zu tun war, und hat aus lauter Verzweiflung Geraldo angerufen und der sofort den Notarzt. Deswegen meint Geraldo jetzt, er hätte mir das Leben gerettet, Paul meint es auch. Männer sind doch so schrecklich eitle Wesen! Aber im Gegensatz zu uns Frauen meinen sie, völlig frei von dieser Sünde zu sein. Fangen Sie besser gar nicht erst damit an.«

»Habe ich nicht vor.«

»Sehr lobenswert! Aber Eitelkeit ist bei Jungen in Ihrem Alter noch nicht das zentrale Problem. Bei Ihnen fließt ja kein Blut in den Adern, sondern reines Testosteron. Ihr Burschen denkt nur an das eine, tagsüber und erst recht nachts. Aber das verwächst sich. In dreißig Jahren ebbt es langsam ab.«

»Das ... beruhigt mich.«

»So, dann lassen Sie uns mal gehen. Es wartet wichtige Arbeit auf uns.« Sie schlug das Plumeau zur Seite und schwang die Beine aus dem Bett.

Jonas wusste nicht, wie er ihr schonend erklären sollte, dass seine Karriere als Biograf beendet war.

»Dürfen Sie denn schon gehen?«

»Was ich darf und was nicht, entscheide immer noch ich! Eine Stella Dor lässt sich nicht von irgendeinem Weißkittel vorschreiben, wo sie zu sein hat.«

»Muss man sich nicht abmelden, weil die einen sonst von der Polizei suchen lassen?«

Stella schnalzte empört. »Und dann und wann ein weißer Elefant!« Sie wies in eine Ecke, wo ein Ölgemälde an der Wand lehnte. »Nehmen Sie das da mit, sonst ist Geraldo sauer.«

»Das ist aber nicht Sonnenuntergang Nr. 5.«

»Nein, das ist die Nr. 1. Die malt Geraldo eigentlich nicht mehr, weil es einfach zu viel Sonne ist, die glaubt ihm kein Tourist. Aber er meinte, ich bräuchte momentan Sonne, könnte gar nicht genug davon bekommen. Er hat es sicher lieb gemeint, aber eine Alabasterhaut wie meine besitzt man nicht, wenn man sich ständig diesem brodelnden Gestirn aussetzt.« Sie fuhr sich durch die Haare und brachte sie mit wenigen Bewegungen in eine äußerst ansprechende Form. Dann warf sie alle Kleidungsstücke aus dem Schrank in einen rissigen Lederkoffer. Über ihr Nachthemd zog sie einfach einen Pelzmantel und schlüpfte in ein Paar Schuhe mit hohen Absätzen.

»Kann ich so gehen? Wagen Sie ja nicht, mit Ihrer Antwort zu lange zu warten!«

»So können Sie überall hingehen. Von der Papstaudienz bis zum Wiener Opernball.«

»Aus Ihnen werde ich noch einen brauchbaren Ehemann machen! Und jetzt los. Aber wehe, Sie schauen unsicher oder gar schuldbewusst. Verhalten Sie sich ganz normal. Fallen Sie einfach nicht auf.«

Der Plan misslang.

Stella schritt voran wie eine Königin und grüßte gönnerhaft jeden, dem sie begegneten.

Jonas als ungelenke Entourage dahinter, in einer Hand das sperrige Gemälde, in der anderen den Koffer.

Alle Augen waren auf sie gerichtet.

Wohl nie zuvor war jemand auffälliger aus einem Krankenhaus geflohen.

Seinen eigenen Koffer holte Jonas am Eingangstresen ab, wo man ihm mehr als widerwillig erlaubt hatte, ihn zu deponieren. *Nur ganz kurz. Ich komm auch sofort wieder. Will nur Abschied nehmen.*

Als er nun mit einer quicklebendigen Stella im Pelzmantel zurückkehrte, erntete er einen vernichtenden Blick.

»Es ist ein Wunder!«, erklärte er strahlend.

Am Taxistand vor der Klinik wartete Stella so lange, bis Jonas begriff, dass er ihr die Tür aufhalten sollte. Krank sein war eines, stillos sein etwas ganz anderes.

Auf der Rückfahrt echauffierte sich Stella darüber, wie unmöglich sie im Krankenhaus behandelt worden war.

Sie hätte immer wieder warten müssen!

Das Essen wäre in Plastikgeschirr serviert worden!

Und das Badezimmer hätte kein Fenster gehabt!

Zu Stellas Verteidigung könnte man anmerken, dass sie das letzte Mal vor gut zwanzig Jahren in einem Krankenhaus gewesen war und man sie damals hofiert hatte, als wäre sie Grace Kelly und Audrey Hepburn in einer Person.

Dem Taxifahrer gab sie kein Trinkgeld, weil er ihrer Meinung nach die Kurven zu rasant genommen hatte, obwohl eine kranke Dame bei ihm auf der Rückbank saß.

Als Jonas sie auf dem Weg zur *Krabbe* stützen wollte, verbat sie sich das allerdings.

»So weit ist es noch lange nicht!« Es gelang ihr sogar, auf dem Sand zu schreiten.

Jonas hätte sich allerdings gewünscht, Stella wäre einen Schritt schneller gegangen, denn der Himmel brodelte wie ein Eintopf, der jeden Moment überzukochen drohte.

Sie reichte ihm den Schlüssel zum Aufschließen, wofür dieser alles abstellen musste.

»Hier steht ja noch alles rum! Hätte auch mal einer der Herren wegräumen können. Aber daran denken sie natürlich nicht. Leben retten ist heroisch, für schmutziges Geschirr aber sind sie sich zu fein. Dabei wäre das eine Heldentat, die mich wirklich beeindruckt hätte. Übernehmen Sie das bitte, Jonas. Ich ziehe mich um, damit wir arbeiten können.«

»Aber ich bin doch nicht Ihr …«

»Ich kann im Nachthemd nicht klar denken! Im Nachthemd kann ich nur schlafen und lieben. Beides steht nicht zur Debatte!«

Also räumte Jonas ab, spülte das Geschirr und wischte über den Tisch, wie sein Vater es ihm beigebracht hatte. Wenn er schon als Biograf versagte, *das* zumindest beherrschte er.

»Habe mir nur etwas Leichtes übergeworfen«, sagte Stella, als sie aus dem Schlafzimmer trat. Sie trug ein eng geschnittenes violettes Seidenkleid mit gepufften Ärmeln, dazu goldene Kreolen und eine opulente Perlenkette. An den Füßen: goldene Pumps. »Da geht es mir gleich besser! Also lassen Sie uns weiterschreiben. Ich habe noch so viel zu erzählen.«

»Ich bin eigentlich gar nicht mehr hier.«

»Was reden Sie denn da für Unsinn, Jonas. Sie stehen vor mir, ich sehe Sie.«

»Ich war schon weg, also zu Hause. Sie haben mich ja entlassen.«

»Dann stelle ich Sie jetzt eben wieder ein. So einfach geht das. Schnips, Sie sind abermals mein Ghostwriter. Jetzt setzen Sie sich schon.«

»Es ist nicht nur die Entlassung. Ich möchte auch nicht

mehr für Sie schreiben. Weil Sie recht haben: Ich kann es nicht. Habe keine Ahnung davon, habe es nie zuvor gemacht. Es gibt kein Team, das mich unterstützt. Nur mich und hohle Werbung. Es ist alles eine Lüge.«

Stella lachte, zuerst leise, dann aus voller Brust. »Wunderbar! Ganz wunderbar!« Sie klatschte Jonas Applaus.

»Wie meinen Sie das?«

»Na, Sie sind *Schauspieler*, genau wie ich. Wir tun so, als wären wir jemand, und dann werden wir auf wundersame Weise dazu. Anders gesagt: Sie sind genau der Richtige für mich.«

»Sie verdienen jemand Besseren. Und ich sollte meine Zeit für etwas nutzen, das Zukunft hat.«

Stella zog einen Stuhl am Esstisch vor. »Setzen Sie sich. Wir trinken jetzt erst mal einen Sanddornlikör. Der ist gesund. Und macht schöne Augen. Je mehr Likör, desto glänzender die Augen. Keine Widerworte.« Schon stand die Flasche mit zwei Schnapsgläsern auf dem Tisch, die umgehend gefüllt und auf Stellas Befehl geext wurden. »Warum sind Sie dann überhaupt zurückgekommen?«

»Weil ich mich entschuldigen wollte. Ich dachte, Sie sind wegen mir im Krankenhaus.«

»Wegen Ihnen? Man schadet sich nur selbst, wenn man sich zu wichtig nimmt.«

»Sie waren so wütend. Zu Recht.«

»Ja, das stimmt. Und ich habe mich seit Langem nicht mehr so lebendig gefühlt! Gerechter Zorn ist ein wahrer Jungbrunnen. Wie gesagt, ich habe ein wenig zu heiß gebadet. Ganz unspektakulär, Ende der Geschichte. Sie sind zurückgekommen, dafür war es zumindest gut. Und jetzt arbeiten wir.«

»Meine Firma ist Geschichte. Ab sofort helfe ich meinem Vater im Restaurant.«

»Nein.«

»Wie, *nein*?«

»Na ja, nein halt. Sie bleiben hier. Wir haben das angefangen, und wir bringen es jetzt gemeinsam zu Ende. Das nennt man Professionalität.«

»Es ist keine gute Idee.«

»Noch einen Likör? Sie sehen aus, als bräuchten Sie einen weiteren.« Sie sah ihn mit schräg gelegtem Kopf an. »Oder eher eine ganze Flasche.«

»Nein danke. Ich geh jetzt.«

»Das werden Sie nicht tun!«

»Sie können mich nicht zurückhalten.« Er stand auf.

»Ich nicht, aber das Wetter. Haben Sie mal rausgeschaut?«

Jonas öffnete die Haustür – was ihn viel Kraft kostete, mit solcher Macht zerrte der Wind an ihr. Draußen war es fast so düster wie in der Nacht, dabei war es noch Vormittag. Dunkelgraue Wolken rasten über den Himmel, das Meer peitschte auf den Strand, der Regen fiel fast waagerecht.

»Der Sturm ist da. Sie werden bleiben müssen. Und wir nutzen die Zeit zum Arbeiten. Wenn Sie nach dem Sturm immer noch gehen wollen, dann gehen Sie um Gottes willen. Und jetzt: Tür wieder zu.« Sie trat an ihm vorbei, schloss und verriegelte die *Krabbe*.

Jonas wusste nicht, was er machen sollte. Er mochte es gar nicht, ausmanövriert zu werden, ob von Stella oder vom Wetter.

Deshalb blieb er einfach stehen.

Stella dagegen setzte sich und klopfte mit den Fingerspitzen rhythmisch auf die Tischplatte.

Ganz plötzlich hörte sie damit auf.

»Wissen Sie was? Wir lassen das mit dem Schreiben

und die Zettel, wo sie sind. Aber ich werde jetzt meine letzte Flasche Rosé-Champagner aufmachen und ein paar Gläser trinken, bis die Realität so weich wird, dass ein Teil von mir denkt, Sie seien wirklich Gustaf. Und dann reden wir einfach. Denn was für ein Glück ist es, mit einem geliebten Menschen reden zu können, der schon lange nicht mehr lebt. Was denken Sie?«

Damit hatte sie tatsächlich etwas gesagt, das es Jonas unmöglich machte abzulehnen. Er packte sein Notebook aus. »Ist schon gut, wir arbeiten. Aber nach dem Sturm gehe ich.«

»Natürlich.«

»Und was die Arbeit betrifft: Ich werde knallharte Fragen stellen, Sie nicht schonen.«

Sie winkte ihn zu sich wie ein Boxer, der wusste, dass er jeden Schlag abwehren würde. »Immer her damit!«

Jonas setzte sich zu ihr und öffnete ein Dokument, in dem er wahllos Fragen zu Stella gesammelt hatte. Eigentlich hatte er sie zum Abschluss der biografischen Arbeit stellen wollen, aber nun war ihm sehr danach, sie alle auf einmal auf sie abzufeuern. Um sich wenigstens für die Zeit eines Sturms so zu fühlen wie ein echter Biograf.

»Dann legen wir mal los: Sie haben einmal den Bundeskanzler getroffen?«

»Ein schrecklich mediokrer Mann. Und schauspielerisch ganz schwach.«

»Haben Sie ihn wirklich um ein Autogramm auf Ihren Busen gebeten?«

»Nein, auf meine Pobacken.« Stella schaffte es nur kurz, nicht loszuprusten. »Jonas, Sie hätten gerade Ihr Gesicht sehen sollen! Allein dafür hat sich Ihre Rückkehr schon gelohnt. Und was das Autogramm betrifft: *Er* wollte eines von *mir*. Auf seiner Serviette. Wie schrecklich stillos. Aber ich habe es ihm gegeben. Mit Kussmund. Und ›In Liebe‹ dazugeschrieben. Damit die Leute was zu reden haben. Wie Sie sehen, hat es funktioniert. Wie viele Fragen haben Sie noch?«

Jonas zählte durch. »Einhundertzwölf.«

»Wir haben alle Zeit der Welt. Vor morgen Nachmittag kommen wir hier nicht raus.«

Bei Nummer neun fiel der Strom aus, und Jonas musste bei Kerzenlicht weiterschreiben. Bis bei Nummer sechzehn der Akku des Notebooks so leer war, dass er gerade noch Stellas Antwort auf diese Frage notieren konnte: »Stimmt es, dass Sie damals dieser italienischen Filmgöttin …«

»Von wegen *Filmgöttin!* Eine hundsordinäre Schlampe war das.«

»Stimmt es, dass Sie ihr eine Ohrfeige gegeben haben?«

»Es war Notwehr.«

»Von einem Angriff habe ich gar nichts gelesen.«

»Sie hat doch tatsächlich die Impertinenz gehabt, zu behaupten, ich hätte eine Hühnerbrust. Und das bei meinem ausgesprochen formschönen, angemessen dezenten Busen. Da musste ich ihr selbstverständlich eine scheuern. Das verlangt das gute Benehmen.«

»Wenn Sie es sagen …« Jonas zog die Augenbrauen weit hoch.

»Selbstverständlich sage ich das! Außerdem war es nur ein Klaps. Ein wohlgemeinter Klaps. Um sie daran zu erinnern, dass sie sich im Ton vergriffen hat. Was bei Frauen mit einem solch euterartigen Gehänge wie dem ihren häufiger passiert. Das habe ich ihr auch genauso gesagt. Eigentlich war ich geradezu mütterlich. Schreiben Sie das so.«

Dann wurde der Bildschirm des Notebooks schwarz. Ob aus Erschöpfung, Scham oder Anstand, blieb unklar.

»Im Dunkeln sieht man manche Dinge besser«, sagte Stella mit einem Augenzwinkern und holte ihm Bettzeug, damit er sich das Sofa herrichten konnte. »Morgen bitte Frühstück ans Bett. Die Eier sechseinhalb Minuten.«

Bevor Jonas etwas antworten konnte, war sie in ihrem Zimmer verschwunden und tat sofort so, als würde sie schnarchen.

Jonas lächelte.

Sie war fraglos eine furchtbar durchtriebene Frau, aber er mochte sie sehr.

28

Die Sache mit der Wahrheit

In der Familie der Sturmfluten war diese nur ein Enkeltöchterchen. Jonas aber, der niemals zuvor einem Mitglied der ungestümen Sippe begegnet war, erschien sie wie ein Vorgeschmack des Weltuntergangs. Immer wieder schreckte er nachts auf, aus Angst, der Wind könnte das Dach von der *Krabbe* reißen oder gleich den ganzen Pavillon umwerfen. Stand dieser nicht auf sehr dünnen Stelen? Und sollte wegen Baufälligkeit abgerissen werden? Vielleicht war da ja doch etwas dran. Trotzdem nickte er immer wieder erschöpft ein – und schließlich war es Stella, die ihm Frühstück ans Bett brachte und darauf hinwies, dass der Strom jetzt wieder funktionierte.

Nachdem er seine von der unbequemen Schlafposition schmerzenden Gliedmaßen wieder einigermaßen bewegen konnte, ging Jonas zur Eingangstür und entriegelte sie. Der Strand sah aus, als wäre mit einem großen Strohbesen darübergestrichen worden. Ein angenehm leichter Wind wehte die Küste entlang.

»Ich fürchte, der Sturm ist noch nicht ganz vorbei«, sagte Stella schmunzelnd, während sie sich mit ihrer Kaffeetasse an den Esstisch setzte. »Noch müssen Sie mein Leben in formschöne Sätze verwandeln, die mir angemessen sind.«

Jonas drehte sich um. »War das etwa eine selbstironische Bemerkung?«

»Ich weiß wirklich nicht, was Sie meinen.«

»Und war das etwa ein kleines Lächeln?«

»Schauen Sie gefälligst auf den Bildschirm Ihres Notebooks!«

Gegen Mittag hörten sie ein merkwürdiges rasselndes Geräusch vom Strand, das kein noch so tollwütiger Sturm zustande gebracht hätte.

Stella schaute hinaus.

Der gelbe Bulldozer war nur noch wenige Meter von ihrem Zaun entfernt. Schnellen Schrittes ging sie zur Außentreppe.

»Sofort aufhören! Ich befinde mich noch in der *Krabbe*. Sie dürfen das nicht!«

Der Motor wurde abgestellt und ein Kopf aus dem Seitenfenster gestreckt. »Der Bürgermeister hat uns gewarnt, dass Sie es auf diese Art versuchen würden. Dann rufen wir jetzt eben die Polizei.«

»Rufen Sie doch, wen Sie wollen! Mich bekommen Sie hier nicht weg!« Sie schloss die Tür lautstark hinter sich. »Wir schreiben weiter.«

»Aber wenn gleich die Polizei kommt ...«

»Ich werde so tun, als hätte ich eine ansteckende Krankheit, dann nähern diese Memmen sich nicht. Sowohl Pest wie Keuchhusten habe ich bereits erfolgreich gegeben!«

»Dann werden die einen Rettungswagen rufen und Sie abtransportieren lassen.«

Draußen krachte es.

Als sie nachsahen, riss der Bulldozer gerade den Zaun ein, fuhr über seine zerberstenden Pfähle. Ein Knacken wie von brechenden Knochen.

Dann hielt das Gefährt auf den Anbau mit dem ehemaligen Lager zu.

»Ich muss mich vor dieses Ungetüm werfen!« Stella nahm ihren Mantel vom Haken. *»Vive la révolution!«*

Jonas hielt sie am Arm fest. »Wenn Sie da runtergehen, wird die Polizei Sie gleich abtransportieren. Und dann wird der Bulldozer die *Krabbe* einreißen. Für mich hält er nämlich bestimmt nicht an.«

»Dann ist das wohl der Moment, um diese Bühne für immer zu verlassen!«

Der Bulldozer riss den ersten Pfahl des Anbaus weg, sie spürten die Erschütterung.

»Lassen Sie uns das Wichtigste packen, Jonas.«

»Damit haben Sie noch gar nicht begonnen?«

Stella vollführte nonchalant eine wegwerfende Handbewegung.

Der Bulldozer fuhr den zweiten Pfahl um, die *Krabbe* bebte.

Das war der Moment, als auf der Düne Menschen auftauchten. Es eine *Demonstration* zu nennen, wäre so, als würde man drei Heringe als Schwarm bezeichnen. Jonas erkannte den mit einem Gipsverband am rechten Fuß humpelnden Paul samt Guter Junge sowie Geraldo, der wie immer seine unverkennbaren rosa Cowboystiefel trug. Die Roose-Schwestern waren dabei, der grummelige Verkäufer aus dem Tante-Emma-Laden, außerdem drei Menschen, die er noch nie gesehen hatte.

Und Nessa.

Sie hielt ein Banner hoch. »Lasst unsere Stella in Ruhe!« stand in großen roten Lettern darauf. Augenscheinlich hatte sie eine geblümte weiße Tischdecke an zwei Besen getackert.

»Sie kommen wegen mir …« Stellas Stimme besaß auf einmal nichts mehr von ihrer üblichen Verve, sie war all ihrer Schminke beraubt.

Es krachte, der dritte Pfeiler. Der Anbau brach in sich zusammen und riss eine Wand des Wohnzimmers mit sich sowie einen Teil des Daches. Drei Bücherregale mitsamt etlichen Autobiografien schlugen auf dem Strand auf, bunte Zettel wurden vom Wind davongetragen.

»Sind Sie wahnsinnig?«, brüllte Jonas.

Stellas Stimme dagegen war ganz leise. »Meine Erinnerungen ...«

Der Protestzug marschierte schnurstracks zum Bulldozer und baute sich davor auf. Geraldo kletterte sogar in die Schaufel.

Der Motor wurde abgestellt. »Runter da! Sofort!«

»Vergiss es, Peer!« Imke winkte ins Führerhaus. »Du hast keine Chance, wie damals beim Holländisch Fangen auf dem Schulhof!«

Nessa reichte Paul das Banner und ging einige Schritte rückwärts, um mit dem Handy in der Hand alles zu filmen. »Das geht sofort online! Los, Leute, jetzt alle: *Stella Dor muss bleiben!*«

Jonas lief hinunter, um sich der Gruppe anzuschließen. Dabei kam er an Nessa vorbei.

»Darf ich mitmachen?«

Sie senkte das Handy und drehte sich zu ihm. »Ich hätte nicht gedacht, dass du wiederkommst.«

»Ich auch nicht.«

Sie nahm ihn zur Seite. »Aber das ist gut. Richtig, richtig gut. Weil ich dir endlich was sagen kann. Hör mal, es tut mir echt leid, dass ich dir nicht die Wahrheit verraten habe. Aber ich dachte, dann fährst du niemals zu Philipp Dor und erfährst nicht, was dich so interessiert. Es ist wichtig, herauszufinden, wie Dinge wirklich waren. Die Wurzeln freizulegen.«

»Die Wahrheit ist immer besser.«

Nessa senkte den Blick. »Im Nachhinein ist mir das auch klar geworden.«

Jonas zupfte sich am Ohrläppchen. »Was passiert ist, ist passiert.« Er blickte sich um. »Dank dir für die Aktion. Ich dachte, im Ort wollen bis auf wenige Ausnahmen alle die exzentrische Stella Dor weghaben.«

»Und ich kenne genau die Ausnahmen. Außerdem habe ich rausgefunden, wann die Räumung stattfinden sollte. Eigentlich schon gestern, während sie noch im Krankenhaus lag, aber da war es wegen des Wetters nicht möglich.« Sie blickte zu Stella, die heruntergekommen war und über den Strand eilte, um so viele ihrer Zettel zu retten wie möglich. »So sollte man einfach nicht mit einer Frau wie ihr umgehen.«

»Eigentlich mit niemandem.«

»Ja, stimmt. Wir sollten alle besser miteinander umgehen.« Sie blickte ihn an. »Wie gehen wir jetzt miteinander um?«

»Ich weiß es nicht. Keine Ahnung, ob ich dir die Sache vergeben kann. Und wieder vertrauen.«

Sirenen erklangen, Blaulicht blitzte auf, Nessa wischte sich über die Augen und zückte ihr Handy. »Das muss ich filmen ...«

Wie sich herausstellte, mochte es die Polizei nicht sonderlich, gefilmt zu werden.

Mit einem Mal hatte Imke den Bürgermeister am Handy (mit dem sie einst beim Jahrmarkt zwischen Zuckerwatte und Autoscooter verstohlen geknutscht hatte), der erklärte, die Abrissarbeiten würden vorläufig gestoppt. Im Gemeinderat müsse neu über die Zukunft der *Krabbe* verhandelt werden. Jubel brach unter den Protestierenden aus, und Stella spendierte zur Feier des Tages einige Flaschen Wodka aus ihrem Cocktailvorrat.

Jonas wusste, dass er Stella jetzt nicht allein lassen konnte. Sie lächelte, als er es ihr sagte. Und strich ihm sanft über die Wange.

Bevor sie an ihrer Autobiografie weiterarbeiteten, spannten sie Abdeckfolie aus dem Baumarkt über den weggerissenen Teil des Pavillons und sicherten sie mit Holzplanken.

Dennoch war es, als hätte die *Krabbe* nun eine offene Wunde.

Den Bulldozer umwickelten sie mit Absperrband und versahen die Schlösser mit Sekundenkleber. Trotz des Ernstes der Lage fühlten sie sich dabei wie Kinder auf einem Spielplatz.

Als sie wieder allein am Esstisch saßen und Jonas Stella zum Dreh des tschechischen *Aschenbrödel*-Märchenfilms befragte, hallte ein Satz in ihm nach wie ein Echo.

Die Wahrheit ist immer besser.

Ohne dass Stella es bemerkte, begann Jonas, Kommentare an Stellen einzufügen, die er überprüfen wollte.

Er würde Stellas Leben in ihren famosen Worten aufschreiben.

Aber er würde es außerdem mit der Wahrheit versuchen.

Niemand sagte einem, dass die Wahrheit Mühe machte. Jonas musste für sie telefonieren, Mails schreiben, einige Besuche absolvieren (die sich mit öffentlichen Verkehrsmitteln wie Weltreisen anfühlten), einmal sogar ein Fax senden – und nur im Bürgermeisteramt war noch ein Gerät dafür in Betrieb.

Stella hatte niemals in einer Villa in Neuwittelsbach gelebt. Nur in einem großen Haus in Nymphenburg.

Sie hatte niemals ein Angebot aus Hollywood erhalten, nur eines aus Kanada.

Der legendäre Mario Adorf hatte nicht gesagt, dass sie die deutsche Audrey Hepburn sei – er hatte sich nie über sie geäußert.

Stellas Leben war ein durchaus erfolgreiches gewesen, aber in ihren Geschichten legte sie dick Lack darüber, damit es lückenlos glänzte. Wenn es Lügen waren, dann solche, die sie sich so oft selbst erzählt hatte, bis sie zu ihrer Wahrheit wurden.

Manchmal kratzte Jonas daran, aber die Schicht war längst ausgehärtet.

Zettel um Zettel wurde aus den Autobiografien großer Geister gezogen und ebenso aus Kandiszuckerdosen, Bettlaken und Vorratsschränken. Sie verschwanden wie die Blätter eines Baums im Herbst.

Bis irgendwann nur noch elf Zettel in der *Krabbe* übrig waren. Ein Tag Arbeit, mehr nicht, dann wäre Stellas Leben auserzählt.

Dieser Gedanke bedrückte Jonas so sehr, dass er auf dem Heimweg vergaß, etwas für Bentje zu kaufen. Als er in der Ferienpension ankam, war es zu spät, um noch schnell in den kleinen Laden zu rennen.

Hinter dem Frühstücksraum lag die durch eine Schiebetür abgetrennte Küche. Durch den Türspalt drang Licht. Jonas klopfte kurz und schob sie dann auf. Der winzige fensterlose Raum war bis zur Decke weiß gekachelt. Imke stand in einer Kittelschürze an der Spüle, die hellblauen Gummihandschuhe blutrot. Es roch nach Fisch.

»Herr Engelbaum, was machen Sie denn hier? Gäste dürfen nicht in die Küche.« Sie legte die Rote Bete für den Heringssalat aus der Hand.

»'tschuldigung. Ich wollte nur fragen, ob Sie vielleicht eine Tüte Nüsse für mich hätten?«

»Wofür brauchen Sie denn Nüsse? Ist das eine spezielle Diät?« Flappend zog sie die Handschuhe ab und spülte sich die Hände.

»Ich wollte sie Bentje geben, die immer auf den Bus wartet, weil ihr Mann die Haltestellenansage spricht.«

»Das ist eine verrückte Geschichte, oder?«

»Ich finde sie vor allem berührend.«

»Wussten Sie, dass die NVB, also unsere Busgesellschaft, alle Ansagen drei Jahre nach dem Tod ihres Mannes neu hat aufnehmen lassen? Da haben sie komplett auf ein digitales System umgestellt. Und Bentje? Merkt es nicht. Jeden Tag aufs Neue.«

»Wirklich?«

»Aber ja doch, war anfangs natürlich Gespräch im Ort.«

»Sie hört ihren Mann wahrscheinlich weiter.«

»Die Stimmen klingen sehr unterschiedlich.«

»Der Kopf ist ein mächtiges Instrument, um die Wirklichkeit zu beugen. Einsteins zweite Relativitätstheorie.«

»So ein Quatsch. Sie weiß, dass er es nicht ist, aber geht trotzdem hin. Welchen Sinn macht das?«

»Welchen Sinn macht es, zu einem Grab zu gehen?«

»Das ist nun wirklich nicht dasselbe.« Imke wischte so ruppig über die Arbeitsplatte, als hätte diese ihr Widerworte gegeben.

»Hätten Sie denn nun Nüsse für mich?«

Sie warf den Lappen in die Spüle.

»Zuerst reden wir über die Sache mit Nessa. Ich kann nicht länger den Mund dazu halten. Ich habe Sie für einen anständigen Menschen mit klarem Verstand gehalten, aber dann so was!«

»Was meinen Sie?«

Imke zog ihre Kittelschürze straff, dann kreuzte sie die Arme vor der Brust. »Ich finde es überhaupt nicht in Ordnung, wie Sie mit dem armen Mädchen umgegangen sind. Das hat sie nun wirklich nicht verdient.«

»Das muss ich mir jetzt wirklich nicht anhören.« Jonas wandte sich zum Gehen.

»Die Ohren vor der Wahrheit zu verschließen, ändert sie auch nicht! Ich habe mitbekommen, was da zwischen Ihnen beiden gelaufen ist.«

Jonas drehte sich wieder zu Imke um. »Was hat sie Ihnen denn erzählt?«

»Als würde Nessa etwas erzählen! Dafür ist sie viel zu verschwiegen. Aber man hört ja so manches oder beobachtet das ein oder andere und kann sich dann problemlos zusammenreimen, was los war. Sie haben sie sitzen lassen und sind ohne ein Wort abgereist.«

»Klingt, als hätten Sie mich überwacht.«

»Das ist ja eine Unverschämtheit! Als würde ich mich für das Leben anderer Menschen interessieren! Und lenken Sie mal nicht ab. Sie haben Nessa schlecht behandelt, und das nach allem, was sie durchmachen musste. Erzähl du es ihm, Britta, ich bin gerade zu aufgebracht.«

Jonas hatte gar nicht gemerkt, dass Britta in die Küche getreten war und direkt hinter ihm stand. Er zuckte zusammen.

»Khao Lak. Jetzt wissen Sie es.«

»Khao was?«

»Der Tsunami hat damals ihr ganzes Dorf weggespült. Nessa war die einzige Überlebende.«

»Ihre gesamte Familie ist bei der Katastrophe gestorben. Sie stand ganz allein und ohne irgendeinen Besitz da, als kleines Kind! Sie weiß nichts über ihre Eltern, auch nicht, wie sie aussahen, es gibt nicht einmal Fotos.«

»Alles weg, als hätte man ihre Vergangenheit ausgelöscht.«

Jonas fiel es wie Schuppen von den Augen.

Nessa wollte, dass Jonas alles über Stellas Vergangenheit erfuhr. Weil sie selbst nie erfahren würde, was in ihrer passiert war.

Er zog sein Handy hervor und tippte schnell etwas ein.

»Muss Ihre Generation eigentlich immer irgendwas mit dem Handy machen? Kann man nicht einmal normal miteinander reden, ohne dass daraufgeglotzt wird?«

Jonas blickte hoch. »Ich muss weg. Sie wissen ja sicher schon, wohin.«

Tagsüber verzaubert Nebel die Welt, nachts lässt er die Geister erwachen. Nur die Laternen der Strandpromenade schufen kleine Inseln aus Licht im grau-weißen Nichts.

Jonas zog den Reißverschluss seiner Jacke höher, es schien noch kälter als sonst.

Das unspektakuläre Haus von Nessas Familie befand sich am Rand des Ortes, nichts daran verriet, dass ein so besonderer Mensch darin lebte.

Kurz dachte Jonas darüber nach, einen kleinen Stein zu suchen und ihn gegen Nessas Fenster zu werfen. Aber bei seiner Zielgenauigkeit würde er eher das Fenster von Nessas Adoptiveltern treffen oder das der Nachbarn zerschmettern.

Also schrieb er eine SMS.

Kommst du runter? Ich würde gerne reden.

Die Antwort kam schnell.

Es ist echt spät ...

Ja, total spät für meine Entschuldigung!
Deshalb kann sie nicht länger warten.

Ich weiß nicht.

Hör dir einfach an, was ich zu sagen habe. Danach kannst du mir eine Ohrfeige verpassen, mir über den Kopf wuscheln, mich küssen (Wangen, Lippen, Nasenspitze – freie Wahl!) oder mich ins Meer schubsen.

Diesmal dauerte es mit der Antwort.

Sind auch Kombinationen erlaubt?

Überrasch mich!

Warte.

Jonas wippte auf den Fußspitzen und rieb sich die Oberarme warm. Als Nessa in der Haustür erschien, hatte sie einen dicken Mantel an – ein gutes Zeichen. Wie würde sie ihn begrüßen? War das ein Lächeln auf ihrem Gesicht? Hakte sie sich gleich bei ihm unter?

»Lass uns ein bisschen gehen«, sagte sie und schritt an ihm vorbei.

Schnell holte Jonas auf. »Nessa, es tut mir leid.«

»Präzisiere bitte.«

»Dass ich an dem Abend gegangen bin, einfach so, ohne ein Wort.«

»Weiter.«

»Dass ich abgereist bin, einfach so, ohne ein Wort.«

»Weiter.«

»Dass ich mich nicht gemeldet habe. Das war saublöd von mir.«

»Grund?«

»Weil ich ein Idiot bin?«

»Guter Grund. Wahrer Grund. Aber nur die halbe Wahrheit.«

»Na gut. Als ich durch die Nachricht auf deiner Mailbox wusste, dass du mich angelogen und die ganze Sache mit Philipp Dor forciert hast, da bin ich einfach wie ein ...«

Nessa blieb stehen und legte ihren Zeigefinger auf seine Lippen. »Jetzt haben wir uns beide entschuldigt.«

»Ist wieder alles okay zwischen uns?«

Sie nahm den Finger weg. »Meine Wut und Enttäuschung, mein Sauersein ebben langsam ab. Gibt es eigentlich ein Nomen dazu? Also fürs Sauersein? Meine Säure? Meine Säuerlichkeit?«

»Deine Übersäuerung? Dein Sauern vielleicht?«

»Hab ich auf jeden Fall lange genug gemacht. Ist ungesund. Macht mehr Spaß, dich zu mögen.« Sie ging wieder los, ihre Schritte jetzt leichter.

»Ja, stimmt. Ich mag es auch sehr, dich zu mögen.«

»Hörst du das?«

»Was? Ich höre nichts.«

»Der Schall, der ist im Nebel völlig anders. Als wäre alles in Watte gepackt. Kein Hall oder so.«

»Als wären wir allein auf der Welt.«

»Und der Nebel kommt immer näher. Wir können immer weniger von dem sehen, was uns umgibt, die Welt wird enger.«

»Ich bin froh, dass du bei mir bist. Mit einer Flasche billigem Wein und einer Tüte Flips wäre es noch besser, aber du bist schon mal ein Anfang.«

»Du bist echt so blöd!« Nessa lachte.

Jetzt war es Jonas, der stehen blieb. »Ist das Paul? Mit Guter Junge?«

Nessa blickte in die entsprechende Richtung, dann zog sie Jonas an der Hand mit sich. »Ich sehe nichts. Und hören tu ich auch nichts.«

»Komisch.«

»Wahrscheinlich Nebelgeister. Buuhuu!« Sie riss drohend die Augen auf.

»Klar, und gleich schaut der Klabautermann vorbei.«

»Sprich seinen Namen nicht aus!« Nessa konnte nur kurz ernst bleiben, bevor sie losprustete.

»Ihr Nordlichter, echt ...«

Nessas Blick wanderte zu Boden. »Wie lange bleibst du noch bei uns?«

Jonas griff sich mit der freien Hand in den Nacken. »Morgen werde ich mit dem Buch fertig. Und mein Vater braucht mich dringend in seinem Restaurant.«

»Aber du willst doch schreiben, dachte ich.«

»Ja, aber das muss warten. Familie ist wichtig. Und die wenige Zeit, die wir mit ihr haben.«

Jonas biss sich auf die Unterlippe, als ihm bewusst wurde, wem gegenüber er das gerade so achtlos gesagt hatte.

Nessa aber nickte bestimmt. »Da hast du sehr recht. Und mit allem Geld der Welt kann man sich keine weitere Zeit mit ihnen kaufen. Nur erinnern, das geht. Man muss aber sehr darauf achten, dass es nicht nur wehtut. Sondern dass man das Lachen auch sieht.«

»Es tut mir leid ...«

»Muss es nicht. Meine Familie ist ein Teil von mir, ein ganz wichtiger. Alle Menschen können über ihre Familie reden, und ich fände es sehr unfair, wenn das bei mir anders wäre, weil ich sie verloren habe. Das wäre doch eine doppelte Bestrafung. Irgendwann finde ich alles über sie heraus, was es herauszufinden gibt. Ich werde nie wieder bei ihnen sein können, aber ein bisschen näherkommen werde ich ihnen ganz bestimmt.«

Jonas dachte, dass er gerne dabei wäre. Falls sie eine Hand brauchte, die ihre hielt.

»Stopp!«, riss Nessa ihn aus seinen Gedanken.

»Was ist?«

»Zwei Schritte weiter, und du stößt dir den Kopf.«

Jonas ging vorsichtig weiter. Vor ihm tauchte *Grootmoders Köök* auf. Ein neues Plakat mit einem singenden Fisch darauf verkündete: »Die Seele braucht Seeluft, der Körper Fischbrötchen!«

»Warte kurz, ich schließe auf.« Nessa öffnete das Vorhängeschloss und schaltete das Licht an.

»Hast du mich etwa absichtlich hierhin gelotst?«

Statt einer Antwort reichte Nessa ihm die Hand und zog ihn mit sich hinein. »Seit ich dich hier das erste Mal gesehen habe, wollte ich mit dir hinter dem Tresen knutschen.«

»Im abgestandenen Frittier- und Fischgeruch?«

»Eine voll perverse erotische Fantasie, was? Traust du dich? Oder kannst du dir etwa was Besseres vorstellen?«

»Nein.« Jonas schüttelte den Kopf. »Und vor allem nichts, was ich gerade lieber machen würde.«

29

Weicher Sand

Als Jonas am nächsten Morgen aus der Pension trat, lagen Reste des Nebels wie zu dünn gesponnene Zuckerwatte über dem Meer und lösten sich im Licht der morgendlichen Sonnenstrahlen auf. Bei seinem ersten Besuch an der Küste, er musste damals acht Jahre gewesen sein, hatte Jonas gedacht, der Blick auf das Meer wäre unendlich, würde immer weitergehen, die Krümmung der Erde mitmachen. Später erfuhr er, dass die Unendlichkeit nur fünf Kilometer maß. Weiter ließ sich vom Strand aus nirgendwo aufs Meer schauen.

Jonas schloss sein Tandem auf und setzte sich auf den breiten Sattel.

Zum letzten Mal zu Stella zu fahren, um eine Erinnerung festzuhalten, fühlte sich intensiver an als all die Male zuvor. Jonas spürte die kühle Brise stärker auf seinem Gesicht, das Rauschen des Meeres war lauter, die Reflexionen auf dem Wasser strahlender denn je, und es war, als wären die Regler aller Farben bis zum Anschlag hochgeschoben.

Stella prüfte derweil vor dem Spiegel den Sitz ihres Fascinators samt rosa Feder. Sie war seit jeher der Meinung, man sollte sich immer etwas besser kleiden, als der Anlass es verlangte. Und dies war ein besonderer Anlass. Die letzte Vorführung ihres Lebens, *die Dernière,* danach Abgang und Applaus.

Der letzte Zettel.

Ihn hatte sie aufgehoben. Anlauf genommen.

Er stach aus dem großen Regal hervor, genau in der Mitte, wie eine Klinge, die hineingesteckt und nie zur Heilung herausgezogen worden war.

Nachdem Stella sich selbst drapiert hatte, tat sie das Gleiche mit der Schwarzwälder Kirschtorte auf ihrem besten Porzellan. Zum Abschied gab es das Gleiche wie zur Begrüßung, der Kreis sollte sich schließen. Auch wenn nun eine Wand der *Krabbe* fehlte und wie ein Knochenbruch verbunden und gestützt worden war.

Stella dekorierte den Tisch immer wieder um, weil es nie richtig aussah, wohl wissend, dass es eigentlich die Unruhe, die Unordnung in ihr selbst war, die sie verschwinden lassen wollte, indem sie das Geschirr hin und her schob.

Es klopfte an der Tür.

»Nur herein, junger Mann. Ich bin vollständig bekleidet.«

Jonas streckte beim Eintreten den bunten Blumenstrauß nach vorn, der nach viel mehr als zehn Euro aussah, was sicher daran lag, dass Imke ihn besorgt und etwas draufgelegt hatte.

»Das wäre doch nicht nötig gewesen«, sagte Stella und nahm die Blumen entgegen. »Wobei man Frauen grundsätzlich jeden Tag in Blumen baden sollte. Das ist gut für ihre Haut, ihre Laune und ihre Libido. Aber Sie müssen keine Angst haben, Jonas!« Sie zwinkerte anrüchig.

»Der ist als Dankeschön ... für alles.«

»Nein, das machen Sie jetzt gleich noch mal. Ein Bouquet für eine Dame ist nie ein Dankeschön, selbst wenn es eines ist.«

»Was soll es denn dann darstellen?«

»Stets ein Kompliment für ihre Schönheit, ihre Grazie, ihre Eleganz. Also bitte.« Sie reichte den Strauß zurück. »Sie schaffen das schon.«

Jonas überreichte abermals den Strauß. »Für Sie, Stella, schöne Blumen für ... eine schöne Frau?«

»*Für eine noch schönere Frau* wäre besser gewesen, aber das war schon ganz passabel. Sie haben sich einen Tee verdient. Ich habe extra welchen für Sie eingekauft. Bereiten Sie alles vor?«

Jonas setzte sich, das Holz des Stuhlsitzes war heute besonders hart. Auf dem Tisch stand eine Schwarzwälder Kirsch. Es war doch tatsächlich dieselbe Torte wie an seinem ersten Tag. Jonas erkannte den Anschnitt. Stella legte ihm ein großes Stück auf den Teller. Jonas aß eine Gabel voll und lächelte Stella dabei an. Die Kälte hatte jeglichen Geschmack aus dem Kuchen herausgezogen.

»Ich habe übrigens einen Copyshop gefunden, dem ich heute Abend die Datei schicke und der mir morgen ein Exemplar per Kurier zuschickt. Also gebunden, deshalb habe ich auch das Gemälde schon für den Titel fotografiert. Ich hätte Ihnen das Buch auch mit der Post schicken können, aber ich möchte es selbst übergeben. Ist ja auch für mich etwas ganz Besonderes. Natürlich erst mal nur eine Rohfassung. Alle Ihre Korrekturen arbeite ich umgehend ein und lasse es dann so oft drucken, wie Sie möchten.«

»Ich brauche zwei Exemplare.« Stella kehrte mit dem Tee – eine Tasse für Jonas und eine für sich selbst – zurück.

»Wie bitte?« Er musste sich verhört haben.

»Zwei Exemplare. Für Philipp und Marlene. Nein, vier. Eins kommt zu Gustaf ans Grab. Und eins hier ins Regal.

Dafür halte ich nämlich schon seit langer Zeit einen Platz frei. Selbst wenn sie die *Krabbe* bald abreißen. Eins muss hierhin!«

»Aber Ihre ganzen Fans ...« Und seine Zukunft als Biograf. Ohne Veröffentlichung keine Werbung. Ohne Werbung keine neuen Kunden.

Jonas war schockiert. Aber dann verschwand der Schock ganz schnell wieder. Vier Exemplare war das, was Stella wollte. Und damit war es genau die richtige Anzahl. Jonas wunderte sich über sich selbst. Und er begriff, dass dies schon sehr lange kein Job mehr war, sondern ein Freundschaftsdienst. Und dafür gab es keine Auflage.

Stella hob ihre viel zu dunklen Augenbrauen. »Brauchen die Fans mein Leben? Sie haben meine Filme. Das ist es, was ich ihnen zu geben hatte. Mein Leben aber gehört nur mir. Auf meine Autobiografie!« Sie hob die Tasse. »Eigentlich müssten wir mit Champagner anstoßen, aber erstens trinke ich den erst ab Mittag, und zweitens habe ich meine letzte Flasche bereits geleert.« Stella stieß mit ihm an.

Jonas nahm einen Schluck und setzte die Tasse schnell wieder ab. »Da ist ja Alkohol drin!«

»Selbstverständlich! Jamaikanischer Rum. Ein bisschen feiern muss schließlich trotzdem sein. Soll ich für Sie noch mehr reinschütten?«

»Nein, das ist schon ... großzügig genug.«

Ein wenig zu laut stellte Stella ihre Tasse ab. »Jetzt ist es also so weit.«

»Der letzte Zettel.«

»Sie dürfen ihn holen, Jonas. Das haben Sie sich verdient.«

Er stand auf und ging zu dem größten der Regale, übervoll mit Autobiografien. Vorsichtig zog er das Buch heraus, unter dem ein Papiertaschentuch steckte. Auf dem Titel war ein Ozeanriese mit vier Schornsteinen abgebildet, davor trieben Eisschollen im Wasser.

Die *Titanic.*

»Es gibt zwei Autobiografien von Überlebenden des Unglücks«, erklärte Stella. »Eine von Colonel Archibald Gracie, einem Passagier aus der ersten Klasse, und eine von Lawrence Beesley aus der zweiten.«

Titanic. Wie ich den Untergang überlebte stand auf dem Werk von Beesley, das Jonas nun an seinen Platz zurückstellte. Mit dem Taschentuch setzte er sich wieder an sein Notebook.

»Es ist der erste Zettel, den ich je geschrieben habe. Dabei wäre das gar nicht nötig gewesen.«

»Wieso?«

»Weil ich diesen Moment nie vergessen werde. Ich sage Ihnen, was draufsteht, dabei habe ich die Worte nicht mehr gesehen, seit ich sie damals notiert habe: *Weicher Sand. Wind. Marlenes Hände. Loslassen.*«

Jonas entzifferte die verblasste Tinte und nickte. Er reichte das Taschentuch an Stella, die es nahm und behutsam glatt strich.

Das Papiertaschentuch war ganz leicht, dabei beschrieb es etwas so Schweres. Einst waren Tränen darauf gewesen, aber sie waren längst getrocknet, die Feuchtigkeit hatte sich vor vielen Jahren schon der Luft überantwortet und war durch das Fenster zum Meer gezogen, um dort abzuregnen.

Stella suchte die Spuren der Tränen, doch der Zellstoff wirkte makellos.

»Die beiden hatten den ganzen Morgen gepackt, und ich war spazieren, weil ich es nicht ertragen konnte, zu sehen, wie Stück für Stück von ihnen verschwand. Wir wohnten damals in der Ferienwohnung, die wir für den Urlaub am Meer gemietet hatten. Zur Beerdigung waren wir nach Hause gefahren, aber danach musste ich sofort wieder dorthin. Sie kamen mit, obwohl sie gar nicht wollten.« Stella knetete ihre Hände. »Als ich vom Spaziergang zurückkehrte, warteten sie schon mit gepackten Koffern auf mich. Ich habe es nicht geschafft, sie an der Tür zu verabschieden, das kam mir so falsch vor. Also sind wir zum Strand, zu dem Abschnitt, wo ...«

Nein, sie wollte es nicht schon wieder sagen. Manches Unglück verlor seinen Schrecken, wenn man es nur oft genug erzählte, es zu einer Geschichte werden ließ, die sich unwirklich anfühlte. Aber diesem Moment, der Leben von Tod trennte, sollte das niemals widerfahren.

»Da haben wir uns verabschiedet, als Familie, alle vier. Der Sand war ganz weich und warm, als sie mich verließen. Es ging ein leichter Wind, fast zärtlich, das weiß ich noch genau.« Sie nahm noch einen Schluck Tee, der Rum tat gut.

Jonas nahm auch einen, aber das heiße Getränk schaffte es nicht, ihn zu beruhigen. Er versuchte, sich auf seine Arbeit zu konzentrieren, sich nicht von seinen Gefühlen davontreiben zu lassen. Dies würde für lange Zeit sein letzter Tag als Autor sein, er musste professionell bleiben. Das redete er sich zumindest ein, obwohl es längst zu spät dafür war.

»Warum stehen die Worte *Marlenes Hände* auf dem Taschentuch?«

»Die Kleine hielt meine Hand in den ihren ... wollte sie nicht loslassen ... zerrte an mir, damit ich mit zum Auto komme. Marlene heulte und kreischte. *Mama, Mama, bitte.* Sie konnte es nicht begreifen.«

Man sagte so leichthin, dass einem etwas das Herz zerriss, aber seit diesem Tag war Stellas tatsächlich entzwei. Ein Teil fuhr fort mit Marlene und Philipp, ein anderer blieb bei Gustaf am Meer.

»Haben Sie sie weggestoßen?«

»Um Gottes willen, nein! Philipp zog sie weg. Obwohl sie um sich schlug. Sie wollte nicht fort von ihrer Mama. Ich hätte sie so gern bei mir behalten, aber es ging nicht. Es wäre nicht gut für sie gewesen.«

»Aber so war es auch nicht gut für sie.«

Stella stand auf und ging zum Regal mit dem leeren Platz für ihre Autobiografie. »Nein, das war es nicht. Ganz und gar nicht. Sie musste ohne ihre Mutter aufwachsen. Aber sie war das Kind, um das Philipp sich kümmern wollte. Also musste ich bei Gustaf bleiben. Ich weiß, was Sie denken ... Sagen Sie es nicht. *Gustaf ist tot, und Marlene lebt. Deshalb kann man die zwei nicht vergleichen.* Mein Herz hat es damals anders empfunden.«

Jonas hielt den Blick fest auf den Bildschirm gerichtet. »Hat Ihr Mann noch etwas zum Abschied gesagt?«

»Dass er mich liebt. Immer lieben wird.«

»Und Sie?«

»Was soll man dazu sagen, wenn man ganz taub ist vor Schmerz? Dann schafft man es nicht, etwas so Schönes, etwas so Lebensbejahendes wie *Ich liebe dich* auszusprechen. Man lebt ja in einer Welt, aus der alle Liebe herausgesaugt worden ist.«

»Gab es denn gar keine Abschiedsworte von Ihnen?«

»*Macht es gut,* habe ich gesagt. Und Philipp hat erwidert: *Komm sofort zu uns, sobald du losgelassen hast. Wir warten auf dich!*«

»Und wann ...?«

Stella knüllte das Taschentuch zusammen. »Das ist das

Ende dieses Zettels. Es ist alles gesagt.« Sie öffnete das Fenster und warf ihn hinaus. »Das heißt ... nicht ganz.« Sie ging zu einem großen Keramikkrug, auf dem mit blauer Farbe »Salz« geschrieben stand, und zog ein Foto daraus hervor. »Das hat Philipp an dem Tag von mir geschossen und mir ein wenig später geschickt.« Sie reichte es Jonas.

Ein paar Krümel Salz hafteten noch an dem Abzug, aber selbst, wenn er voll damit gewesen wäre, hätte Jonas das Motiv sofort erkannt.

Die junge Stella, wie sie auf das Meer blickte.

In einem orangefarbenen, knielangen Sommerkleid mit freiem Rücken.

Genau wie auf Geraldos Gemälde. Nur ohne Sonnenuntergang Nr. 5. Stattdessen lag eine formlose graue Wolkendecke über dem Meer.

Wenn man die Augen ein wenig zukniff, erinnerte Stella an eine Rettungsboje an einem trüben Tag.

Jonas drehte das Foto um und entdeckte, was Philipp damals daraufgeschrieben hatte: »Wiedersehen!«

Daneben ein Herz, viel größer als die Buchstaben.

»Darüber schreiben wir nichts in meinem Buch«, sagte Stella. »Das bleibt hier am Meer.«

30

Unvergesslich

Auf dem Rückweg saß Bentje wieder an der Bushaltestelle. Das erste Mal seit vielen Tagen. Jonas hatte sich schon Sorgen gemacht.

Er stellte sein rotes Tandem ab und setzte sich zu ihr.

»Ich hab Sie vermisst.«

Bentje lächelte ihn an. »Ach, Jonas, dass ich noch mal vermisst werde! Es fühlt sich gut an, vermisst zu werden. Dabei schafft man damit eigentlich nur Leid. Sagen wir lieber: Wie schön, dass Sie sich an mich erinnert haben. Erinnern ist manchmal Freude und manchmal Leid.«

»Bei Ihnen war es nur Freude.«

»Jetzt werde ich ganz rot. Das ist mir schon lange nicht mehr passiert.« Sie lehnte sich zu ihm. »Gerade ist mir etwas aufgefallen: Sie haben sich nicht nur erinnert.«

»Nein?«

»Sie haben sich erinnert und etwas getan. Sie sind zu mir gekommen, weil Sie sich erinnert haben.« Bentje lächelte verschmitzt. »Ihre Erinnerung ist … lebendig geworden. Verzeihen Sie einer alten Frau ihren merkwürdigen Humor. Der ist mit mir gealtert.« Bentje amüsierte sich prächtig über ihren Scherz.

»Warum waren Sie so lange nicht hier?«, fragte Jonas. »Ich habe mir Sorgen gemacht.«

»Das Alter. Wie die Kindheit bringt es viele Krankheiten mit sich. Und wie in der Kindheit ist der Körper nicht stark genug, um alles abzuwehren.«

»Aber Sie hatten keine Windpocken, oder?« Jonas zwinkerte ihr zu.

»Nein, keine Windpocken. Wobei ich die gerne hatte, da bekam ich nämlich so viel Eis, wie ich wollte. Und ich wollte viel! Vor allem Fürst-Pückler-Rolle.«

Jonas senkte den Blick, und seine Stimme folgte. »Heute habe ich keine Nüsse für Sie.«

Bentje nahm seine Hand. »Es ging nie um die Nüsse. Es ging darum, dass Sie an mich gedacht haben. Das ist ein viel größeres Geschenk als Nüsse. Obwohl sie sehr lecker geschmeckt haben.«

»Ich fahre zurück nach Hause.«

»Das machen wir doch alle irgendwann einmal. Ich bin froh und dankbar, dass wir ein paar Momente zusammen hatten. Ich wünschte, es wären mehr gewesen. Aber das zeigt nur, dass ich Glück hatte, Sie hier zu treffen. Ich wünsche Ihnen alles Gute für Ihr Leben. Sammeln Sie viele schöne Erinnerungen, die wärmen im Alter.«

»Bentje, die Stimme Ihres Mannes im Bus ...« Jonas hielt inne. Nein, er würde es ihr nicht sagen. »Ach, nichts. Ich muss leider los.«

Bentje hielt seine Hand fest. »Ich will Ihnen zum Abschied ein Geheimnis verraten. Die Stimme meines Mannes im Bus ist gar nicht seine. Sie haben sie vor Jahren geändert. Aber wissen Sie was? Ich höre immer noch meinen Robert.« Bentje sah auf ihre schmale goldene Armbanduhr. »Gleich kommt er.« Sie setzte sich aufrechter hin.

Jonas beugte sich zu Bentje und umarmte sie so fest, dass sie danach ihre Haare in Form bringen musste.

»Sie sind ja ganz schön stürmisch. Behalten Sie sich das

bloß! Zumindest in den richtigen Momenten. Danke für alles, Jonas.«

»Ich muss *Ihnen* danken.«

»Lassen Sie mich Ihnen noch einen letzten Rat geben – das ist einer der wenigen Vorteile des Alters, oder? Von älteren Damen erwartet man, dass sie etwas im Leben gelernt haben und es weitergeben. Ich habe diesen Rat leider erst bekommen, als es schon zu spät war: Leben Sie jeden Tag so, als sei es der letzte. Dann werden Sie ein Leben führen, das unvergesslich ist.«

Die Worte fielen in Jonas' Herz wie in einen großen, stillen See und zogen weite Kreise. Er spürte, dass sie lange brauchen würden, um den Grund zu berühren. Aber er war sich sicher, dass sie eines Tages dort ankommen würden.

Jonas nickte Bentje dankbar zu.

»Grüßen Sie bitte Ihren Mann, wenn Sie ihn treffen.«

Bentje lächelte sanft. »Bald werde ich ihn wiedersehen. Und dann für immer. Es dauert jetzt nicht mehr lange.«

Aber sie sagte es so leise in die Meeresbrise, dass Jonas es nicht hören konnte.

Es war zwanzig nach zehn am Abend, als Jonas in seinem Zimmer zum letzten Mal einen Punkt im Manuskript setzte. Alles überarbeitet. Kurz danach rasten zwei Dateien über den Datenhighway, um sich andernorts in bedrucktes Papier zu verwandeln. In einer stand, was Philipp über den Abschied am Meer erzählt hatte. Dass Stella ihn vor den Augen der kleinen Marlene angebrüllt hatte. Wie er gehen könne, sie alleinlassen mit dem Schmerz. Ob er seinen Sohn denn nicht auch vermisse, nicht auch trauere. Philipp war eben am Telefon hörbar froh gewesen, dass dies die allerletzte Nachfrage zu Stellas Autobiografie war.

Ob Philipps Erinnerung stimmte, konnte Jonas nicht einschätzen. Er wusste nur, dass beide Versionen etwas Unterschiedliches aussagten. Und wenn er Marlene fragen würde, käme wahrscheinlich sogar noch eine dritte hinzu.

Vielleicht stimmte auch keine davon. Jonas hatte den Eindruck, dass man bei jedem Erinnern die Geschehnisse ein klein bisschen veränderte, so wie man einen Schuh bei jedem Anziehen ein wenig weitete, bis er richtig passte.

Als er wenig später das Licht löschte, wusste er immer noch nicht, welches Exemplar er Stella geben würde.

31

Ein erfülltes Lesen

Am nächsten Morgen saß Jonas schon früh auf einem Campingstuhl vor der Pension, um auf den Kurierdienst zu warten. Nessa leistete ihm Gesellschaft. Die herbstliche Morgensonne strich über ihre Gesichter wie die warme Hand einer fürsorglichen Mutter.

»Es macht mich total fertig«, sagte Jonas jetzt schon zum dritten Mal.

»Stella muss die Wahrheit erfahren. Hast du mir nicht großspurig erklärt, dass die Wahrheit immer besser ist?«

»Aber ich bin ein Dienstleister. Ich werde von Stella nicht für die Wahrheit bezahlt, sondern dafür, aufzuschreiben, wie sie ihr Leben erinnert wissen will.«

»Aber du bist doch auch ihr Freund.«

»Sollte ich ihr denn als Freund alle Illusionen rauben? Sollte ich sie nicht gerade dann vor Schmerz bewahren?«

»Erst Schmerz, klar, doch dann Klarheit, Erkenntnis.«

»Ich bin mir nicht so sicher, ob die immer nach dem Schmerz kommen. Stella wird sofort wissen, dass ich viele dieser Informationen von Menschen habe, die sich anders erinnern als sie.«

»Meinst du nicht, sie weiß längst, dass andere ihre Geschichte anders sehen? Liegt darin nicht der ganze Sinn ihres Buches? Ihren Mann und ihre Tochter zu überzeugen, dass deren Versionen falsch sind?«

»Sie wird mich in der Luft zerreißen! Und falls sie es

hinbekommt, sogar im Internet bei den Bewertungsportalen. Dann ist meine Karriere als Biograf ein für alle Mal erledigt.«

»Warum hast du dann überhaupt die andere Version geschrieben?«

»Es kam mir falsch vor, sie nicht zu erzählen.«

»Selbst wenn sie keiner liest?«

»Ich habe sie gelesen.«

»Jonas Engelbaum, ich glaube dir nicht. Du versuchst gerade, dir etwas einzureden. Eigentlich willst du ihr nämlich unbedingt die andere Version geben.«

Er nestelte nervös an seinem Kragen herum. »Ich werde es entscheiden, wenn ich Stella sehe. Aus dem Bauch heraus.«

Der Wagen des Kurierdienstes stoppte vor der Pension, und kurz darauf hielt Jonas die beiden Bücher in Händen. Eines in Rot gebunden, eines in Blau.

»Ich mag das Gemälde sehr«, sagte Nessa. »Aber der Titel? *Im Scheinwerferlicht – Das Leben der Stella Dor.* Nee. *Ein Leben ist zu wenig, Was ich noch sagen wollte, Die Kunst, bergab zu rennen* – das sind gute Titel.«

»Hast du dich in einer Buchhandlung durch die Autobiografie-Abteilung gewühlt?«

Nessa grinste. »Komm, lass uns gehen. Falls du immer noch gehen willst?«

Ja, er wollte die Strecke heute zu Fuß zurücklegen. Ganz bewusst. Abschied nehmen Teil zwei. Ganz langsam.

Nessa nahm seine Hand.

Jonas verriet es ihr nicht, aber es hatte einen besonderen Grund, dass er das letzte Stück im nassen Sand an der Wasserkante ging und genau darauf achtete, wie die Wellen brachen.

Er ließ das Meer entscheiden.

Wenn es ihn berührte, bekäme Stella ihre eigene Geschichte. Schaffte es das kühle Nasse dagegen nicht bis zu ihm, würde sie die andere Version erhalten.

Das Wasser berührte ihn.

Jonas beschloss, dass drei Berührungen notwendig waren. Denn eine war keine.

Die Wellen brachen sich, und das dunkle Wasser rauschte heran.

Bei ihrer Ankunft thronte Stella auf dem Bulldozer. Barfuß, in einem langen weißen Kleid, zu dem sie Goldschmuck samt Diamanten trug.

»Macht sie das öfter?«, fragte Nessa, als sie von der Brandung einen Weg zu ihr einschlugen.

»Will ich nicht ausschließen. Aber ich sehe es zum ersten Mal.«

»Wirkt wie Kunst, wie eine Performance.«

»Stellas ganzes Leben ist eine einzige Performance. Selbst in den Momenten, wenn sie ihre einzige Zuschauerin ist.«

Sie gingen zum Bulldozer.

Erst als Jonas sich räusperte, bemerkte Stella sie. »Ach, ich dachte, die Presse sei endlich da für mein Protestfoto, aber Sie sind es. Halten Sie etwa Händchen? Junge Liebe, wunderbar! Haltet euch bloß nicht zurück! Ihr seid nur einmal jung – und eure Körper auch.«

Jonas sagte nichts dazu, hoffte jedoch inständig, dass Stella das Thema sofort wieder wechseln würde. Denn der Abschied von Nessa stand heute noch an.

Es würde der schwerste werden.

»So, her mit dem Buch, her mit meinem Leben in all seiner Pracht!«

Jonas zögerte. Welche Entscheidung war die richtige?

»Was ist los? Ist Ihr Arm eingeschlafen? Geben Sie es mir schon, schließlich bezahle ich gut dafür. Ich kann es kaum erwarten, alles zu lesen. Endlich wird mal die Wahrheit über mich geschrieben!« Sie zwinkerte ihm zu.

Jonas musste auf die Stoßstange klettern, um Stella das in Rot gebundene Werk zu überreichen. »Hier, Ihre Autobiografie.«

Sie wog das Buch in den Händen. »Es ist gar nicht so schwer, wie ich dachte.«

»Dünnes Papier.«

»Es fühlt sich an, als hätte ich nicht genug gelebt.«

»Sie leben ja noch. In ein paar Jahren komme ich vorbei, und wir schreiben Band zwei.«

»Ach, Jonas. Sie wissen, dass das eine Lüge ist, und ich weiß es auch. Was noch kommt, reicht höchstens für eine Seite. Und es wird beileibe nicht die unterhaltsamste sein. Wollen Sie jetzt schon Ihr Geld? Es ist doch bei Ablieferung fällig, nicht wahr? Ich kann allerdings gerade nicht hier herunter, der Fotograf wird jeden Moment kommen.«

»Überweisen Sie es einfach.«

Stella sah Jonas tief in die Augen. Noch nie hatte er ihren Blick so zärtlich gesehen.

»Dann heißt es jetzt wirklich *Lebewohl?*«

»Ja, ich reise zurück, und die Korrekturen gehen wir dann telefonisch durch.«

Sie beugte sich zu Jonas, nahm sein Gesicht in ihre Hände und gab ihm einen Kuss. »Ich werde Sie sehr vermissen, Jonas.« Stella räusperte sich. »Habe mich doch tatsächlich an Sie gewöhnt.«

»Ich werde Sie auch vermissen. Und nie vergessen.«

»Na, das will ich aber auch schwer hoffen!« Stella lachte. »Was halten Sie denn da noch in Ihrer Hand? Etwa ein Abschiedsgeschenk? Hoffentlich keine Pralinen!«

»Das ist ... mein eigenes Exemplar.«

»Soll ich es Ihnen signieren?«

»Das ist lieb, aber nein.« Jonas stieg vom Bulldozer herab. »Lieber dann die fertig korrigierte Fassung.«

»Wie Sie mögen.« Stella setzte sich wieder in Positur, einer Meerjungfrau auf einem Felsen gleich. »Ich bin gar nicht gut bei Abschieden. Weder im Film noch im wirklichen Leben. Melodramatik liegt mir so gar nicht.«

Jonas musste schmunzeln. Aber schnell sanken seine Mundwinkel hinunter. »Mir auch nicht.« Er hob die Hand zum Abschied. »Danke für alles.« Ihm brach die Stimme weg.

»Jetzt werden Sie ja doch melodramatisch! Machen Sie es gut, Jonas. Küssen Sie Ihre hübsche Freundin, das lindert den Abschiedsschmerz. Und jetzt husch, husch, fort, ich muss doch lesen!« Auch ihre Stimme brach kurz weg, deshalb ließ sie ihre Worte in ein Husten übergehen.

Als sie sich einige Schritte entfernt hatten, beugte sich Nessa zu Jonas. »Welche Ausgabe hast du ihr denn jetzt gegeben?«

Sie kamen an der Papiertonne der *Krabbe* vorbei, und Jonas warf das blaue Exemplar hinein.

»Genau die richtige.«

Als der Fotograf endlich weg war, schlug Stella ihr Leben auf.

Es war ein von der Sonne verwöhnter Sonntag, als Stella Dor geboren wurde.

Sie las, bis der Wind zu sehr auffrischte und immer heftiger versuchte, ihr das Buch aus der Hand zu reißen. Auf dem Weg in die *Krabbe* las sie weiter und genoss es, das eigene Leben zwischen zwei Buchdeckeln wiederzufinden. Es prickelte wie Rosé-Champagner. Und in der Rückschau wirkte es so zwingend, so schlüssig, als hätte es gar nicht anders verlaufen können, als wäre mit ihrer Geburt der erste Dominostein umgefallen und als hätten dann alle anderen exakt so fallen müssen.

Auch in der *Krabbe* legte sie das Buch keine Sekunde aus der Hand, sondern setzte sich damit an den Esstisch. Stella hörte ihren Magen knurren und spürte, dass ihr Mund trocken wurde, aber sie las weiter, denn ihr Leben gefiel ihr.

Dann kam die Schilderung des Tages, der es wie eine plötzlich aufreißende Kluft in zwei Hälften teilte. Stella machte sich einen Kaffee und trank ihn so brühend heiß, dass sie sich die Zunge verbrannte. Sie nahm noch einen Schluck, bis es auch am Gaumen schmerzte.

Ganz schnell las sie die Stelle, schaffte es kaum, dabei weiterzuatmen, bis sie hinter ihr lag. Sie hatte Jonas viel über die Beerdigung erzählt, dass es belegte Brötchen gab und Streuselkuchen, dass sie alles allein organisiert und extra ein neues schwarzes Kleid getragen hatte, welches seitdem im Schrank hing. Sie hatte den Grabstein genau beschrieben, auf dem eine große Sonne eingraviert war, weil Gustaf doch ihr Sonnenschein gewesen war. Stella hatte auch berichtet, wie sie alles aus Gustafs Zimmer in Kartons verstaut hatte, stapelbar und nur durch seinen daraufgeschriebenen Namen von anderen Kartons, die Harmloses enthielten, unterscheidbar.

Sein Tod war nur ein kurzer Moment gewesen. Das, was dadurch zu tun war, dauerte so viel länger. Denn der Tod macht immer viel Arbeit.

Bei der Beschreibung des Abschieds von Philipp hielt es

Stella nicht mehr auf dem Stuhl. Sie las im Gehen, Kreise ziehend wie ein unruhiger Planet.

Danach kam nicht mehr viel. Nur wenige Seiten, kaum noch Ereignisse, an die es sich zu erinnern lohnte.

Wie ungleichmäßig die Jahre ihres Lebens doch mit Berichtenswertem gefüllt waren. Die meisten späten Jahre waren deutlich zu kurz gekommen, schienen nur aus Luft zu bestehen, die für dieses Buch herausgelassen worden war.

Und dann war ihr Leben ausgelesen.

Viel zu schnell.

Trotz all ihrer Zettel schienen so viele Momente zu fehlen, schien so vieles ungesagt.

Aber das, was geschrieben stand, war richtig.

Und so klappte Stella das Buch dankbar zu und drückte es an ihre Brust. Lange blieb sie so sitzen, bis ihr Herzschlag sich wieder beruhigte.

Es war getan.

Sie stand auf, ging bedächtig wie in einer Prozession zu ihren Büchern und stellte ihre Autobiografie an den freien Platz im Herzen des Regals.

Dann kam die Leere. Stella füllte sie mit einem Sanddornlikör, goss das Glas bis zum Rand voll, obwohl sich das nicht gehörte. Mit noch einem, weil der erste zu schnell aus ihrem Mund verschwunden war. Mit einer großen Portion Nudeln samt zerlassener Butter, Salz, viel Pfeffer und grob geraspeltem Parmesan. Danach füllte Stella ihre innere Leere mit Arbeit, indem sie aufräumte, sogar Bücher gerade rückte, die seit Jahrzehnten schief gestanden hatten. Schließlich trug sie den Müll hinaus. Zuerst den für die schwarze Tonne, dann den für die gelbe und schließlich – sie ging jedes Mal einzeln – den für die blaue.

Sie sah es sofort – das blaue Buch lag zuoberst im zerknüllten Papier wie in einem Nest. Wieso hatte Jonas sein Exemplar hier hineingeworfen? Stimmte damit etwas nicht?

Sie nahm es heraus, klappte es auf und las den ersten Satz.

Es war ein regnerischer Montag, als Stella Dor geboren wurde.

Die Worte füllten die Leere in Stella wie heißer Teer. Achtlos ließ sie den Papiermüll fallen, las im Stehen verkrampft weiter, wie man den Befund eines Arztes über die eigene Erkrankung nicht aus der Hand legen konnte, obwohl jede Zeile ein Urteil über Leben und Tod enthalten mochte. Nur wenig Licht drang von der *Krabbe* zu den Mülltonnen, aber Stella las fieberhaft weiter.

Plötzlich war der Gedanke da: Jonas musste mit vielen anderen über sie gesprochen haben, um dies zu schreiben. Und er wusste genau, dass sie immer in die Tonne blickte, bevor sie etwas hineinwarf, weil sie vor Jahren aus Versehen einmal ihre noch unbezahlte Stromrechnung entsorgt hatte.

Als ihre Beine schwer wurden, setzte sich Stella auf die Stufen der *Krabbe*. Und schob sich dann eine Stufe nach der anderen höher, näher ans Licht, weil ihre Augen müde wurden.

Nach langen Stunden des Lesens drückte Stella das blaue Buch nicht an ihr Herz.

Sie legte es neben sich auf das alte Holz.

Diese Version ihres Lebens hatte scharfe Kanten, tiefe Löcher, Wunden, Schorf und Narben.

Jeder Mensch konnte eine Maske aufsetzen, aber irgendwann begann es zu jucken. Behielt man sie trotzdem auf, passierte es möglicherweise, dass man sie nicht mehr abnehmen konnte und sogar vergaß, wie man darunter wirklich aussah.

Dabei war der Moment des Ablösens zwar schmerzhaft, aber gleichermaßen befreiend.

In den Beschreibungen der anderen fand sich Verständnis für Stella, manchmal sogar Liebe. Kein Vorwurf, keine Schuldzuweisung. Nur das Unglück in all seiner Härte.

Sie blickte Richtung Dorf, dorthin, wo es einen fahlen Schein in der Nacht warf.

Wo Jonas war.

Der gegen ihren ausdrücklichen Wunsch gehandelt hatte.

32

Die Ohrfeige

Jonas' Schlaf war unruhig gewesen. Zwischendurch hatte er den Eindruck, jemand rufe seinen Namen. Aber der Wind spielte den Ohren Streiche, man durfte ihm nicht trauen.

Die Pension schlief noch, als Jonas leise durch das Treppenhaus ging und in die kühle Morgenluft trat. Ein Spaziergang am menschenleeren Strand würde ihm guttun, bevor er erst den Tag mit Nessa verbrachte und es dann zurück zu seinem Vater ging.

Aber an der Eingangstür war ein Zettel mit Tesafilm befestigt, der seine Pläne über den Haufen warf.

Jonas soll sofort zu mir kommen!

Eine Unterschrift brauchte es nicht, so arabesk schrieb niemand außer Stella.

Sie hatte das blaue Buch also gefunden.

Jonas hatte sich eingeredet, es wäre nicht sicher, ob Stella in den Mülleimer schaue. Ein Gottesurteil also.

Dabei hatte er genau gewusst, wie die Chancen standen. Und dass er sich den Konsequenzen stellen musste. Es gab keine Entschuldigung, die Stella akzeptieren würde.

Also keine Zukunft als Lebensschreiber.

Eigentlich war ihm das klar, seit er begonnen hatte,

die zweite Version ihrer Autobiografie zu schreiben. Man verfasste kein Buch, damit es niemand las.

Jonas nahm den Weg am Wasser entlang, weil er hoffte, dass der langsame Rhythmus der Wellen ihn beruhigen würde. Aber das tat er nicht, und Jonas' Schritt beschleunigte sich. Schließlich rannte er, um es schnell hinter sich zu bringen.

Als er atemlos am Strandabschnitt der *Krabbe* ankam, war die Sonne bereits aufgegangen.

Stella Dor tanzte im goldenen Sand.

Aus den Außenboxen der *Krabbe*, einst zur Beschallung der Terrassengäste angebracht, drang scheppernd Musik. Jonas erkannte Doris Days Stimme, weil seine Mutter sonntags immer gern Filme geschaut hatte, in denen sie spielte, im Schlafanzug, eingemummelt in eine Decke, mit Früchtetee und Schokokeksen in Reichweite.

Que Sera, Sera,
Whatever Will Be, Will Be
The Future's Not Ours to See
Que Sera, Sera
What Will Be, Will Be.

Stella tanzte nicht allein, sie hatte gleich zwei Partner. Einer war Paul, der trotz Gipsbein überraschend elegant über den Strand glitt, der andere Guter Junge, der freudig wedelnd um die beiden herumhopste. Wenige Schritte entfernt saß Geraldo hinter einer Staffelei und malte das Spektakel, seine pinken Cowboystiefel wippten im Sand zur Musik.

Mit einem Mal erinnerte Jonas sich daran, wie seine Mutter getanzt hatte, wenn das richtige Lied im Radio lief. Beim Kochen, beim Unkrautrupfen, selbst das Lesen unterbrach sie dafür. Es waren irgendwelche merkwürdigen Songs aus den Achtziger- und Neunzigerjahren, und sie hatte immer wieder versucht, ihn zu überreden, mit ihr zu tanzen. *Tanz den Macarena mit mir! Komm, Jonas, wir machen den Cotton Eye Joe!* Er hatte sich nie überreden lassen.

In diesem Moment bereute er es, und die Reue drückte sein Herz mit kalten Fingern.

Als Stella in einer ausladenden Drehung Jonas erblickte, winkte sie ihm kurz zu, tanzte aber weiter. Erst als das Lied zu Ende war, kam sie mit roten Wangen zu ihm.

»Ich bin immer noch ganz famos in Form!« Sie drehte eine Pirouette, während Paul und sein Golden Retriever weitertanzten, obwohl keine Musik mehr lief.

»Eigentlich wollte ich Sie nach allen Regeln der Kunst zusammenfalten, Jonas. Vielleicht sogar ohrfeigen.« Stella hob spielerisch die Hand. »Es steht so viel Unsinn in der zweiten Fassung meines Lebens!«

»Alles, was da steht, haben mir ...«

»Schsch! Frauen immer ausreden lassen!«

Jonas nickte ergeben.

»Nicht alles ist verkehrt. Deshalb habe ich es mir anders überlegt. Das ist ein Luxus, den wir alle haben, aber zu selten nutzen. Die zweite Fassung zu lesen, war, als würde ich meine Augen nach langem Schlaf öffnen und von den Sonnenstrahlen schmerzhaft geblendet werden. Aber man gewöhnt sich an das Licht, erkennt irgendwann Konturen, nimmt die Welt wieder wahr.«

»Das ... hatte ich gehofft.«

»Ist mir völlig klar. Mittlerweile kenne ich Sie doch ein wenig.« Sie strich ihm eine Haarsträhne aus der Stirn. »Auf jeden Fall werde ich heute noch zu meinem Mann und meiner Tochter fahren. Alles ist bereits gepackt.« Stella hatte auch den Roman im Koffer verstaut, den Jonas ihr zur Begrüßung geschenkt hatte. Denn sie fand, es war Zeit, Dingen eine Chance zu geben. Selbst einen Roman mit solch einem scheußlichen Titel wie *Der alte Mann und das Meer.*

»Wollen Sie den beiden Ihr Buch geben?«

»Nein.«

»Sie wollen ihnen beide geben?«

»Auch nicht.«

»Sie wollen einfach nur reden?«

»Hören Sie bitte auf, so miserabel zu raten. Ich fahre zu den beiden, um mit ihnen *zusammen* unsere Geschichte aufzuschreiben. Wir schaffen etwas Neues, ein gemeinsames Buch.«

»Brauchen Sie mich zur Unterstützung?«

»Nein, das schaffen wir allein.«

»Oh, klar. Glaub ich auch.«

»Für Sie habe ich einen anderen Auftrag!«

»Ich habe Ihr Leben doch schon geschrieben.«

»Es gibt ja noch andere.«

»Paul? Geraldo?«

Stella schüttelte den Kopf. »*Ihr eigenes!* Und das Ihrer Mutter. Ich habe den Eindruck, da gibt es viel zu erzählen. Gucken Sie nicht so! Ich will keine Widerworte hören! Ich bezahle den üblichen Tarif. Und damit ist das Thema beendet.«

Paul erschien neben ihr und sah sie fragend an. »Geraldo sagt, du gehst fort?«

»Ja, und Geraldo ist der Fahrer. Er will wissen, wie die Sonnenaufgänge auf dem Land aussehen.«

»Und was mache ich?«

»Na, du fährst natürlich mit. Wie besprochen.«

»Das wusste ich ja gar nicht. Wohin denn?«

»Du fährst mit mir. Reicht das?«

»Dann ist es gut. Dann fahre ich mit. Stella?«

»Ja?«

»Tanzen wir da auch, wo wir hinfahren?«

»Jeden Tag.«

»Dann lass uns gleich los!«

»Ich muss noch etwas erledigen. Sagst du Geraldo bitte, er soll noch mal Doris Day zum Singen bringen.«

»Wer ist Doris Day?«

»Sag es ihm einfach. Geraldo ist der Mann an der Staffelei.«

»Das weiß ich doch!« Er ging fort, Guter Junge trottete hintendrein.

Stella wandte sich wieder an Jonas. »Es ist an der Zeit, dass ich mal auf ihn achtgebe. Er hat lange genug auf mich aufgepasst.« Sie drückte Jonas etwas in die Hand. »Das sind die Schlüssel zur *Krabbe*. Sie können darin wohnen, solange Sie wollen. Wenn Sie irgendwann nach Hause zurückkehren, können Sie die Schlüssel einfach stecken lassen.«

»Aber sobald die Gemeindeverwaltung erfährt, dass niemand mehr in der *Krabbe* lebt ...«

»Sollen sie den in die Jahre gekommenen Schuppen abreißen! Er kommt mir vor wie das alte Haus einer Schnecke. Es ist Zeit, dass ich mir ein neues wachsen lasse. Außerdem habe ich alles bei mir, was ich brauche. Ich reise seit jeher mit leichtem Gepäck. Zumindest, was meinen Koffer betrifft.«

Doris Day begann wieder zu singen, und Stella nahm Jonas' Hand. »Kommen Sie, tanzen Sie mit einer charmanten alten Dame. Schenken Sie mir diesen Tanz.«

»Ich kann überhaupt nicht ...«

Stella umfasste seine Hüfte und begann zu führen. »Jeder kann tanzen, Jonas. Es braucht nur die richtige Partnerin. Merken Sie sich das für Ihr Leben, es könnte sich als nützlich erweisen.«

Dann tanzte Stella, und ohne dass Jonas es konnte, tanzte er mit ihr.

Als wenig später das Auto eigentlich schon vollgepackt war, ging Stella noch einmal zurück zur *Krabbe*. Vorsichtig hob sie Geraldos Gemälde aus dem Fenster, schlug es zum Schutz in eine Wolldecke ein und verstaute es im Kofferraum des Kombis.

»Es freut mich außerordentlich, dass Sie Sonnenuntergang Nr. 5 mitnehmen«, sagte Geraldo, während Stella sich neben ihn setzte. Auf der Rückbank lehnte sich Guter Junge an Paul und leckte ihm durchs Gesicht.

»Das tue ich nicht«, erwiderte Stella.

»Aber ...«

»Ob Sonnenuntergang oder Sonnenaufgang, ist bei einem Bild doch nur eine Frage des Betrachters, oder?«

»Nun, also ... eigentlich entscheidet das der Maler.«

»Da täuschst du dich.«

»Wieso?«

»Wer steht auf dem Gemälde in einem atemberaubend geschnittenen Kleid am Strand und blickt in die Sonne?«

»Na ja, Sie ...«

»Ganz genau. Wer könnte also besser wissen, wohin sich die Sonne bewegt, als ich? Und ich sage: Es ist der Morgen eines wunderbaren Tages.«

Geraldo nickte und startete den Wagen, was ihm ein erfreutes Bellen von Guter Junge einbrachte. »Wissen Sie, was mir gerade erst klar geworden ist?«

»Dass du es argumentativ niemals mit einer Filmgöttin aufnehmen kannst?«

»Nein, obwohl das natürlich auch der Wahrheit entspricht. Aber ich meine, dass ich tatsächlich erstmals einen Sonnenaufgang gemalt habe. Deshalb taufe ich dieses Gemälde hiermit ... nein, sagen Sie es bitte, Stella. Es ist Ihr Bild.«

Sie schenkte ihm ein Lächeln. »Sonnenaufgang Nr. 5!«

33

Nur für Paul

Ein Rudel. Er träumte jede Nacht von einem Rudel. Einem großen, fröhlichen Rudel. Lauter bunte Hunde, auch ein quirliger Dackel durfte gern dabei sein, sogar einer von den verrückten Terriern.

Im Traum tollten sie zusammen herum. Und schliefen aneinandergekuschelt ein.

Das Problem war der Moment, in dem er wach wurde.

Denn dann war er wieder ganz allein.

Deshalb wurde er nicht mehr gerne wach.

Wenn jemand ins Tierheim kam, bewegte der Golden Retriever sich nicht mehr. Niemand würde ihn mitnehmen, damit er Teil ihres Rudels wurde. Was nicht nur daran lag, dass er schon lange kein junger Hund mehr war.

Er blieb einfach zusammengerollt in der Ecke seines Käfigs liegen, die Schnauze tief in seinem zerschlissenen geblümten Frotteehandtuch vergraben. Aber er konnte nicht vermeiden, dass seine Ohren mitbekamen, wie sich das Gitter vor dem Zwinger eines anderen Hundes öffnete und dieser fröhlich bellend herausgeführt wurde.

Als Welpe war er fast ausgerastet, wenn jemand kam. Er war an den Gitterstäben hochgesprungen, hatte gebellt, sich im Kreis gedreht, die Vorfreude hatte ihn fast zerrissen. Es hatte nie lange gedauert, bis ihn jemand auf den Arm nahm.

Wie das Mädchen mit den lockigen Haaren, gerade einmal fünf Jahre alt, die Hände klebrig von der Zuckerwatte, die es zu ihrem Geburtstag vorher auf dem Rummel gab. Es hatte vor Freude geweint, als sie ihn an sich drückte und er ihr wild wedelnd übermütig durchs Gesicht schlabberte.

Sie war glücklich, er war glücklich. Sie hatten sich gefunden.

Nur noch eine kurze Untersuchung beim Tierarzt, der ihn mit seinen harten, kalten Fingern malträtierte. Danach kam er nicht zu seinem Mädchen, sondern wurde wieder in den Metallkäfig gesperrt. Jetzt hing eine gelbe Plakette daran, die alle Interessenten darüber informierte, dass er chronisch krank war und täglich eine Medizin zu sich nehmen musste.

Er wusste natürlich nichts davon und sprang weiter bei jedem sich nähernden Menschen vor Freude herum, denn er kam bestimmt zu ihm!

Aber sein Gitter wurde nie wieder geöffnet. Zeigten Kinder mit großen Augen auf ihn, zogen die Eltern sie schnell fort.

Irgendwann sprang er nicht mehr auf.

Nach einem Jahr warf ihm eine Pflegerin ein altes Spielzeug in den Zwinger, eine Plastikbulldogge, die sogar ein bisschen nach Plastik schmeckte, wenn man nur lange genug auf ihr herumkaute und einen das quietschende Geräusch nicht störte. Sonst hatte er nichts zu tun.

Schnell hatte er die Bulldogge durchgebissen und bekam ab da keine mehr. Nur das Frotteehandtuch blieb ihm und wurde zu seinem Zuhause.

Wieder einmal näherten sich Schritte, er rollte sich noch weiter ein, wandte den Menschen den Rücken zu.

Die Schritte des einen kannte er, das war der neue Pfleger, die des anderen klangen langsam und schwer.

»Ist da auch einer drin?«

»Der verkriecht sich immer hinten in der Ecke, ist auch schon etwas älter.«

»Genau wie ich.« Ein Mann, seine Stimme und sein Lachen hörten sich freundlich an.

»Der ist schon ewig hier, den will keiner. Da gehen alle dran vorbei. Braucht jeden Tag Medikamente.«

»Genau wie ich. Und an mir gehen auch alle vorbei.« Der Mann trat näher. »Wir passen gut zusammen!«

Dann wurde der Käfig geöffnet.

So kamen er und sein zerschlissenes Frotteehandtuch zu Paul.

Sie waren nur ein kleines Rudel, nur sie zwei, aber sie konnten sich aufeinander verlassen. Er beschützte Paul auf dem Weg zur Arbeit, einmal sogar vor einem fauchenden Schwan! In der Pförtnerloge lag er brav hinter ihm auf seinem Handtuch und passte auf, dass keiner einfach so hereinkam. Zurück auf dem heimischen Sofa, spendete er Paul dann ganz viel Wärme.

Bei Paul lernte er viele Wörter. Spazierengehen *war eines seiner liebsten. Genau wie* Frühstück *und* Leckerli. Grobeleberwurst *war geradezu großartig.* Baden *mochte er dagegen gar nicht. Und bei* Schönstriegeln *verkroch er sich am liebsten.*

Aber all das war nichts gegen eine Gruppe von Wörtern, die ihn so glücklich machten, dass die ganze Welt aus Glück zu bestehen schien.

Am Anfang war es nur ein Wort gewesen: Strolch. *Daraus wurde schnell* Strolchie *oder* Strolcher. *Manchmal gesellten sich weitere Wörter dazu:* Alter Strolcher, Großer Strolcher. *Flugs kamen* Dicker *und* Stinker *hinzu. Paul kombinierte auch.* Dicker Strolcher. Strolchiger Stinker. Dicker Stinker-Strolcher.

Die Worte wurden gerufen und geflüstert, sehr gerne beim Über-den-Kopf-Streicheln.

Ganz plötzlich verschwand das Wort, das Paul am meisten zu ihm sagte. Ihr ältestes gemeinsames.

Und wurde ersetzt durch Guter Junge.

Er kannte die eigentliche Bedeutung der Wörter nicht, aber er wusste, was Paul ihm damit sagen wollte. Er hörte es am Klang seiner Stimme, die genauso wohltat wie die Streicheleinheiten, die er bekam. Die Botschaft war ganz einfach: Ich hab dich lieb.

Guter Junge hatte auch ein Bellen, das nur für Paul bestimmt war. Und dasselbe bedeutete. Ich hab dich lieb. *Wenn er die Liebe zu seinem Menschen besonders stark spürte, setzte er ein* Mehr als jeden Knochen *oder sogar* Mehr als eine Schlammpfütze mit Knochen drin *hinzu.*

Aber als Paul nicht mehr aus dem Loch im Sand hochgekommen war, hatte Guter Junge nicht gewusst, was Paul von ihm wollte. Er hatte neue Wörter gesagt. Und seine Stimme war so laut und kratzig gewesen.

Guter Junge beschloss, einen Menschen zu holen, der ihn verstand. Also rannte er am Strand entlang, um jemanden zu finden. Am Horizont sah er ein kleines Menschenrudel. Einer mit langem Fell hatte sich einen winzigen Menschen vor den Bauch gebunden.

Doch als Guter Junge zu ihnen rannte, wichen sie zurück. Er bellte alle Wörter, die er kannte. Die guten wie Fressen *und* Spaziergang *genauso wie die fiesen, sogar* Tierarzt *rief er. Er bellte auch* Ich hab dich lieb, *damit sie wussten, dass es um Paul ging. Aber sie verscheuchten ihn, einer der Menschen brüllte ihn an und trat nach ihm.*

Dann erinnerte Guter Junge sich an den einzigen Menschen, der ihn verstehen würde. Das einzige Wesen außer ihm selbst, zu dem Paul Ich hab dich lieb *sagte.*

Er sagte es mit einem kurzen Wort, das sich ganz anders anhörte als all jene, die Paul für ihn verwendete, aber es bedeutete dasselbe. Es hatte diesen besonderen Klang, so als würde es glitzern wie das Meer bei Sonnenaufgang.

Dieses Wort lautete Stella.
Sie drei bildeten ein Rudel.
Und zusammen war im Rudel alles möglich.

34

In der Krabbe

Einen Tag später saß Jonas am Fenster der *Krabbe* und blickte hinaus. Die Bauplane über der verschwundenen Wand knisterte und knackste laut, obwohl er sie mit weiteren Latten gesichert hatte.

Vor ihm stand das aufgeklappte Notebook, seine Fingerkuppen lagen auf den Tasten, aber sie übten keinen Druck aus, tippten keine Worte.

Imke und Britta waren nicht traurig gewesen, als er auscheckte, ganz im Gegenteil. Sie boten sogar völlig uneigennützig an, ihm jeden Tag Essen zu bringen. Auch die Reinigung der *Krabbe* würden sie übernehmen, ohne es in Rechnung zu stellen, wie sie bei ihrem heutigen Besuch betonten, während sie alles genau in Augenschein nahmen.

Jonas hatte ein extrabequemes Kissen auf den Plastikrattanstuhl gelegt, er hatte das Notebook mittels eines Stapels alter Vinylplatten auf genau die richtige Höhe gebracht, der Ausblick aufs Meer war vitalisierend, ohne ihn zu sehr abzulenken.

Und doch.

Keine Sätze.

Auch am nächsten Tag nicht. Und auch nicht am übernächsten.

Jonas musste einsehen, dass er seine eigene Geschichte nicht zu fassen bekam, wie bei einem Wollknäuel den versteckten Anfang.

In der *Krabbe* hatte es zwar viele Zettel für Stella gegeben, aber keinen einzigen für ihn.

Als Nessa nach ihrer Schicht in *Grootmoders Kóök* zur *Krabbe* kam, wirkte sie angespannt. Nach einem sehr langen Begrüßungskuss setzte sie Wasser auf.

»Ich will was mit dir besprechen«, sagte sie schließlich. »Also, ich *muss* was mit dir besprechen.«

»Klingt nicht gut.«

»Auch einen Tee?« Der Kessel pfiff, und sie goss heißes Wasser in zwei Tassen mit Teebeutel.

»Nein, spuck's lieber sofort aus.«

Nessa setzte sich zu ihm. »Also ... ich hab mir was überlegt. Und bevor du fragst: Ich bin da echt gut drin.« Sie ergriff seine Hand. »Jonas, du wirst es nicht schaffen, hier zu schreiben, denn dafür musst du zu Hause sein. Und wenn du zurückfährst, komme ich mit. Also falls du das möchtest. Weil, *ich* möchte es ... Ich will weiter bei dir sein, und es passt gerade auch zeitlich bei mir. Warte, noch nicht antworten! Bin noch nicht ganz fertig. Ich könnte im Restaurant deines Vaters aushelfen, wir könnten uns deine Schichten teilen. Dann hast du genug Zeit zum Schreiben und ich zum Studieren. Und wir hätten gemeinsam genug Zeit, um herauszufinden, was das mit uns ist. Also, was meinst du?« Nessa war sehr darauf bedacht, ihren Worten die Sorge nicht anmerken zu lassen.

Die Luft stand still, weil es eine der Fragen war, deren Antwort die Bewegung der Moleküle verändern konnte.

Jonas schmunzelte. »Du bist ziemlich großartig, weißt du das?«

»Kannst du gerne öfter sagen. Ist das jetzt ein Ja?«

»Klar ist das ein Ja. Und ein Danke. Und ein: Küss mich, verdammt noch mal!«

Sie küssten sich, verdammt noch mal.

Dieser Kuss fühlte sich anders an als alle davor. Weil er etwas mit den Lippen besiegelte.

»Lass uns morgen früh los. Du hast völlig recht, die *Krabbe* war der Ort, um Stellas Geschichte zu schreiben, aber meine spielt woanders.«

»Im ... Walfisch?« Nessa grinste.

Jonas lachte. »Da ist Platz für zwei! Und auch noch für ein paar Algen und Gyros-Sushi.«

»Idyllisch. Packen wir?«

»Wir packen!«

In Jonas' Koffer landeten ein paar Autobiografien, das mit schrecklich eiligen Schreiben der Gemeindeverwaltung gefüllte Essiggurkenglas sowie ein Teller des Kaffeeservices, auf dem Stella ihm am ersten wie am letzten Tag Schwarzwälder Kirschtorte serviert hatte (von der sich noch zwei Stücke in der Gefrierschublade des Kühlschranks fanden).

»Ich sag Imke und Britta Bescheid, dass sie alles herausholen können, was sie wollen.« Jonas zog sein Handy hervor. »Für ihr kleines Stella-Dor-Museum.«

»Damit machst du zwei Frauen sehr glücklich. Ist gut, wenn du das beherrschst ...«

Bei Kostas im *Dionysos* holten sie sich Bifteki und Pommes mit dick Mayo und aßen es im Schneidersitz auf der Terrasse der *Krabbe*.

Es wurde so kühl, dass sie eng zusammenrücken mussten.

Schweigend blickten sie auf den Strand, dem ein herumtollender Golden Retriever fehlte.

Bevor Jonas am nächsten Morgen mit Nessa aufbrach, schaute er noch ein letztes Mal durch das Fenster, dessen Rahmen wie der eines Gemäldes wirkte.

Das Meer lag ganz ruhig da, während die Nacht vom ersten Licht des Tages verdrängt wurde.

Jonas lächelte.

Es war Sonnenaufgang Nr. 5.

35

Eine Tür öffnet sich

»Ich muss dir was sagen, Jonas. Setz dich mal zu mir.«

»André hat einen neuen Fußball bekommen, Mama! Aus echtem Leder.«

»Dauert nicht lang. Ist aber wichtig.«

»Hab ich irgendwas angestellt?«

»Nein, komm, setz dich. Ganz nah zu mir. Ein bisschen kuscheln.«

»Kuscheln mag ich.«

»Ich auch. Das mag ich sogar mit am liebsten.«

»Das und Eis. Und Lego, vor allem die neuen Sets, die ich mir alle zum Geburtstag gewünscht hab! Und Fernsehen! Zeichentrick.«

»Ich mag Kuscheln am allerliebsten.«

»Du bist ja auch eine Mama.«

»Du, Jonas ...«

»Ja?«

»Die Ärztin hat was gefunden ... also ... Die Mama ist krank.«

»Okay.«

»Sehr krank.«

»Aber morgen bist du doch wieder gesund, oder? Dann fahren wir ja ins Kino.«

»Nein, morgen bin ich nicht wieder gesund. Aber wir können ins Kino fahren.«

»Das ist gut.«

»Ja, das ist gut. Aber ... ich weiß nicht, wann ich wieder gesund werde. Keiner weiß das.«

»Niemand?«

»Nein, niemand.«

»Du siehst gar nicht krank aus. Du siehst aus wie immer.«

»Ich bin innen drin krank.«

»Ach, so. Das kann man dann gar nicht sehen.«

»Noch nicht. Aber irgendwann werde ich ins Krankenhaus müssen, und da versuchen sie dann alles, damit ich wieder gesund werde.«

»Das ist gut. Kann ich jetzt zu André?«

»Magst du mir was versprechen?«

»Ich mach die Hausaufgaben ja noch, versprochen. Aber bis es dunkel ist, darf ich doch kicken?«

»Erinnerst du dich später an mich?«

»Was meinst du?«

»Das war eine dumme Frage ... vergiss sie.«

»Wie meinst du das mit dem Erinnern? Das macht man doch automatisch. Das geht ja gar nicht anders.«

»Wenn du älter bist, wird das anders sein. Dann ist Erinnern so, als ... als wärst du in einem großen Haus mit vielen Etagen und ganz vielen Türen. Vor manchen hat man Angst, weil man weiß, dass es dahinter ganz dunkel ist, andere öffnet man immer wieder, weil da eine Party gefeiert wird. Und einige hat man mit der Zeit vergessen. Deswegen muss man sie immer mal wieder öffnen und schauen, was sich dahinter verbirgt. Manchmal weiß man aber nicht mehr, wie das geht, und denkt, sie sind für immer verschlossen. Aber dann hört man eine Musik oder riecht etwas ...«

»Einen Pups?«

Sie lachte. »Ja, ein Pups kann helfen.«

»Das ist gut, dann kann Papa sich bestimmt immer gut erinnern.«

Sie lachte lauter. »Wie ein Weltmeister.« Doch anschließend wurde sie wieder still. »Auf jeden Fall schafft man es dann, die Tür wieder zu öffnen und sich zu erinnern. Man muss sich umsehen, sich fragen, was da alles noch ist. In so einem Fall ist Erinnern ein bisschen wie Arbeit, aber das ist es wert.«

»Du redest komisches Zeug, Mama.«

»Ja, das tue ich, oder?«

»Total. Darf ich jetzt endlich zu André? Das ist der derselbe Ball wie bei der WM!«

»Der gleiche.«

»Was?«

»Egal. Das lernst du schon noch.«

»Was lerne ich?«

»Alles. Hoffentlich alles, was wichtig ist.« Sie drückte ihn fest an sich. »Vergiss mich nicht, mein kleines Krümelmonster.«

»Ich kann dich doch gar nicht vergessen, du bist doch meine Mama. Und ich bin dein Jonas.«

»Und das wirst du immer sein!«

Er stand auf. »Ich geh jetzt Fußball spielen, aber du kannst mir das mit dem Erinnern ja noch mal erklären. Wenn du magst.«

»Nein, ist schon gut.«

»Oder gibt es da einen Film zu? So wie bei der Sendung mit der Maus? *Da erklären die doch auch immer alles. Ein Film wäre toll. Zum Erinnern.«*

»Ein Film zum Erinnern ...«

»Ich schieß ein Tor für dich, Mama, versprochen! Hab dich lieb, Mama!«

»Ich dich auch. Ganz doll.«

»Weinst du, Mama?«

»Vor Freude, weil du gleich ein Tor für mich schießt.«

»Vielleicht schieß ich sogar zwei. Ganz bestimmt schieß ich zwei für dich! Heute ist ein super Tag!«

»Kommst du noch einmal kurz zu mir?«

»Och, Mama!«

»Nur ganz kurz, versprochen. Und dann kannst du so viele Tore schießen, wie du magst.«

»Okay!«

Sie schloss ihn noch mal in die Arme. »Hinter dieser Tür hier findest du eine lange Umarmung. Und die Gewissheit, dass du immer genau richtig warst. Auch wenn mal was falsch war. In Ordnung?«

»Du bist echt komisch. Aber ich hab dich trotzdem ganz doll lieb.«

»Das ist die Hauptsache. Liebhaben, auch wenn etwas komisch ist.«

»Tschüss, Mama. Muss echt los!«

»Mach's gut, Jonas.« Sie sah ihn draußen am Fenster vorbeilaufen und einen Stein kicken. »Bitte mach es gut.«

EPILOG

Ein paar Tage zuvor hatte Stella die Beifahrertür von Geraldos meeresblau angemaltem Volvo Kombi geöffnet und ihn, Paul und Guter Junge gebeten, im Wagen zu bleiben. Sie wollte erst Hallo sagen.

Ein Hallo, das schon sehr lange darauf wartete, ausgesprochen zu werden. Aber Worte waren nicht wie Wein, sie reiften nicht zu ihrem Vorteil heran. Worte, die lange nicht ausgesprochen wurden, verklumpten, bis die Stimmbänder sie irgendwann nicht mehr zum Klingen bringen konnten.

Leise schloss Stella die Beifahrertür, sie wollte sich nicht durch ein harsches Geräusch ankündigen. Sie holte das Gemälde sacht aus dem Kofferraum und ging am Haupthaus vorbei zum Innenhof, genau wie Jonas und Nessa einige Tage zuvor. Ihre Schuhe hatte sie schon im Auto ausgezogen; der Kies stach in ihre Fußsohlen, die nur noch feinkörnigen Sand gewohnt waren.

Es war Mittagszeit, deshalb arbeitete niemand, alle waren im Speisesaal versammelt. Stella ließ sich auf einer Bank nieder, von der aus man hineinblicken konnte, und stellte das Gemälde neben sich.

Ein junger Mann bemerkte sie und verschwand im Haupthaus, kurze Zeit später erschien ein anderer Mann im Hof, den sie wiedererkannte, obwohl nun viele Furchen sein Gesicht überzogen. Er war derselbe und doch ein anderer. Aber es war noch genug von dem Mann übrig, den sie einst so geliebt hatte. Der ihr Halt gegeben hatte in einer Welt der Haltlosigkeit.

Philipp blieb stehen, als wäre er ein Baum, der Wurzeln schlagen wollte.

»Wiedersehen«, sagte Stella und deutete mit einem Nicken ihres Kopfes auf das Gemälde.

»Willkommen«, antwortete Philipp zögernd. Man hörte dem Wort an, dass es seit Jahrzehnten darauf wartete, ausgesprochen zu werden.

»Es hat etwas gedauert. Aber irgendwann muss man die Hoffnung auf eine bessere Vergangenheit aufgeben.«

»Dinge brauchen ihre Zeit. Manche mehr, manche weniger.«

»Da hast du recht.«

Sie sahen sich an und schwiegen.

Stella und Philipp waren es nicht mehr gewohnt, miteinander zu reden, alle Worte fühlten sich ungelenk an.

Stella wollte den weißen Elefanten erwähnen, wie immer, wenn es ihr schwerfiel, über etwas zu sprechen.

Aber diesmal nicht.

Diesmal würde sie das Karussell nicht laufen lassen.

Plötzlich erschien Marlene neben Philipp.

»Du!?« Tränen liefen über ihr Gesicht, während ihre Fäuste sich ballten.

»Marlenchen. Du bist ... Es ist so schön, dich wiederzusehen! Du hast mir gefehlt.«

»Warum bist du hier?«, brachte Marlene zwischen zusammengebissenen Zähnen hervor.

»Um zu reden.« Stella schüttelte den Kopf. »Um zuzuhören.«

»Das ist gut«, sagte Philipp, bevor Marlene eine wütende Antwort ausstoßen konnte. »Es gibt so viel zu reden und so viel zum Zuhören. Wenn du magst, kannst du mit uns etwas essen. Es gibt Bohnen ...«

»... mit Birnen und Speck?«

»Nein.« Er zog die Augenbrauen überrascht, aber auch ein wenig belustigt zusammen. »Als Salat mit Tomaten. Dazu frisch gebackenes Brot. Etwas Leichtes.«

»Etwas Leichtes, das klingt gut.«

»So einfach soll das gehen?«, fragte Marlene. »Nach all den Jahren? Einfach nett zusammen essen, wie eine glückliche Familie? Alles vergeben und vergessen? Obwohl du uns alleingelassen hast? Dich nicht um mich gekümmert? Ein kleines Mädchen, das seine Mutter so dringend brauchte?« Marlenes Stimme gewann mit jedem Wort an Lautstärke. »Woher nimmst du die Dreistigkeit, hier aufzutauchen? Wie kannst du es wagen, uns gegenüberzutreten? Ich würde dich am liebsten vom Hof jagen, aber so was mache ich nicht. Weil mein Vater es mir beigebracht hat. Eine Mutter, die mir so etwas beibringt, hatte ich nämlich nie.«

Mit diesen Worten drehte Marlene sich um und ging.

Stella widerstand dem Drang, ihr hinterherzurennen. Es würde Zeit brauchen, hoffentlich blieb ihr noch genug. Und Glück würde es auch brauchen. Darauf konnte man hoffen, aber erzwingen ließ es sich nicht. Wie alles von Wert in dieser Welt.

»Darf ich wirklich bleiben, Philipp? Bist du dir sicher?«

»War ich mir immer.«

»Ich habe meine Freunde mitgebracht. Sie sind pflegeleicht. Und nur einer von ihnen bellt.«

»Hier ist jeder willkommen. Aber mitanpacken müssen sie. Bis auf den, der bellt, der darf sich kraulen lassen.«

Stella bemerkte aus den Augenwinkeln, dass Marlene

sie aus dem Speisesaal, halb verdeckt vom Fenster, beobachtete.

»Ich bräuchte auch einen schönen Platz für das Bild.«

»Ein Sonnenaufgang für uns drei. Das gefällt mir sehr.«

»Für uns vier«, sagte Stella. »Wir werden immer vier sein.«

Philipp nickte, dann setzte er sich zu Stella auf die Bank.

Nach einem tiefen Durchatmer nahm Stella zaghaft seine Hand. Philipp zog sie nicht fort. Stattdessen strich er mit dem Daumen sanft über Stellas Handrücken.

Es war nicht alles gut, aber es war auch nicht alles schlecht. Das war für den Anfang mehr als genug.

Ein neues Buch konnte geschrieben werden.

ANHANG

Manche Geschichten entstehen aus einer kurzen Zeitungsnachricht.

So war es auch mit dieser.

Margaret McCollum besucht seit vielen Jahren jeden Tag die Londoner Underground-Station Embankment, weil es die letzte ist, an der man die Stimme ihres verstorbenen Mannes noch hören kann, wie sie *Mind the gap* sagt.

Das berührte mich. Und blieb bei mir.

Als ich mit der Arbeit an *Sonnenaufgang Nr. 5* begann, erinnerte ich mich plötzlich daran – was zu einem Roman über Erinnerungen gut passt. Ich warf meine bisherigen Planungen um und schuf einen Platz für eine Frau wie Margaret McCollum. Und wie ihr reales Vorbild schaute auch diese Dame regelmäßig vorbei.

Wenn man einen Roman über Erinnerungen schreibt, kommt man nicht umhin, sich selbst zu erinnern. Sich seine eigenen Erinnerungen genau anzusehen und zu hinterfragen.

Das war ein unerwartetes Geschenk.

Auch, oder vielleicht gerade, weil nicht jede Erinnerung mich zum Lächeln brachte.

Es ist eine Binsenweisheit, dass niemand eine Insel ist.

Trotzdem scheint es mir, als würden Künstlerinnen und Künstler als solche gesehen.

Dabei hat sich keines meiner Bücher allein geschrieben. Ich bin ein Familienmensch, und ohne meine Nächsten, meine Liebsten, sind all diese Zeilen nicht denkbar. Ich danke meiner geliebten Frau Vanessa, meinen beiden wunderbaren Kindern Frederick und Charlotte (die längst erwachsen sind, aber wie wir alle immer Kinder bleiben werden – was sich manchmal wie eine Bürde anfühlt, aber doch ein großes Privileg ist), meine beiden Katzen Harry und Sally, die weiterhin denken, dass sie Hunde sind. Außer in den Fällen, in denen sie sie sich mit Freuden das Recht nehmen, die Irrationalität echter Katzen schamlos auszuleben. Dank geht auch an meine Eltern und meinen Bruder, mit denen mich so unglaublich viel verbindet und für die ich für immer vor allem Sohn und Bruder sein werde.

Ich habe mich beim *Sonnenaufgang Nr.5* an so vieles mit euch erinnert.

Diese Erinnerungen, diesen Roman, hat der Piper Verlag ermöglicht, bei dem ich nun schon seit fünfzehn Jahren ein schriftstellerisches Zuhause gefunden habe. Er hat es trotz seiner Größe geschafft, sich menschliche Wärme zu bewahren und den Raum für Kreativität nicht nur zu ermöglichen, sondern seine Autorinnen und Autoren auch zu animieren, ihn zu nutzen. Dies liegt vor allem an Pipers großartiger, herzenswarmer Verlegerin Felicitas von Lovenberg, die diesen Geist ins Haus gebracht hat. Und es liegt auch an der Programmleiterin Populäre Belletristik, der einzigartigen Dr. Andrea Müller, dem fleißigsten Menschen, den ich auf dieser Welt kenne. Danke für deinen unermüdlichen Einsatz, liebe Andrea! Er ist etwas ganz Besonderes.

Auch Isabelle Toppe möchte ich danken, die diese Geschichte zusammen mit Andrea feinfühlig lektoriert hat.

Solche Zeilen im Anhang eines Romans zu schreiben, der bei Piper erscheint, mag berechnend erscheinen. Aber ich finde es wichtig, sich zu bedanken. Es ist mir ein tiefes Bedürfnis, denn es scheint so, als wäre sich zu bedanken ein wenig aus der Mode gekommen und davon ersetzt worden, sich zu beschweren. Dabei hat beides seine Zeit und seinen Ort.

Mein Dank geht auch an meine Agentur, an den herrlich verspielten Nordseewind Nadja Kossack und ihr Team. Auch uns verbinden viele, viele Erinnerungen, wunderschöne wie traurige.

In unserer schnelllebigen Zeit fehlt oftmals die Muße, uns zu erinnern. Das Heute und Morgen verlangen zu viel von unserer Aufmerksamkeit. Und obwohl man nicht im Gestern leben sollte, finden sich dort viele Antworten. Denn um zu erfahren, wer wir sind, müssen wir erkennen, wie wir so geworden sind.

Ich wünsche Ihnen Erinnerungen. Und bei den schweren davon einen Menschen, der Ihre Hand warm in seiner hält.